奧拉島謀殺案

A NOVEL

THE FURY

THERE WERE SEVEN OF US ON THE ISLAND.
ONE OF US WAS A MURDERER...

ALEX MICHAELIDES
艾力克斯・麥可利迪斯 著

吳宗璘 譯

謹獻給鄔瑪

性格就是命運。

——赫拉克利特

序曲

永遠不要用天氣當成書的開場。

是誰說的？我不記得了——我想，是哪個知名作家吧。

不管是誰，反正講得一點都沒錯。天氣很無聊，沒有人想要看與天氣有關的文字，尤其是在英國，我們的故事可多了。大家想要看的是與人有關的東西——

根據我的經驗，他們通常會跳過描述性的段落。

迴避天氣這種話題，好建議——但我現在卻冒險置之不理，只能盼望它是反證明規則之例外了。別擔心，我的故事背景不是在英國，所以我不會討論下雨，這裡不會。雨水是我的底線——任何一本書都不該以下雨作為開場，絕對不行，不能有任何破例。

我要說的是風，環伺在希臘島嶼周邊的風，狂亂不可預測的希臘之風，害你陷入瘋狂的風。

那天晚上風勢狂猛——兇案發生的那一晚。它兇惡暴怒——衝出樹林，劃破小徑，發出哨響與哭號，擄劫所有其他聲響之後，迅速奔竄。

當里奧聽到槍響的那一刻，他跪趴在屋子後面的菜園，整個人病懨懨。他沒有喝醉，只是嗑藥嗑茫了（我罪！恐怕是我的錯吧。他以前從來沒有吸過大麻，我不應該給他才是）。經過了一開始的半狂喜體驗之後——顯然是與超自然幻象有關——他覺得一陣噁心，開始大吐特吐。

就在那個時候，風勢加速朝他襲來——聲響撲撞他的身體，砰，砰，砰，連續三聲槍鳴，

里奧好不容易站起來，盡量穩住重心，奮力迎風朝槍聲的方向前進——離開了主屋，沿著小徑前進，穿過了橄欖樹林園，前往廢墟。

就在那邊的空地，癱躺在地的……是一具人體。

那個人躺在面積逐漸擴張的血泊之中，周圍是半圓形的廢墟大理石廊柱，部分人身籠罩在它們投射的陰影之下。里奧小心翼翼走過去，凝望那張臉。然後，他踉蹌後退，表情因恐懼而扭曲——張大嘴巴，馬上就要尖叫出聲。

就在那個時候，我跟其他人也到了現場——剛好聽到了里奧的哭嚎，然後，狂風奪走了他脫口而出的聲響，隨即帶它飛奔，消失在黑夜之中。

我們全都不發一語站在那裡，凝凍片刻。那是可怕的一刻，令人驚駭——宛若某齣希臘悲劇的高潮場景。

不過，這起悲劇並未在此劃下句點。

只是剛開始而已。

第一幕

這是我聽過最悲傷的故事了。

——福特·馬多克斯·福特，《好兵》

1

這是一個關於謀殺的故事。或者，也不能完全這麼說吧。追根究柢，這是一個愛的故事，不是嗎？最悲慘的愛情故事——有關愛之終結，愛之死亡。

所以，我想我一開始說得沒錯。

你可能以為自己很清楚這個故事，也許當時已經看過了——要是你還記得的話，八卦小報愛得不得了，竄紅的標題之一是謀殺之島。其實，這完全不足為奇，因為那些羶色腥新聞的完美元素，它應有盡有：退隱的前電影明星、因為狂風而與世隔絕的希臘私人小島……當然，還有謀殺案。

關於那晚的事，有一堆鬼扯內容。可能出了什麼事，或者可能沒發生什麼事，冒出了各式各樣的離譜失真理論，我盡量避而遠之，我完全不想看對於島上當晚那起事件的扭曲臆測。

我知道出了什麼事，我在現場。

我是誰？好，我是這個故事的敘事者——也是裡面的某個角色。

被困在島上的我們，總共有七個人。

其中有一個人是殺人犯。

不過，在你開始準備猜測到底是誰下手之前，我覺得有義務要提醒各位，這並不是什麼追兇的故事。拜阿嘉莎．克莉絲蒂之賜，我們都知道這類故事應該要怎麼演下去：令人費解的犯案細節，努力不懈的調查過程，精采破案手法——然後，要是你運氣不錯的話，可以在結尾看到反轉。不過，這是真實事件，不是虛構小說，它所講述的是千真萬確的人，待在某個真實地點。如果真要歸類，這是一部追因的小說——角色研究，檢視我們到底是誰，為什麼我們會做出這樣的行為。

接下來，是我真心努力重現那可怕之夜的所有事件——兇案本身，還有引發它的一切成因。我發誓我會讓你看到平實描述、沒有任何文飾的真相，我們的一切言行與念頭。我已經聽到你的問題了，但要靠什麼方法？怎麼可能呢？我怎麼可能知曉全部的事？不只是所有的舉動，所有的言行——也包括了沒有做出的事，沒有說出口的話，還有其他人腦海中的私密想法？

我依賴的主要是我們在兇案前後的對話——也就是我們活下來的這些人。至於死者，我相信你一定會賦予我探討他們內心世界的藝術創作自由。基於我是訓練有素的劇作家，也許我比絕大多數的人更能勝任這樣的任務。

我的敘述也參照了我自己的筆記——兇案之前與之後都有。關於這一點，我得要解釋清楚。我一直有寫筆記的習慣，已經行之多年，我不會把它們稱之為日記，沒有那麼井然有序。純粹就是我的思緒、創意、夢想、隨便聽來的對話片段，以及我對這個世界的觀察心得。這些筆記本不是什麼華麗之物，就是簡單的黑色莫列斯金筆記本。與當年相關的那一本筆記，現在就攤開在我身邊——當然，在我們繼續講下去的時候，我會把它作為查閱資料。

我之所以要強調這一點，就是為了萬一在這樣的敘事過程中我在哪裡誤導了你，你會知道這純屬意外，絕非刻意設計——因為我從自己的觀點出發，各個事件因為我的笨拙而遭到嚴重扭曲。也許，當某個劇作家正好敘述的是自己擔任配角的故事，這算是某種職業傷害吧。

不過，我會盡量不要在敘事過程中太常演出喧賓奪主。即便如此，我還是希望你可以縱容我到處出現的離題。在你指責我以迷宮方式講故事之前，且讓我提醒你，這是真實故事——而且在真實生活當中，我們就是以這種方式溝通的不是嗎？我們變化無常，在時間軸來回跳躍，針對某些時刻放緩速度予以擴大，其他的則是快轉處理，我們一邊敘述一邊進行編輯，把缺點縮到最小，優點放大到極致，我們描述自我生活的時候都很不可靠。

說來有趣，我覺得在此時此刻，當我把故事告訴你的時候，你我應該要並肩坐在兩張高腳椅上面，就像是兩個老友在酒吧喝酒一樣。

我會說，這個故事是要獻給曾經愛過的人，我會把一杯酒推向你的方向——給你一大杯，你會需要的——等到你準備好之後，我就開口。

我求你不要頻頻打斷我，至少一開始的時候別這樣。之後，會有充分的機會進行爭辯。而現在我客氣拜託你，聽我娓娓道來——搞不好某個朋友的冗長故事會讓你樂在其中。

現在該介紹我們的嫌犯了——依照重要性之順序。所以，在此時此刻，我必須不甘不願暫時下台，我會窩在側幕，等待指示上場。

讓我們從大明星開始——理應如此。

就由拉娜開場吧。

2

拉娜．法拉爾是電影明星。

拉娜是超級巨星，年紀輕輕就已經成了明星。

想必一定有許多人聽過她的名字或看過她的電影，她拍過的片子數都數不清。如果你跟我一樣，想必有一兩部早已成了珍藏心中的至寶。

雖然早在我們故事開端的十年之前，拉娜就已經退休，但她的名聲依然維持不墜——等到我死了、被眾人遺忘，彷彿從來不曾存在於世，大家還是會記得拉娜．法拉爾，這一點無庸置疑。就像是莎士比亞筆下的克麗奧佩脫拉一樣，她贏得了「故事裡的一席之地」。

大家都知道，拉娜十九歲的時候，被贏得奧斯卡的好萊塢傳奇製作人奧托．卡蘭茲挖掘出道——後來她也嫁給了這個人。奧托在猝逝之前，投注大量心血與發揮影響力推展拉娜的電影生涯——刻意讓整部電影能夠展露她的才華。不過，拉娜天生就是明星，無論有沒有奧托都一樣。

不只是因為她的無瑕臉龐，還有波提伽利天使的那種全然淨亮之美——幽深無盡的湛藍眼瞳——抑或是她自持或講話的方式，或是她的著名笑容。不，拉娜還有其他的特點——某些無以名狀、具有半神半人氣息、神秘魔力的質地，讓人忍不住盯著她，怎麼看也看不厭。在這等絕美女子的面前，你唯一想要做的就是凝望。

拉娜年輕時拍了許多電影——老實說，有一種泥巴朝牆壁隨便亂扔、看哪一坨會黏住的那種感覺。就我看來，她的浪漫喜劇時好時壞，驚悚片表現也起起落落，等到拉娜第一次演悲劇的時候，總算大有斬獲。她飾演《哈姆雷特》現代改編版之中的奧菲莉亞，第一次得到了奧斯卡提名。自此之後，以崇高方式受苦受難，成了拉娜的強項，不論是稱其為催淚或是賺人熱淚，反正拉娜扮演浪漫女英雄的成果相當突出，從安娜卡列尼娜到聖女貞德都是如此。她永遠得不到那個男人，幾乎很難倖存下來——而我們就是愛這樣的她。

你應該不難想像，拉娜為許多人賺進了大把鈔票。在她三十五歲的時候，派拉蒙那幾年在其他方面遭逢嚴重財務困難，而光靠她其中一部賣座片就挽救了這間影業公司的危機。所以，當拉娜突然宣布要退休的時候——在她的名聲與美貌的高峰，根本還不到四十歲的時候——在整個業界投下了震撼彈，掀起了陣陣波瀾。

她當初決心引退的原因是一大謎團——而且註定無解，因為拉娜從來不曾解釋——當時沒有，後來的那幾年也是，她從來不曾公開討論這件事。

不過，她曾經告訴過我——在某個倫敦冬夜，我們窩在火爐前喝威士忌，望著窗外的飄飛雪花，把來龍去脈都講給我聽，然後我告訴她——靠，我又來了——明明已經慢慢拉回到敘事主線啊。看來我雖然有心避開，但還是無法把我自己排除在拉娜的故事之外。也許，我應該要承認自己失敗——接受我們無法分割的纏結關係，她和我，就像一坨糾黏的線球，永遠無法分開或鬆解吧？

不過，就算真是如此，我們之間的友誼也是後來的事。在故事的這一個時點，我們還不認識。那段時間我與芭芭拉．威斯特一起住在倫敦，而拉娜，當然是住在洛杉磯。

拉娜是加州人，在那裡出生長大，住在那裡，在那裡工作，她幾乎所有的電影都是在那裡拍攝。不過，自從奧托死了之後，拉娜退休，決定離開洛杉磯，準備重新開始。

不過，要去哪裡？

田納西．威廉斯有句名言，當你從電影圈退休的時候，無處可去——除非登陸月球。

但拉娜並沒有登月，她到了英格蘭。

她帶著幼子里奧搬到了倫敦，為他們自己在梅菲爾區買了一棟豪宅，足足有五層樓高。她一開始並沒有打算久待——當然不是永遠住下去，因為這只是全新生活方式的臨時實驗，而拉娜在這段期間會想清楚要怎麼過下半輩子。

問題是，少了讓她全力以赴、能夠定義自我的職業，拉娜渾身不自在，驚覺不知自己是誰——也不知道自己想做什麼，她覺得好失落。

我知道，對於我們這些記得拉娜．法拉爾電影作品的人來說，很難想像她的「失落」模樣。銀幕上的她遭逢許多煎熬，但是卻以堅忍態度、內心之韌性，以及莫大的勇氣予以解決。面對命運，她直接面對，完全不會有任何畏縮，拚搏到底。一句話，你可以在她身上找到所有的英雄特質。

所以你可能自然而然以為自己真的認識拉娜．法拉爾。

並沒有。

真實生活中的拉娜，與她的銀幕性格並沒有差異。對，表面相似——她就是自然而然變得像是劇中角色一樣，而且行走與自持的姿態散發同樣的風情與優雅。不過，等到你一旦深入了解她之後，將會看到隱藏在外觀背後的另一個人：更脆弱複雜的自我，其實沒什麼自信的一個人，有時候狀況相當嚴重。大多數的人永遠不會遇見她的另一個自我，她不想被人發現。不過，隨著故事逐漸鋪展，我們，你和我，必須要密切關注她，因為她心中藏有它的一切秘密。

拉娜公開形象與私人自我之間的差異——我想不出更好的詞彙——多年來讓我深受其擾，我知道拉娜自己也一樣，尤其是她一開始離開好萊塢搬遷到倫敦的那段時間。

幸好，她不需要掙扎太久，命運之神就出手介入，拉娜戀愛了，對象是一名英國人，比她稍微年輕一點，名叫傑森·米勒的俊帥英國商人。她這次墜入情網，真的是命運？抑或是某種分散注意力的方便之門——讓拉娜可以暫時，或是無限期拖延她與自我未來之間的所有難解之存在困境？至少，就我看來，答案很難說。

反正，拉娜與傑森成婚了，而倫敦也成為拉娜永遠的家。

拉娜喜歡倫敦。我想，主要原因是英國人的矜持——這裡的人不習慣驚擾她。在街上看到退隱的電影明星，上前攀談、要求自拍與簽名，不是英國人的性格，無論對方之前多有名都一樣。所以，大部分的狀況下，拉娜都可以在這座城市自在走動。

拉娜經常散步，她很愛走路——只要天氣許可的話。

哦，天氣。就像是其他久居倫敦的人一樣，拉娜對於天氣也培養出某種病態的執念。歲歲年年過去，這成了她揮之不去的沮喪根源。她是喜歡倫敦，不過，將近住了十年，在她的心中，這座城市與它的天氣的意義已經融為一體，彼此纏結：倫敦等於潮濕，雨水，灰暗。

今年特別沉鬱。已經快要復活節了，到現在都還看不到春天的蹤影。現在，看來又要落雨了。

拉娜在蘇活區亂晃的時候，抬頭瞄了一眼逐漸轉為暗黑的天空。

果然沒錯，有滴雨落在她的臉龐——接下來是手，靠。她最好在雨勢越來越大之前趕緊掉頭。

拉娜開始往回走——思緒也同樣開始逆溯。她想起了先前一直在苦思的棘手問題，一直在困擾她，但她卻不知道究竟是什麼的思緒。她已經焦慮了好幾天之久，覺得不安、渾身不舒服，彷彿被什麼東西追著跑，她得要努力逃脫——她在窄巷裡低頭，躲避對她緊追不捨的那個東西。但它到底是什麼？

她告訴自己，想啊，要努力想出答案。

拉娜一邊走路，一邊細數自己生活的點點滴滴——找尋到底有什麼明顯的不滿或憂慮。是她的婚姻嗎？不可能。傑森因為工作而倍感壓力，但這也不是剛發生的狀況——他們的關係現在很融洽，問題不在那裡。那會是什麼？她兒子里奧？是不是因為他們前幾天的對話？只是一場有關他未來的交心對話，不是嗎？

或者，還是什麼更加複雜的狀況？

又一滴雨讓拉娜分了神。她怒怨瞪著雲朵，難怪她無法好好思考。要是她可以看到天空……看到陽光。

在她回家的途中，她開始琢磨也許可以逃開這樣的天氣。好，至少這樣等於做了些什麼。要是變換一下場景呢？下個禮拜是復活節，要是他們來一場最後一秒出發的旅行——純粹就是要追索陽光？

何不到希臘待個幾天？前往那座島嶼？

說真的，為什麼不這麼做呢？這樣對大家都好，傑森，里奧、尤其是拉娜。她心想，她也可以邀請凱特與艾略特，對，一定很好玩，她露出了微笑。保證會露臉的陽光與湛藍天空，瞬間讓她的心情充滿歡愉。

她從口袋裡取出手機。

她立刻打電話給凱特。

3

凱特正在進行彩排。

一個多禮拜之後，她就得在舊維克劇院上場——令人高度期待全新製作的《亞格曼儂》——艾斯奇勒斯的悲劇之作，而凱特飾演的是克呂泰涅斯特拉。

這是第一次在真正的劇院進行串排，而狀況並不順利。凱特的表演依然坑坑疤疤，更明確的說法是，是她的台詞有問題，在這場大局的最後階段，不是什麼好兆頭。

「拜託，凱特，」導演高登坐在正廳前排的某個座位，以聲如洪鐘的格拉斯哥腔調大吼，「我們再過十天就要開演了！媽的妳可不可以拿劇本坐下來好好背台詞？」

凱特也一樣火冒三丈，「高登，我記得台詞，問題不是這個。」

「那不然是什麼？親愛的，拜託提點我一下吧，」高登酸度破表，沒打算要聽她的答案，他大叫，「繼續啊。」

這就像芭芭拉．威斯特的那句口頭禪——我們彼此心照不宣就好，我也不能怪高登發飆。你也知道，雖然凱特天賦異稟，確實是才華洋溢，這一點我們百分百肯定，但她的個性也亂七八糟，惹出一堆麻煩，喜怒無常，經常遲到，動不動就和別人吵架，沒辦法時時保持清醒，當然，她也很優秀，有領袖魅力，個性風趣，對於準確具有絲毫不差的判斷天分，無論上了舞台或下了舞台都一樣。諸此種種加總在一起，就跟可憐高登發現的一樣，她是共事的可怕夢魘。

啊……但這樣講並不公平，對吧？我之前立誓要客觀，卻以那種方式偷渡我對凱特的評斷，可以這麼說，神不知鬼不覺，彷彿你根本不會注意到一樣。我個性狡猾，是吧？我之前立誓要盡量保持客觀陳述，由你自行判準，所以，我必須要遵守誓言。從現在開始，我會努力避免洩露自我意見。

我接下來只會專心講述事實：

凱特．克洛斯比是英國劇場演員，在倫敦長大，出身勞動階級家庭，泰晤士河以南區域，多年的劇場學校與聲腔訓練早已完全抹消了所有的口音殘痕，而凱特的口音是眾所周知的英國國家廣播電台腔，相當高雅，很難聽出是出身哪裡，

不過，必須要說的是，她的遣詞用字依然跟以往一樣粗俗。

她是刻意搞怪，具有芭芭拉所說的「大眾碼頭度假區趣味」的氣息，而我會使用的形容詞是猥褻。

凱特曾經見過查爾斯國王，關於他們相遇曾經有過這麼一段出名往事。當他還是威爾斯親王的時候，舉辦了一場慈善午宴。凱特詢問查爾斯廁所有多遠，而且還補充了這段話，先生，我真的十分尿急，逼不得已的話，我會尿在水槽裡。查爾斯哈哈大笑，顯然是被她給迷住了。在那個當下，凱特的確有望晉身貴族。

當我們的故事開始之際，凱特年約四十八、九歲，或者，可能更老一點——很難知道確切歲

數。她就跟許多演員一樣，真正的生日日期是一場流動的饗宴。她看起來比實際年齡年輕，好看的美女，她的髮色與拉娜的金髮正好是濃烈對比——深色眼眸，深色頭髮。凱特與她的美國閨蜜一樣漂亮，但她就是特立獨行。她跟拉娜不一樣，平常濃妝豔抹，使用大量眼影與多層濃重睫毛膏強調那雙大眼。就我所知，她從來沒有卸過眼睫毛，純粹每天多加個一兩層。

凱特的整個外型就是比拉娜更有「明星味」，一大堆珠寶、鍊子、手鐲、圍巾、靴子、厚重外套，彷彿竭盡所能要被人看到。而在許多方面格外出眾的拉娜，打扮永遠是盡量簡單，也不知道為什麼，對她來說，彷彿過度關注自己是某種壞品味

凱特個性張狂，活潑搶眼，擁有源源不絕的活力，老是在喝酒抽菸。就這一點與其他方面來說，我覺得拉娜與凱特應該算是南轅北轍吧。我必須老實說，她們的友誼一直讓我有點困惑。她們兩個幾乎沒有什麼共通點，但卻是最要好的朋友，而且維持了好長一段時間。

其實，在這個故事裡蘊藏了好幾段情愛糾葛，而這是最早出現、持續最久——而且可能是最悲傷的一段。

為什麼個性天差地遠的兩個人居然會成為好友？

我想，青春與它息息相關。我們在年輕時結交的朋友，幾乎不會是我們往後人生階段想要尋覓的那種人。而我們認識他們這麼久，也造成我們看待他們的目光平添了某種懷舊之情，如果你願意的話，也可以說它是某種縱容，我們生活之中的「無敵通行證」。

凱特與拉娜在三十年前拍電影的時候相識。某部在倫敦進行拍攝的獨立電影，改編自亨利·

詹姆斯的《尷尬年代》。凡妮莎．蕾格烈芙飾演主角布魯克夫人，而拉娜則扮演她的女兒，無邪少女南達．布魯肯漢姆，而凱特則擔任喜劇配角，義大利的表妹艾姬。凱特在鏡頭之外也把拉娜逗得哈哈大笑，在那個夏天拍攝期之中，這兩名年輕美眉成了好友，凱特當地頭蛇帶拉娜過倫敦夜生活，過沒多久之後，她們每天晚上都出去鬼混，過著狂歡日子——出現在拍攝現場的時候還宿醉未退。無庸置疑，有時候，蓄意為之的凱特根本還在酒醉狀態。

結識新朋友的時候，宛若墜入情網，對不對？而且凱特是拉娜最重要的閨蜜，她人生中的第一個。

我講到哪裡了？抱歉，想要維持平鋪直敘還真是困難。我必須要好好控制自己，不然我們永遠講不到那座島嶼，遑論謀殺案了。

對，凱特的排演。好，荒腔走板，而且她講話的時候一直結結巴巴。不過，並不是因為她記不牢台詞，她很熟，只是她扮演這個角色渾身不自在——她覺得失落。

克呂泰涅斯特拉是一個指標型角色，蛇蠍美人的原型。她殺死了自己的丈夫與他的情婦，可以說她是禽獸，也可以說是被害者，就看你要採取什麼樣的角度。對於演員來說，這是天賜大禮，可以盡情發揮的角色。反正，你一定是這麼以為的吧，但凱特的表現依然病懨懨，似乎沒有辦法召喚體內的希臘式熱情。她得要想辦法突破角色的表象，深入內心與思維，挖掘出一個微小的連結隙縫可以讓她棲居在角色之中。對凱特來說，演戲是一種混亂又神奇的過程，不過，此時此刻，沒有魔法，只有一片混沌。

他們好不容易終於排演完了。凱特裝出無畏神情，不過，其實整個人慘兮兮。感謝老天，因為復活節的關係，在技術彩排與服裝彩排之前，她還有幾天的空檔，還有幾天可以重整自我，重新思考——以及祈禱。

高登在排練結束的時候宣布，希望在復活節過後，大家的台詞絕對不會出包，「不然的話，我沒辦法保證我會做出什麼事。聽清楚了沒有？」他在所有演員面前撂話，但每個人都知道他指稱的對象是凱特。

凱特對他擺出燦爛笑顏，還假裝作勢吻了一下他的臉頰，「高登，親愛的，千萬不要擔心，一切都會好好的，我保證。」

高登翻白眼，不是很相信她的話。

✦

凱特到後台拿自己的東西。她還沒有完全把自己的物品全部搬入主角化妝室，裡面一團亂，到處都是拆了一半的袋子、化妝品，還有衣服。

凱特只要一進入化妝室，第一件事就是點燃她為求好運鐵定會購買的茉莉花氣味的香氛蠟燭，同時消除污濁空氣、陳舊木材、地毯、潮濕裸露磚塊的後台滯悶臭味，更何況她平常會偷偷抽菸，對著窗外吞雲吐霧。

凱特重燃蠟燭，在包包裡翻找東西，拿出了一瓶藥，倒出一顆贊安諾在手心。她不需要吃整顆，一點點就好，只要一小口就夠了——舒緩焦慮。她把它掰成兩半，然後咬了四分之一，讓那一小片苦澀的藥在舌面溶解。她相當喜歡那種澀口的化學氣味，她自己覺得嚐到了噁心臭氣，就表示正在發揮藥效。

凱特瞄向窗外，在下雨。看起來雨勢不大，也許很快就會放晴。她等一下會去河邊走一走，散步很好，她需要釐清思緒。她有太多心事了，害她昏昏然……接下來還有好多事，好多得思索，煩心，但是她現在就是沒有辦法面對。

也許來一杯酒可以幫忙醒腦，她打開梳妝台下方的小冰箱，拿出了一瓶白酒。

她為自己倒了一杯之後，整個人挨在梳妝台邊緣，而且還點菸，這大大觸犯了劇院規則，會遭到死刑伺候，但誰管那麼多啊——從現在的狀況看來，這是她在這間劇院的最後一次演出，其實，其他地方也應該是沒機會了。

她惡狠狠瞪了一下放在梳妝台上面的劇本，它也回瞪她。她拿起劇本，把它翻面，正面朝下。真是一場大災難，她當初為什麼會覺得接演《亞格曼儂》是好主意？她答應的時候一定很茫。一想到那些惡毒的評論，就讓她面色抽搐。《泰晤士報》的劇評家本來就討厭她了，想必那女人會開心得要命，趁此機會把她碎屍萬段，《晚旗報》的那個混帳一定也會惡搞她。

她手機響起——能夠讓她分心放下思緒真是太好了。她拿起手機，看了一下螢幕，是拉娜。

凱特接電話，「嗨，都還好嗎？」

「之後就會好了，」拉娜說道，「我終於發現我們大家都需要一點陽光。妳要不要來？」

「什麼？」

「去那座島過復活節吧？」

「千萬不要拒絕我，就只有我們而已，妳、我、傑森，還有里奧。當然，要加上艾嘉西……我不知道要不要問艾略特，他最近一直惹我生氣。好，妳覺得怎麼樣？」

凱特假裝在沉思，她把菸屁股丟到窗外的落雨之中，「我現在就來訂機票。」

4

拉娜的島是禮物，愛的贈禮。

這是奧托贈送給她的結婚禮物。的確奢侈，不過，這顯然就是奧托的典型作風，從各方面看來，他都是個特立獨行的人物。

這座島座落於希臘愛琴海南部，位於散佈諸多小島的基克拉澤斯群島之中。你聽說過的著名島嶼，米克諾斯以及聖托里尼，都在這裡，但大多數的小島都無人居住；而且也不適合人居。有些島屬於私人所有，奧托為拉娜買的那一座就是如此。

這座島沒有你想的那麼貴。當然，是超過了絕大多數普通人的想像極限，但是就它的獨特背景而言——與一般島嶼相比——買下它或是好好維持並沒有那麼昂貴。

原因之一是它很小，總共就是兩三百英畝，差不多就是一個岩塊的面積。還有，新島主的地位明明是好萊塢電影製作人與他的繆思女神，而奧托與拉娜卻把這裡的家弄得相當簡樸。他們只雇用了一名全職員工——負責看守島嶼——光是這一點就有故事了，奧托總是津津樂道的一場軼事，因為他很喜歡希臘人的個性，著迷不已。而我們必須要說，此地遠離了希臘大陸，這裡的島民相當古怪。

距離這裡最近的人居島嶼是米克諾斯，開船需要二十分鐘。所以，奧托當然是在這裡找尋拉娜島嶼的看守人。不過，這卻比想像中的困難。就算他們提出了豐厚報酬，但似乎沒有人打算要住在這座島嶼。

原因不只是因為守島人必須忍受離群索居的孤絕生活，還有某個神話——當地的鬼故事——這座島早自羅馬時代就開始鬧鬼。光是踏足這裡就已經會帶來厄運，更何況是住在這裡。米克諾斯人，真是超迷信。

最後，只有一個人自告奮勇應徵這個職位：年輕漁夫尼可斯。

尼可斯約莫二十五歲，剛喪偶不久。個性沉默憂鬱。拉娜告訴我，她覺得他有嚴重憂鬱症。而他告訴奧托，他只希望一個人。

尼可斯幾乎不會讀寫，只會說一點點破爛的英文，但他和奧托還是想盡辦法了解彼此的意思，通常靠的是比手畫腳。最後沒有寫下白紙黑字的合約，只有握手。

自此之後，尼可斯就一個人住在這座小島，他是看守人，也是非正式的園丁，一開始的時候，規模不怎麼樣。不過，他住在那裡兩年之後，開始種菜，收成驚人。隔年，奧托受到了尼可斯辛勤努力的鼓舞，從雅典弄了個小果園過來——靠繩子垂吊在直升機下方——蘋果、桃子、李子，以及櫻桃樹，全部都種在某個圍牆花園裡面。它們都活得很好，在這座充滿愛的島嶼之上，萬物似乎欣欣向榮。

聽起來很美好？是吧？充滿了田園風味。我知道。即便到了現在，還是很容易把它浪漫化。沒有人想要知道現實，因為我們都想要生活在童話故事之中——而外界看待拉娜故事的方式似乎就是如此，充滿魅力的神奇生活。不過，要是我曾經學到了什麼，那就是表相幾乎很少會與真相一致。

多年之後的某個夜晚，拉娜把她與奧托之間的實情告訴了我，他們的童話婚姻完全不是外人所說的那樣。也許這是必然吧，奧托除了個性獨樹一幟、出手慷慨，具有堅韌動力與野心之外，還有一些沒那麼可愛的特質。原因之一是他比拉娜年長許多，對她展現出為父甚至是父權的態度。他控制她的行動，規定她要吃什麼穿什麼，對於她可能做出的任何決定都只有無情批評，傷害她，欺負她，還有，在喝醉的時候對她施虐——情感凌辱，有時候甚至是肢體虐待。

我忍不住懷疑，要是他們在一起的時間更久一點，拉娜年紀漸長，越來越獨立，她終究會起身反叛。總有一天，她鐵定會離開他吧？

我們永遠不知道答案。他們成婚幾年之後，某個春天，奧托心臟病發——地點居然就在洛杉磯機場，他遵照醫囑要好好休息，正準備要去小島找拉娜，很遺憾，他永遠到不了目的地。

在奧托過世之後的那兩三年，拉娜一直不曾踏上那座島嶼，對她來說，一切的記憶與關聯太令人心痛。不過，隨著時間慢慢過去，她想起了這座島，還有他們共享的美好時光，所以她決定回來了。

自此之後，拉娜至少一年會到訪兩次，有時候更頻繁，尤其是她搬到英國之後——需要躲避那種天氣的時候。

在我們繼續講下去之前，我必須要告訴你有關廢墟的事。之後你就會發現，它在我們的故事中扮演了重要角色。

那個廢墟是我在這座島最愛的地點。六根飽經風霜的殘損大理石廊柱，圍成半圓狀，矗立在某塊空地之間，周遭是橄欖樹林園。頗有氣氛的地點，很容易就可以感受到盈滿的神奇魅力，是沉思的完美之處。我經常會坐在某顆大石上面，純粹就是專心吐納，聆聽寂靜之聲。

這個廢墟是某間別墅的遺址，超過了千年之久，原屬於某個羅馬富有家族。現在已經剩下了這些破柱——根據拉娜與奧托聽到的說法，這原本是私人劇場，小型座席區，專供私人演出之用。

很棒的故事——就我看來，有點矯揉做作。我忍不住懷疑這是某個過度積極的房地產仲介編出來的情節，期盼可以藉此激發拉娜的想像力。如果真是這樣的話，的確奏效了。因為自此之後，她總是稱呼那個廢墟為「劇場」。

她與奧托有一陣子恢復了這項古老傳統：在夏夜演出小品與短劇，由家人以及賓客擔任編劇與演員。所幸在我來到這座島的許久之前、他們已經放棄了這個習慣。一想到要遷就那些演技屬於業餘水準的電影明星，老實說，根本讓我受不了。

除了廢墟之外，島上只有兩棟建物，都很新——守島人的農舍，也就是尼可斯的住所，另外一棟就是主屋。

主屋位於島嶼中央——砂岩材質的巨宅，已有百年以上歷史。淡黃色的牆面，紅色陶土屋頂，以及綠色的木質百葉窗。奧托與拉娜增擴翻新了比較破敗的區域，蓋了游泳池，還有花園裡的客屋，在最方便的海灘建造登岸碼頭，停放他們的快艇。

很難描述這座島何其美麗——應該說曾經何其美麗吧？講到這裡，我有點不知道該怎麼使用時態才好。我不確定現在自己的時點，位於現在？抑或是過去？要是能夠給我一絲機會，我知道我會想要去那裡，此時此刻，我願意不惜一切回到那裡。

在我的眼前，一切栩栩如生。要是我閉上雙眼，我可以到達那裡，出現在主屋的遊廊，手裡拿著冰涼飲品，眺望海景。那裡幾乎是一片平坦，所以能夠看到相當遠的地方：越過橄欖樹之後，一路通達水岸與海灣，還有清透的藍綠色海水。海水平靜之際，一片湛藍宛若鏡面，近乎透明。不過，就像生命中的多數事物一樣，它的性格不只單一面向。起風的時候——經常有風——翻騰的海浪與漩流攪動全部的沙子、進入海床，海水也因而變得混濁、暗深又危險。

強風狠狠折磨世界的這個角落，一整年都不停歇，不過，它並非持續不斷，而且強度也高低不定，但它三不五時就會發狂，肆虐洋面，狂襲各個島嶼。艾嘉西的祖母把愛琴海的狂風稱之為梅諾斯，意思就是英文的「暴怒」。

對了，這座島嶼也有名字。

島名是奧拉，以「晨氣」或是「微風」之女神為名。好美的名字，掩蓋了風勢與女神本身的兇惡之氣。

奧拉是次要神祇，是仙女，女獵人，是阿提米絲的朋友。她不是很喜歡男人，以宰殺他們為樂。她生下雙胞胎男嬰的時候，吞食了其中一個，阿提米絲趕緊迅速偷偷搶救了另一個。

對了，這就是當地人口中的那股風，具有魔性，充滿毀滅力量。難怪它會成為他們的神話、傳說之中的角色，以奧拉女神具體現形。

我很幸運，從來沒有親身體驗過——我的意思是，那樣的風。在過去這兩三年當中，我造訪這座島嶼，所幸總是遇到異常溫和的天氣，經常與颳大風錯身而過，差了個一兩天。

不過，今年除外。這一年，我卻被暴怒之風逮個正著。

5

拉娜雖然告訴凱特我最近惹她心煩，但最後的確邀請我入島。

對了，要是你還沒猜到的話，我提醒你一下，我是艾略特。

而拉娜說出那句話的時候，只是在開玩笑而已。她與我之間的關係就是如此，我們經常玩這種遊戲，氣氛總是輕鬆愉快，宛若伯蘭爵香檳裡的泡泡。

我搭飛機前往希臘的時候，並沒有得到香檳或卡瓦酒的待遇。我與拉娜、她的家人不一樣，他們前往那座島嶼，應該就是與拉娜飛往任何地方的方式一樣，都是搭乘私人噴射機。像我這種區區普通人，只能坐一般商用客機，很不幸，最近還常常搭乘廉航。

好，就在蓋威克機場的某個超級樸實的登機報到櫃檯，我們開始說故事。你也知道，我一直迫不及待要介紹自己，現在，總算可以讓你好好認識我一下。

身為一個敘事者，希望我不會令人失望。我希望自己被大家當成體面的夥伴——很風趣、直來直往、性情溫和，甚至偶爾會展露深度——也就是等到我請你喝了幾杯酒之後。

我大概是四十歲左右，加減個一兩歲吧，大家都說我看起來比實際年齡年輕。毫無疑問，這都是因為我拒絕長大，根本不想要變老。我覺得自己的內心跟小孩一樣，難道大家不都是這樣嗎？

我是普通身高，也許比一般人高一點，體格偏瘦，但不是我以前那種竹竿身材，要是側身的話，整個人就消失不見了。當然，這與抽菸有很大的關係，我現在已經控制得很好，只是偶爾抽大麻菸與社交菸，不過在我二十多歲、三十出頭的時候，天，我抽得超兇。以前一度只靠抽菸與喝咖啡過活，瘦巴巴、躁動、緊張不安又焦慮，想必當初跟我往來的人一定都很開心吧。幸好，我現在冷靜下來了，我會說這是變老的唯一好處，我終於變得冷靜。

我的眼珠與頭髮都是深色，就跟我老爸一樣。我是覺得自己長相普通，有些人會說我帥，但我自己完全無感——除非是身處在適當光線之中。芭芭拉．威斯特總說生命中最重要的兩件事就是光線與時機。她說得沒錯，要是光線太強烈，我只會看到自己的缺點，比方說，我痛恨自己的側臉，後腦勺頭髮那種亂翹的奇怪角度，還有我小小的下巴。每次當我在百貨公司更衣室不經意瞄到自己側面的時候，總會產生一股不快的驚嚇感，因為我的醜陋頭髮及大鼻子根本看不出下巴線條。這麼說吧，我沒有電影明星的外貌，跟故事裡的其他人完全不一樣。

我自小在倫敦郊區長大。關於我的童年往事，透露得越少越好。我們就盡量精簡交代好嗎？三個字怎麼樣？

很陰暗，這差不多就是總結了。

我爸爸是畜牲，我母親酗酒。兩人生活在骯髒、污穢、醜陋的環境之中，宛若兩個喝醉酒的小屁孩在水溝裡吵架。不需要可憐我，這並不是一本悲傷回憶錄，只是純粹事實陳述。我想，這種事你也耳熟能詳，我就跟許許多多的小孩一樣，在養育過程中長期被遺棄忽視，生理面與感情面都是如此。他們很少碰我，也不會跟我玩，母親幾乎很少抱我——唯一的一次是因為父親伸出憤怒之手抓住我。

你知道嗎，我覺得更難以原諒的是這一點。不是因為肢體暴力，過沒多久之後我就得到了體悟，要接受它成為生活的一部分，而是缺乏撫觸——它也對我之後的成人生活產生了影響。我該怎麼說比較好？它害我不習慣他人的撫摸——甚至可以說是害怕吧？也造成情感或身體的親密關係變得很痛苦。

我迫不及待要離家。對我來說，我的父母是陌生人，我居然與他們有關聯，讓我覺得真是不可思議。我覺得自己是異形，被低階生物收養的外星人——我別無選擇，只能逃跑尋找其他同類。

如果這種話在你耳中聽起來自大傲慢，抱歉了。當你在童年荒島度過了多年的孤絕時光，暴怒、酗酒、對你永無止境冷諷與充滿不屑的父母成了你的羈絆，他們從來不會鼓勵你，只會欺負你，看不起你，對於你熱愛學習或是藝術只有嘲笑，對於只要是與感知、情感，或是智識稍微沾上邊的一切的反應就是奚落……那麼自然長大之後就會變得有些易怒、敏感、姿態比較防備。

你長大成人之後，決定捍護自己的權利，矢志要變成——到底是什麼。與眾不同？獨立的個體？怪胎？

如果我此刻正在對年輕人講話，那麼就讓我給一點忠告：千萬不要因為自己與眾不同而絕望，在一開始的時候，那樣的差異是羞恥的來源，令人倍感羞辱，而且痛苦萬分，總有一天，它會成為榮耀與驕傲的徽章。

其實，在這些日子當中，我很驕傲自己與眾不同——感謝上帝，我就是這樣的人。就連我還是小孩，充滿自我厭惡感的時候，我也感覺得出來外頭還有另外一個世界。更好的地方，是我的歸屬之地，更明亮的世界——超越了黑暗，被聚光燈所照亮。

我在講什麼？當然，答案就是劇場。想像一下，當觀眾席全暗，幕簾亮起，觀眾們都在清喉嚨、坐定，因為期盼而緊張不安的那一刻。那是魔法，純粹又單純，比我嗑過的任何一種毒品更容易令人上癮。我很小的時候就明白了這一點——在學校遠足的時候意外看到了皇家莎士比亞劇團、國家劇院，或是西岸日場戲劇——我必須屬於這一個世界，而我也一清二楚，要是我想要被這個世界所接受，如果我想要參與其中，我必須要改變。

當時的我就是不夠好，我必須要成為另外一個人。

現在寫下這些話，似乎很荒謬，甚至相當痛苦，不過，我當時滿心認為就是如此。我堅信自己必須改變一切，包括了名字、外表、一舉一動、說話的方式，以及我的言談內容與思維。為了要成為這個華麗新世界的一部分，我得要成為一個完全不同的人——更優秀的人。

終於，等到了那麼一天，我成功了。

好，幾乎是完全成功——過往自我還是留下了一些殘痕，就像是木條地板的血跡，無論怎麼奮力刷洗，一定會留下淡紅色的污記。

對了，我的全名是艾略特·查斯。

如果你熱愛劇場的話，我想我可以很自豪地說，你應該對我的名字並不陌生。要是你沒聽過我的名字，也許聽說過或者看過我的劇作吧？《耽溺悲苦之人》大受歡迎，大西洋兩岸都是如此，在百老匯上演了一年半之久，贏得了好幾個獎項，我還要客氣說一句，我甚至得到了東尼獎的提名。

對於初試啼聲的劇作家來說，這表現還不錯吧，是不是？

當然，一定會有惡意卑劣的評論與蓄意編造的謊言在為數驚人的崇高資深惡毒劇作家之間流傳，指控我犯下各式各樣的惡行，從抄襲到百分百偷竊都有。

我想，這也不難理解，我很容易成為標靶。你也知道，這麼多年來，在小說家芭芭拉·威斯特過世之前，我一直與她同居。

芭芭拉跟我不一樣，她就不需要做任何介紹了。你可能在學校的時候就念過她的作品，課程裡一定會有她的短篇小說。不過，就我看來，大家對她實在是過譽了。

芭芭拉大我很多歲，我們相識的時候，她的健康狀況越來越糟，我一直陪伴她走到人生終點。

也許你很好奇——我並不愛她。我們的關係比較偏向交易，而不是情愛。我是她的侍從、僕人、司機、執行者，也是出氣筒。我曾經一度向她求婚，但是她拒絕了，而且她也不願意登記為伴侶關係。所以我們不是戀人或伴侶，連朋友都不算——反正，到了最後什麼都不是。

不過，芭芭拉的確在遺囑中把她的房子留給了我，位於荷蘭公園的那一棟老舊破爛的豪宅，又大又醜，我根本無力負擔維修費用——所以我把它賣了，靠著那筆收入快活了好幾年。她並沒有把她的暢銷書的版稅留給我，要是她這麼做的話，我的下半輩子就經濟無虞了。她反而把版稅分贈給好幾個慈善團體，以及住在加拿大新斯科細亞她幾乎不認識的遠房表親。

在這一段充滿了卑劣殘酷惡行的關係之中，芭芭拉剝奪了我的繼承權，是她對我的最後一次惡意相向。關於這一點，我無法原諒她。所以我才根據我們的同居生活，寫出了這個劇本。你可能會說，這是一種報復的舉動。我不是性急暴躁之人，當我生氣的時候，我不會發飆——我會坐下來，動也不動，準備好紙筆——以冷冰冰的精準度謀劃我的復仇。我以那齣劇狠狠修理她，暴露我們之間的關係只是一場騙局，而芭芭拉就是個虛榮又不可理喻的老傻瓜。

以下這段話你知我知就好，老實說，看到芭芭拉全球忠心粉絲的怒火，遠比它的商業成就更讓我開心。

好，也許也不盡然。

我永遠忘不了我的劇作第一次在西岸演出的場景，拉娜挽著我的手臂，宛若我的女友一樣。就在那一瞬間，我體驗到成名一定就是這種滋味吧。鎂光燈閃動，如雷掌聲，眾人起立致敬。這是我一生中最驕傲的時刻。這些日子一來，我經常回想，露出微笑。

現在似乎也該結束這一段插曲了。且讓我們回到敘事主軸——回到我與凱特，還有我們從下雨倫敦前往陽光燦爛希臘的這段旅程。

6

我在蓋威克機場先一步看到了凱特。即便在早晨這個時候，她雖然有些邋遢，看起來依然明豔動人。

當她看到我出現在報到櫃檯的時候，臉色微微一沉。她假裝沒看到我，直接走向隊伍的後頭。但是我朝她揮手，大聲呼喊她的名字，次數之多已經讓其他人頻頻四處張望。

凱特走過來，在櫃檯前面找到我，露出完全沒有任何遲疑的笑容。

「嗨，艾略特，我沒看到你。」

「沒有嗎？怪了，我馬上就看到妳。」我大笑，「早安，我本來就猜到會遇見妳。」

「我們搭同一班飛機嗎？」

「似乎是如此。我們可以坐在一起，好好聊一些以前的八卦。」

「我沒辦法，」凱特舉高她的劇本、貼著胸膛，宛若把它當成盾牌一樣，「我已經答應高登了，一定得要背熟台詞，」

「別擔心，我可以幫妳複習，我們就一路演練到希臘吧，現在把妳的護照給我。」

凱特別無選擇，我們都知道這一點——要是她不肯坐在我旁邊，就表示這個週末的開場就不妙了。所以她依然維持原本的笑容，把護照給了我，我們一起完成了登機手續。

過沒多久之後起飛了，當飛機飛上雲端之後，凱特卻顯然不打算練台詞，把劇本塞入包包裡。

「要是不練台詞沒關係吧？我頭痛得好厲害。」

「宿醉？」

「一直都這樣。」

我哈哈大笑，「我知道解方，來一點伏特加。」

凱特搖頭，「我一大早根本沒辦法喝伏特加。」

「亂講，它會讓妳提神醒腦，就像是被人打了一拳。」

我沒有理會凱特的抗議，揮手攔下經過我們身邊的某名空服員，請他給我們兩個裝滿冰塊的杯子——這趟航班免費提供的也就只有冰塊而已——雖然他露出怪異表情，但並沒有拒絕我們。然後，我從包包裡變出了偷偷夾帶上機的伏特加迷你酒瓶。最近飛航的酒類選擇少得可憐，更何況價格狂飆，所以我發覺自己帶酒旅行比較方便，而且更省錢。

如果你覺得這種行為墮落到不行，我得要向你保證，這些都是迷你小瓶。而且，要是凱特和我必須得在接下來的漫長航程繼續共處下去，恐怕兩人都得要靠麻醉劑才行。

我在那兩個塑膠杯裡倒了一些伏特加，舉杯，開口說道：「準備要度過一個開心週末，乾杯！」

「乾杯！」凱特一口喝光，面色扭曲，「唉呦。」

「那可以消解妳的頭痛。好，現在跟我講一下《亞格曼儂》，狀況怎麼樣？」

凱特勉強擠出笑容，「哦，很好啊，非常好。」

「是嗎？太好了。」

「為什麼這麼問？」凱特收起笑容，一臉懷疑打量我，「你聽到了什麼？」

「沒有，真的完全沒有。」

「艾略特，講啊。」

我陷入遲疑，「只是謠傳罷了……妳和高登不是很合拍。」

「什麼？真是鬼扯。」

「我想也是。」

「完全就是胡說八道。」凱特又開了一瓶迷你伏特加，為自己再次斟滿了酒，「高登和我關係很融洽。」她一飲而盡。

我對她微笑，「聽到妳這麼說，讓我鬆了一口氣。我迫不及待想要看首演，拉娜和我會一起坐在前排，為妳歡呼。」

凱特沒有對我回笑，她盯著我好一會兒——不友善的神情——然後，就不說話了。我沒有辦法忍受尷尬沉默，所以我主動開口填補空白，提起我們共同認識的某個朋友，正在歷經一場荒謬的復仇式離婚，包括了死亡威脅、駭入電郵，以及各式各樣的瘋狂行為。漫長又複雜的故事，為了喜劇效果我還特別誇大。

凱特始終冷冷盯著我。我看得出來，她完全不覺得我或是這故事有哪裡好笑。

當我望著她的雙眸，我看透了她的想法，讀出了她的心思：

天，真希望艾略特閉嘴。他以為他很風趣詼諧，自以為是諾爾．寇威爾❶。但他不是啊，根本只是個媽的大混蛋……

凱特不是很喜歡我——你應該已經猜到了。這樣說好了，她對於我的獨特魅力完全免疫。她以為她成功掩藏了對我的厭惡感，不過，她就跟大多數的女演員一樣——尤其是以為自己是謎樣人物的那一種——這女人超好猜的。

早在我認識拉娜之前，我已經先認識了凱特。凱特甚獲芭芭拉．威斯特的喜愛，不論在舞台上還是下了舞台都一樣，而且她常常邀請凱特來到她位於荷蘭公園的豪宅，參加名流晚宴，委婉的說法是「晚宴派對」，但其實是規模高達數百人的敗德淫蕩聚會。

就連在那個時候，凱特也讓我心生恐懼。只要她在派對現場到處找我——她行經之處都會看到她在撣菸灰，聞得到她全身散發的酒氣——就會害我一陣緊張，她挽著我的手臂，把我拉到一旁，無情取笑其他客人，逗得我哈哈大笑。我覺得凱特正在以另一個局外人的身分與我結盟。她似乎在說，親愛的，我跟其他人不一樣，不要被那些字正腔圓的母音所愚弄了，我根本不是什麼淑女。她迫不及待要讓我知道她就跟我一樣是冒牌貨——唯一的差異是我引以為恥的是過往，而不是當下。我跟凱特不一樣，我渴望擺脫之前的外殼，穩穩窩在目前的角色，與其他客人打成一片。不過，凱特靠著她的那些笑話、眨眼、以手肘輕推的動作，再加上了悄聲低語，擺明要讓我

❶ Noel Coward，英國天才劇作家。

知道，我的企圖沒有成功。

我很小心不要批評拉娜，因為她從來沒有給我任何必須得這麼做的理由——所以這其實不算是真正的批評——不過，老實說，我跟凱特在一起的時候，哈哈大笑的次數頻繁多了。凱特總是想辦法找樂子，在一切人事物之中找尋笑點，個性一直很淘氣愛酸人。而拉娜呢——嗯，她在許多方面都很嚴肅——非常直接，總是態度誠懇。她們兩人就像是油與水，真的就是如此。

或者，這只是文化差異？我所認識的每一個美國人都傾向直來直往，近乎坦率。這一點我很尊重——那樣的誠實具有某種清透性（芭芭拉．威斯特這麼說過，「隨便抓個美國人就是清教徒，不要忘了他們都搭乘『五月花號』去了另一頭。」）他們跟我們英國人不一樣，也就是說——他們不會展現病態的有禮態度，近乎是奴性，總是在你面前附和你，卻在你轉身的時候立刻惡毒批評你。

凱特和我超相像，要不是因為拉娜的關係，我們搞不好最後會變成朋友。而我對於拉娜、對於她向我展現的所有善意的唯一抱怨，就是她意外成了凱特與我之間的阻礙。你也知道，當拉娜和我一開始變熟之後，凱特開始把我視作威脅。

我在她的目光中看得出來——某種全新的敵意，搶取拉娜關注的競爭態度。

儘管凱特對我很有意見，但我覺得她很迷人，而且顯然相當有天賦，不過，個性也複雜又陰晴不定。她讓我覺得很不自在，或者，更應該說是小心翼翼——當你身邊出現了性格難測的壞脾氣貓咪、隨時可能會無預警攻擊你的那種感覺。要是某人讓你感到害怕，我覺得無法與其真心為友。這樣一來要怎麼做自己？如果恐懼的話，當然不可能展現真實的一面。

還有，對——我很怕凱特，結果證明我的確有憑有據。

哦，我是不是太早破梗了？也許吧。

但狀況就是如此，我說過了，我必須就事論事。

我們到達米克諾斯機場——美麗的降落跑道，更增添了興奮感。然後，我們上了計程車前往米克諾斯的舊碼頭，準備搭乘水上計程車前往小島。

等到我們到達港口的時候，已經接近傍晚了，映入眼簾的是明信片的畫面：藍白色的漁船、宛若毛線球的纏結漁網、木船在水面發出的吱嘎聲響、帶有一股淡淡汽油味的海風。喧鬧的水岸小餐館擠滿了人，到處都是閒聊人語與笑聲，還有黏稠希臘咖啡與油炸魷魚的香氣。我愛這一切——活力十足，不禁讓我有點心生動搖，想要永遠逗留在這個地方。

不過，我的目的地——或者我應該說是自己的宿命吧？——卻落於他方。所以，我跟在凱特後面，爬進了水上計程車。

我們開始這趟水上之旅。天空轉為紫色，迅速變黑。

過沒多久之後，島嶼出現在眼前，遠方的幽黑陸地。在傍晚的光線之中，看起來簡直像是散發了不祥之氣，它的幽暗之美，總是讓我的心中充滿了某種類似敬畏的感覺。

我心想，她就在那兒了，奧拉。

7

凱特與我越來越靠近那座島嶼，就在此時，有另一艘快艇正準備離開那裡。開船的是巴比斯——個頭矮小、曬得黝黑的光頭男，六十多歲的年紀，一身光鮮打扮。他是米克諾斯島雅洛斯餐廳的老闆，根據奧托與他訂下的數十年長約內容，艾嘉西會先打電話給他、告知雜貨採買清單，然後巴比斯就會送貨過來，並且確保屋子通風良好，乾乾淨淨。與他錯身而過，讓我覺得很慶幸，我覺得他這個人超無聊，而且是個勢利眼。

當巴比斯經過我們旁邊的時候，他還刻意放慢船速，對凱特刻意擺出隆重的深深一鞠躬。有三名清潔阿姨坐在他船艇的後面，旁邊放了一堆空空的雜貨籃。當他鞠躬的時候，在他背後的那些阿姨互看彼此，眼神冷硬。

我心想，*她們一定很恨他*。我正打算要把這番話告訴凱特，但我看了她一眼，我馬上就知道該乖乖閉嘴。她根本沒注意到巴比斯，只是凝望前方，盯著那座島嶼，臉上冒出了深紋。我們不斷前行，她的臉色也變得越來越陰沉，顯然她有心事，我很好奇到底是出了什麼狀況。

到了奧拉島之後，我們疲憊無語，帶著行李，沿著長長的車道往上走。路的盡頭就是主屋了，燈光全亮，在一片漆黑之中，它成了燈塔。

拉娜與里奧熱情歡迎我們，他們開了香檳，除了里奧之外，我們每個人都喝了一杯。拉娜問我們要不要在晚餐前先打開行李梳洗一下？

我要的是我固定的那一個房間——位於主屋，在拉娜旁邊的那一間。凱特要的是夏屋，因為去年夏天她在那裡睡得很好。

拉娜朝里奧點點頭，「親愛的，幫凱特拿行李好嗎？」

一向有紳士風度的里奧立刻站起來。

不過凱特卻拒絕了，「沒關係，親愛的，我不需要人幫忙。我是身強力壯的老鳥，自己來不成問題，讓我喝完酒就是了。」

就在那個時候，傑森晃入屋內，他一臉怒氣盯著手機。他正打算要對拉娜講話的時候看到了凱特，立刻閉上嘴巴，他沒有看到我。

「哦，是妳啊，」傑森對凱特擠出似乎有點勉強的笑容，「我不知道妳會來。」

「驚喜吧。」

「親愛的，我早就告訴過你了，我找了凱特，」拉娜說道，「只是你忘了。」

「還有誰啊？」傑森嘆氣，「天，拉娜，我告訴過妳了，我得要工作。」

「我保證，不會有任何人打擾你。」

「只要妳沒有邀請艾略特那個混蛋就好。」

「嗨，傑森，」我在他背後開口，「你見到我很開心是吧，我也是。」

傑森嚇了一大跳，幸好他還知羞恥要面露愧色，凱特哈哈大笑，拉娜也是，艾嘉西同樣笑得開心。

大家都笑了，只有傑森除外。

好，那我來講傑森了。

其實我還是老實承認吧，要叫我擠出分毫客觀性來描繪這個人，辦不到。當然，我會努力，但真的很難。無須多說，反正傑森非我所好，這是非常英國風格的表達方式，我沒有辦法忍受這傢伙。

傑森這傢伙很搞笑，別誤會，我指的完全不是風趣的意思，他長得帥——體格健壯、堅實的下巴、湛藍色的眼眸，還有深色頭髮。不過，他的個人舉止對我來說一直是個謎。我一直無法判斷他是不是刻意粗魯——這樣說都算客氣了——而且對於自己的粗魯態度也毫不在乎。或者，他純粹就是對他人感受渾然不覺，很遺憾，我懷疑是前者。

艾嘉西特別討厭傑森對她講話的態度。他老是對她擺出倨傲姿態，宛若在跟僕人講話一樣，當然，她的地位遠遠不僅止於此。她會怒氣沖沖瞪他，雙眼在大吼大叫，我比你先來，而且我會撐得比你久。

不過，艾嘉西從來不曾亂說話，一直不曾在拉娜面前批評過傑森——她對於他出包總是視而不見。拉娜有個老毛病，總是看到每個人最好的一面，就連噁爛至極的人也不例外。

「好，」凱特說道，「我準備要打開行李整理衣物，晚餐見嘍。」

她一口喝光剩下的香檳，然後拎起包包甩到肩後，離開了廚房。

凱特揹著行李袋，從狹窄的石階樓梯走下去，到達了一樓。夏屋的位置在游泳池的另一頭。游泳池材質是綠色大理石，周邊種滿了柏樹，奧托當初的設計就是要讓它與主屋的原始結構融為一體。

凱特喜歡待在這裡——遠離主屋，彷彿給了她隱私，遠離眾人，讓她可以好好休息的地方。

她進了夏屋，把包包扔在地上。她本想要打開行李，但實在太累了，她突然無法呼吸。在那一瞬間，她好想哭，一整天情緒都在激烈波動，而就在剛剛看到了拉娜與里奧在一起——因為彼此的陪伴而開心得不得了，如此輕鬆又親密的情感——害她突然一陣哀傷，還混雜了嫉妒的情緒，出奇催淚。

為什麼會這樣？為什麼當里奧握住她母親的手，或是撫摸她肩膀、熱情親吻她臉頰的時候，會讓凱特想哭？因為她覺得異常寂寞，形單影隻？

不是，真是鬼扯。有更令人憂煩的事，她很清楚這一點。是因為待在這座小島，讓她深感不安——待在這裡，知道自己接下來得要做出什麼舉動。這是不是錯誤決定？邪惡的提議？可能……也許吧。

她心想，*現在想這些都太遲了，好，凱特，振作一下。*

她需要來點什麼鎮定心緒。她帶了什麼？利福全？還是贊安諾？她突然想起她之前留給自己的小禮物，上次入島時留下的東西，還在嗎？

凱特匆匆走向書櫃，手指沿著書脊一路滑過去，看到了她在尋索的那本破爛泛黃的書。赫胥黎的《眾妙之門》。

她取出那本書，它掉下來，展開的正好是正確的那一頁——露出了壓扁的古柯鹼小袋，她眼睛一亮，太好了。

凱特自顧自微笑，把古柯鹼倒在床邊桌，然後拿出信用卡，把它切碎。

8

艾嘉西待在廚房裡，以鋒利小刀熟練處理鯛魚的內臟。她在水槽裡取出深灰色的內臟，清洗魚肚的時候，深紅色的血液與水龍頭的水流混雜為一。

她真心覺得祖母的雙手正在附身發功，當她做出這種熟悉動作的時候，祖母魂魄正在導引著她的手指。這整個下午，她一直想到自己的阿嬤——在她的心中，這位老太太與這個世界之角落密不可分。兩者都有一點瘋狂，帶有魔幻氣息。大家謠傳她祖母是女巫，而艾嘉西可以感受到她出現在這裡，在陽光下、在海潮之聲當中，還有在清理魚內臟的時候，都感受到她的存在。

她關了水龍頭，以廚房紙巾擦乾鯛魚，把它放在盤子裡。

艾嘉西今年四十五歲，堅毅的臉龐，黑色眼珠，削瘦的雙頰——對我來說，非常典型的希臘人長相，漂亮的女子，很少化妝，頭髮永遠是後梳綁髻。也許面容很樸素，不過，艾嘉西並沒有什麼虛榮性格，空檔就更不用說了，她不浪費時間打點自己的外表，這種事就留給別人吧。

她在思索煮魚的事。她心想，都是大條的魚，三條應該夠了。不過她會向拉娜確定，以防萬一。

她心想，拉娜似乎開心多了，這樣很好。

拉娜最近狀態怪怪的。疏遠，無法接近，顯然是有什麼事讓她心煩。艾嘉西很清楚，最好不要問。她天性謹慎，除非被別人問——而且是逼問——她才會發表自己的意見。

艾嘉西是家中唯一有足夠觀察力、發覺拉娜近來出現變化的人。至於其他人——家中的那兩個男人——幾乎不會花時間揣度拉娜的心情。艾嘉西可以把里奧的自私歸罪於他的年輕，至於傑森，她就覺得比較難原諒他了。

她覺得拉娜一定可以在島上好好休息、開心過個幾天，她完全想不出不可能的理由。截至目前為止，他們運氣很好，天氣沒問題，看不出會有擾人的強風，當他們過海的時候，風平浪靜到不行，水面幾乎看不到任何漣漪。

他們入島的時候，反倒是屋內的準備工作搞得一波三折。艾嘉西是厲害管家，一切總是打理得井井有條。不過，今天卻出現了延遲狀況。就在他們到達之際，他們發現巴比斯待在廚房裡，日用雜貨居然還沒有拆包，清潔工還在屋內忙著拖地板與鋪床。巴比斯顯然很難堪，深感抱歉。當然，拉娜很體恤對方，堅持是自己的錯，因為通知他們的時間太過倉促。她還向清潔工逐一道謝，這些老太太們對她露出燦爛笑容，一臉崇拜追星的模樣。拉娜與里奧後來去游泳了，而傑森心情沉悶，帶著他的筆電與手機進入書房。

最後只留下艾嘉西與巴比斯獨處——當然，讓人渾身不自在。不過，她絕不退讓。這男人真是浮誇的混蛋！對拉娜奉承諂媚、卑躬屈膝，簡直整個人都要趴在地上了。而他卻也在同一時間以希臘語咒罵他的員工，態度獨裁又傲慢，彷彿把他們當成了污土。

艾嘉西，就是他最痛恨的人，對他而言，她永遠是他餐廳的女服務生。關於那個夏天所發生的事，他永遠無法原諒她——奧托與拉娜第一次到雅洛斯餐廳用餐，想要找保姆，命運之神裁定由艾嘉西擔任那一桌的服務生。拉娜第一眼就喜歡上了艾嘉西，他們當場就雇用她，自此之後，她成了他們不可或缺的一部分。等到他們訪島行程接近尾聲的時候，他們詢問她是否願意跟他們一起生活，在洛杉磯當保姆，她不假思索立刻就答應了。

你可能會以為是好萊塢的魅力讓艾嘉西迅速首肯——你錯了。她只要能跟著拉娜，她不在乎自己去哪裡。在那段時光當中，她被拉娜的魅力完全收服，只要拉娜開口，就算天涯海角她也照跟不誤。

所以，艾嘉西跟著這一家人搬到了洛杉磯，然後是倫敦。隨著里奧慢慢長大，她也從保姆轉化為廚娘、管家、助理，還有——這算是她在吹捧自己嗎？——她也是拉娜的閨蜜，最要好的朋友？也許這樣說是稍微越界了，但其實也不算太離譜。就實際日常面看來，艾嘉西與她的親近度超過了任何人。

艾嘉西與巴比斯待在廚房的時候，她刻意慢條斯理仔細檢查那一長串清單，逐項核對——堅持要他確認一切都送達，享受了惡整的樂趣。他覺得痛苦萬分，而且還頻頻出現長嘆與腳尖敲地的聲響。等到艾嘉西覺得已經把他折磨夠了之後，終於放走他。然後，她開始整理所有的物品，計畫接下來這幾餐要煮什麼。

她為自己倒了一杯茶，就在這個時候，後門開了。

尼可斯站在那裡，大門的幽影地帶。他一手握著短刀與可怕的魚鉤，另一手拿著濕答答的有刺海膽。

艾嘉西怒氣沖沖瞪他，用希臘語問道：「你想要幹什麼？」

「這個，」尼可斯把海膽遞過去，「送給她的。」

「哦。」艾嘉西接下袋子。

「妳知道要怎麼清理嗎？」

「我知道。」

尼可斯又逗留了一會兒，似乎想要望向她的肩後，想知道還有誰待在廚房裡面。

艾嘉西皺眉，「你還想要幹什麼？」

尼可斯搖頭。

「那我得去忙了。」她在他面前狠狠甩門。

她把那一袋海膽丟在流理台，死盯了好一會兒。生吃，是當地的佳餚之一，拉娜很愛。對，尼可斯很好心，而艾嘉西得額外花功夫準備，她也是心甘情願。不過，他的這種態度讓她覺得很困擾，害她隱隱不安。

她覺得，不知道哪裡怪怪的，有關他凝視拉娜的那種目光。尼可斯之前在登岸碼頭迎接他們的時候，艾嘉西就注意到了異狀，拉娜並沒有發現。

但艾嘉西看到了，而且她完全不希望發生這種事。

9

尼可斯從後門離開了。他心想，經過了數個月的獨處時光，周邊又開始出現了人，這種感覺何其詭異。

就諸多方面來說，這感覺近乎是某種入侵——彷彿他的島嶼被圍攻一樣，他的島嶼。把這裡當成了自己的地盤，真是荒謬，但他就是忍不住。

尼可斯在奧拉島獨居了將近二十五年之久，幾乎可以完全自給自足，打獵，種植他需要的任何蔬果。他的農舍後面有一塊菜園，養了一些雞，而且海中還有豐富漁獲。最近這些日子，他只需要回到米克諾斯購買必需品，比方說菸草、啤酒、茴香酒。至於性，他不需要就可以過活。

要是他偶爾覺得孤獨，需要有人作伴——聽到其他人的談笑聲——他就會去當地人經常造訪的那間小酒館。它位於米克諾斯島鎮港口的另一頭，完全看不到富豪與他們的遊艇。尼可斯會一個人坐在吧檯，喝啤酒。他不開口，但是會專心傾聽，注意當地的八卦。其他的酒客除了向他點頭打招呼之外，幾乎都不會去煩擾他。他們知道尼可斯現在已經變得不一樣了，數十年的獨居生活，已經讓他變成了外人。

他會聆聽那些坐在擺放雙陸棋與小巧茴香酒杯小桌前的老男人講話、聽他們暢聊有關拉娜的事。他們當中有不少人都記得奧托，還有，相當離奇的是，他們以希臘語稱呼拉娜為「電影女妖」。他們對於這位退隱的美國電影明星充滿了好奇，她擁有的這座鬧鬼小島——必須這麼說，帶給她小確幸，也留給她巨大的傷悲。

有人曾經說過，這座島嶼受到了詛咒，要牢牢記住我的話，一定會再出事，過沒多久之後，這個新的丈夫也會步上前一個的後塵。

另一個人說道，他沒有錢啦——這個丈夫吃軟飯，都是靠老婆付錢。

又有一個人接口，哦，反正她錢夠多，真希望我老婆也會養我。

這句話引來哄堂大笑。

這些有關傑森的八卦到底有多少真實性？尼可斯並不知道，他也不在乎。他懂得傑森的尷尬處境，到底有誰的財富能夠與拉娜一較高下？尼可斯能夠給予她的也就只有自己的雙手而已，不過，至少他是一個真正的男子漢——不是傑森那種虛假的男人。

尼可斯第一次看到傑森的時候，就很不喜歡這傢伙。他還記得傑森第一次來到奧拉島的時候，身穿西裝戴墨鏡，脾氣暴躁，以領主之姿四處巡視。

在這幾年當中，尼可斯繼續近距離觀察他，通常傑森對於自己被人緊盯不放是完全渾然不覺。尼可斯認定傑森就是個騙子。比方說，他最近的「愛好」是佯裝獵人——截至目前為止，這是最大的笑話。尼可斯看著傑森笨拙弄槍，瞄準功力爛到不行，但依然裝得煞有介事，宛若裝成男人的傲慢小屁孩，害他必須要努力忍笑。

至於傑森獵殺的對象——那些可憐兮兮幾乎沒長肉的鳥兒，根本不值得艾嘉西費力拔毛，遑論浪費子彈。

這樣的男人配不上拉娜。

尼可斯唯一不介意出現在島上的人，也就只有她而已。畢竟，這是她的島嶼，她屬於這裡，她在這裡活力四射。每當她來到這裡的時候，膚色總是一片死白，亟需陽光。然後，不過幾天的時間，這座島嶼就會對她施以魔法——她在它的海中泅泳，食用它的魚以及它土壤孕育的蔬果，然後，她整個人如花綻放，是他有生以來看過最美麗的生靈。這也是某種來自本能的提醒，雖然大自然美麗燦爛又永存不朽，但跟女人還是不一樣。尼可斯已經不記得自己最後一次被撫觸是什麼時候的事了，更別說親吻了。

他獨處的時間太久，有時候他懷疑自己是不是會發瘋。酒館裡的那些人說，狂風會讓人發瘋，但其實問題不是風，而是孤獨。

要是他離開奧拉島，他能去哪裡？他再也無法與其他人長時間共處。他唯一的選擇是大海——生活在船上，在島嶼之間航遊。不過，他的船不夠大，他能夠負擔的就只有適合出海釣魚的小船而已。

不，他必須認命，永遠不會離開這座小島，直到生命告終的最後一刻，搞不好他在那時候也還是留在島上。畢竟，有人發現他的屍體也會是好幾個月之後的事了。屆時他很可能早就被島上的其他棲居生物咬得撕爛、吞食、啃得乾乾淨淨——就像他廚房外頭的死甲蟲一樣，被一長排辛勤的螞蟻肢解，最後帶走了屍塊。

他最近的心思似乎老是圍繞在死亡。在奧拉島，死亡無所不在，這一點他很清楚。

當尼可斯離開主屋、抄捷徑走樹林的時候，他發現了讓他停下腳步的異象。巨大的蜂巢。

他緊盯不放，好大的蜂巢，他這一輩子從所未見。它位於某棵橄欖樹的底部，樹根形成的空凹處。一大群黃蜂在繞飛，宛若一坨在翻騰的黑煙，不斷內旋。就某種角度看來，很美。

想要搗爛那種尺寸的蜂巢，一定是腦袋有問題。而且，他也不想毀了它，殺死牠們是不對的，這些黃蜂就與任何人一樣、有權待在這裡。其實，牠們是天賜之禮，因為牠們會吃蚊子。他希望那一家人不會發現這個蜂巢，開口要求他清除。

他心想，接下來的舉動就是要引導黃蜂遠離主屋——他只能暗暗期盼在這個過程中自己不會被螫傷。在農舍外面放一盤肉應該就不成問題，碎牛肉，或是剝了皮的兔子，黃蜂特別愛兔子。

就在這個時候，他聽到了潑水聲，他停下腳步，回頭張望樹林外頭，看到才剛剛跳入泳池的凱特。

尼可斯站在別人看不到的暗處，盯著她游泳。

過了一會兒之後，凱特似乎感受到他就在附近。她不再游泳，四處張望，想要透過光線看清另一頭的黑暗之處，「是誰？誰在那裡？」

尼可斯正打算繼續前行，卻聽到漆黑環境之中傳來腳步聲。有別人出現了，是傑森，他步下階梯，朝游泳池邊緣走過去。

傑森站在那裡，盯著水中的凱特。他面無表情，宛若戴了面具，凱特朝他游過去。

她面露微笑，「你應該跳下來才是，水溫很舒服。」

傑森並沒有對她回笑，「妳在這裡做什麼？」

「什麼意思？」

「妳明明知道我是什麼意思，妳在這裡做什麼？」

凱特哈哈大笑，「顯然你看到我並不開心。」

「對。」

「你態度不太好。」

「凱特……」

凱特對他吐舌，鑽入水面之下，發出了濺水聲。她在水底潛游，結束了這段談話。

傑森轉身，準備回到屋內。

尼可斯踟躕了好一會兒，思索剛剛看到的場景。正當他打算要繼續往前走的時候，卻突然湧起一股詭異感受，他僵住不動。

他不是一個人，這裡還有別人，在一片幽黑之中緊盯著凱特。

尼可斯四下張望，瞇眼，想要看清楚昏暗之地裡到底有什麼。但是他看不到任何人。他豎耳傾聽，只有一片寂靜，但他發誓一定有人躲在那裡。

他遲疑片刻，渾身不自在，轉身匆匆回到自己的農舍。

10

過了一會兒之後，凱特晃進廚房。她氣喘吁吁，而且還因為嗑藥有點茫，她希望其他人不會注意到她的異狀。

她坐在高腳椅上面，盯著拉娜與艾嘉西準備晚餐。拉娜正在做沙拉，材料是遍佈全島的茂盛辣味芝麻葉。艾嘉西端出一盤她清理好的鯛魚，拿給拉娜看。

「我想三條就夠了，妳覺得呢？」

拉娜點頭，「三條綽綽有餘。」

凱特拿了一瓶酒，為她自己與拉娜各倒了一杯。

過沒多久之後，剛洗完澡的里奧也加入她們的行列。他滿臉通紅，一頭濕髮，水珠不斷滴落在他的T恤。

里奧現在十七歲，快十八了。他就像是拉娜的年輕男版，宛若某個年輕希臘男神。他的名字叫什麼來著，阿芙蘿黛蒂的十幾歲兒子——厄洛斯。想必他跟厄洛斯有一樣的外貌，金髮，藍眼，身材健美削瘦，而且個性也很溫和，就像他母親一樣。

拉娜看了他一眼，「親愛的，吹乾頭髮，不然你會著涼。」

「一下就乾了，外頭的濕度是零。需要幫忙嗎？」

「可以請你佈置餐桌嗎？」

「我們要在哪裡用餐？裡面還是外面？」

「外面好嗎？謝謝了。」

凱特一臉讚嘆望著里奧，「里奧長得真好看，什麼時候變得這麼帥？要不要喝點紅酒？」

里奧忙著拿餐墊與餐巾，他搖頭以對，「我不喝酒。」

「好，那坐下來，跟我講秘密，」凱特拍了拍她身邊的高腳椅，示意叫他過來，「這個幸運女孩是誰？她叫什麼名字？」

「誰？」

「你女友。」

「我沒有女朋友。」

「但你一定有跟誰在約會吧。好啦……告訴我們吧，她叫什麼名字？」

里奧一臉尷尬，含糊講出一些大家都聽不清楚的話，匆匆離開廚房。

「怎麼一回事？」凱特一臉狐疑面向拉娜，「別跟我說他還是單身，不可能，明明這麼帥。」

「那是妳這麼覺得。」

「好，他真的是帥哥，在他這年紀，一定是在瘋狂打砲啊。他是怎麼了？妳會不會擔心他有點……」凱特聲音越來越小，瞄了拉娜一眼，意味深長，「妳也知道……」

「不知道，」拉娜對她露出好奇微笑，「是什麼？」

「不知道該怎麼說……很依附……」

「依附？依附誰？」

「依附誰？」凱特哈哈大笑，「親愛的，就是妳啊。」

「我？」拉娜看起來是真的嚇一大跳，「我不覺得里奧特別依附我。」

凱特翻白眼，「拉娜，里奧很黏妳，一直就是這樣。」

拉娜不想多談，「如果真的是這樣，他總是會長大，跟我變得疏遠，到了那個時候，我會覺得遺憾。」

「妳覺得他會不會是同志？」

拉娜聳肩，「凱特，我不知道，如果他是呢？」

「也許我該問問他，」凱特微笑，又為自己倒了一杯酒，繼續興奮討論這話題，「妳知道嗎？我可以用某種『大姐姐』的姿態，替妳與他談心。」

拉娜搖頭，「拜託不要。」

「為什麼不要？」

「我不覺得妳是大姐姐類型的人。」

凱特思索了一會兒，「對，我也這麼覺得。」

她們兩人哈哈大笑。

我走入廚房，開口問道：「什麼事這麼好笑？」

「沒事……」凱特依然笑個不停，她朝拉娜舉杯，「乾杯。」

那天晚上笑聲不斷，我們這一群人很開心，你絕對猜不到此情此景是我們的最後一次。

你可能會想要問，在短短的幾個小時之內，到底是出了什麼嚴重差錯，導致最後會發生謀殺案？這真的很難說，有誰可以準確指出由愛生恨的那一刻？一切都會劃下句點，我知道，尤其是幸福，尤其是愛。

請原諒我，我居然變得這麼憤世嫉俗。當我年輕的時候充滿了理想，甚至還很浪漫。我以前相信愛會恆久，現在，我不信了，現在的我只確定一件事——我的前半生是百分百的自私，而後半生，百分百的悲痛。

如果你首肯的話，請讓我繼續沉醉在那個當下——讓我在那裡多待一會兒，享受這段最後的幸福回憶。

我們在露天星光之下吃晚餐，坐在藤架下方，有燭光照映，周邊散發爬藤茉莉花的香氣。我們一開始吃的是由艾嘉西剛準備好的鹹味海膽。生吃搭配現擠檸檬汁，一直讓我覺得不對味——不過，要是能夠閉上雙眼，迅速吞下，那麼就可以把它們偽裝成牡蠣。接下來是烤鯛魚、切片牛排、綜合沙拉、佐蒜蔬菜——以及這一餐的主菜，艾嘉西的油炸馬鈴薯。

凱特沒什麼胃口，所以我吃了兩人份，空盤在我面前疊得老高。我讚揚艾嘉西的廚藝，也小心翼翼展現禮數表揚拉娜的努力。不過，她的養身沙拉，實在無法與生長在奧拉本地紅土、炸成金黃色還泛油的馬鈴薯相提並論。這是完美的一餐，最後的晚餐。

之後，我們坐在戶外火坑旁邊，我與拉娜聊天，而里奧與傑森在下雙陸棋。

凱特突然向艾嘉西討水晶，艾嘉西進屋把它拿出來。

我必須要告訴你水晶的事，它在這家人當中具有近乎神話的地位。某種粗陋的算命用具，本來是艾嘉西祖母的東西，據說具有神力。

那是一塊吊飾，不透光的白色水晶，宛若幼嫩小松果的形狀，扣附在某條銀鍊。

你以右手抓住鍊子，將水晶懸於張開的左手掌心上方。你詢問的時候要選擇適當的措辭。這樣一來，水晶才能夠以是非題的方式回答你的疑問。

水晶會開始擺動作為回應。如果它像鐘擺一樣直線晃動，那麼它所給的答案就是否定；如果它繞圈圈，那麼答案就是肯定。簡單到不行——但預測結果卻準到令人頭皮發麻。大家會向它徵詢自己的計畫與目標——我應該接受這份工作嗎？我應該搬到紐約嗎？我該嫁給這男人嗎？幾乎所有人都會回報結果——幾個月之後，有時候是幾年之後——水晶的預測一直正確無誤。

凱特超信水晶的魔力，而且流露的是她有時會出現的那種天真姿態，帶著孩童式的信仰。她堅信這是真品，是某種希臘的神諭。

那個晚上，我們大家輪流發問——向它詢問我們的秘密疑問——只有傑森除外，他完全不感興趣。他並沒有待多久，他跟里奧玩雙陸棋，輸了之後就立刻發飆，一臉怒容衝入屋內。

等到只剩下我們四個人之後，氣氛就變得更開心了。我捲了一管大麻菸，拉娜從來不抽大麻，但她今晚破戒，抽了一口，凱特也一樣。

里奧拿出自己的吉他，開始演奏自己所寫的歌曲，拉娜與他的二重唱。那是一首優美之歌，這對母子具有映襯彼此的優美聲線。但拉娜已經茫了，老是忘記歌詞。然後她咯咯笑個不停，逗得凱特和我超開心，害里奧氣得要命。

對於這個性格嚴肅的十七歲男孩來說，我們一定超煩，這些嗑藥嗑到茫的愚蠢成年人的行為，就跟青少年一模一樣。我們三人緊緊抱在一起，笑得直不起腰，一直停不下來。

我很慶幸我擁有那段回憶。我們三人，哈哈大笑，幸好有這麼一段完全不受玷污的過往。很難相信，在短短二十四小時之內，我們當中有某人喪命。

11

在我對你講出謀殺案的事之前，我有個問題要問你。

哪一個比較重要——性格？抑或命運？

這是所有悲劇的關鍵問題。到底哪一個優先？是自由意志抑或是宿命？第二天無可避免的一連串可怕事件，是某個歹毒神祇的命定結果嗎？我們真的必死無疑？還是有望逃脫？

這個問題盤據我心頭已有多年之久。性格還是命運？你覺得呢？我會把我的想法告訴你。經過長時間的審慎苦思，我認為它們其實是一體。

不過，別理我。赫拉克利特曾經說過這麼一句話：

「性格就是命運。」

要是赫拉克利特說得沒錯，那麼在幾個小時之後等待我們的悲劇，就是我們的性格——我們是誰——而引發的直接後果，對吧？好，如果我們是誰定奪了我們會有什麼樣的遭遇，那麼真正的問題就成了：

是什麼因素決定你是誰？

是什麼因素決定你的性格？

對我說，答案就是我的整體個性——我所有的價值，關於我們該如何在這個世界生存、發達或是過著幸福生活的觀點，這一切都可以直接追溯到我被忽視的陰暗童年地帶，讓我學會必須要配合、甚至曾經反抗卻徒然的一切，形塑了我的性格。

我花了好久的時間才終於領悟到這一點。當我年輕時，總是抗拒思索自己的童年，或者，性格亦然。我想要拋諸腦後，不過，我發現某些事很難忘記。

我在三十多歲的時候開始接受心理治療。在那個時候，我覺得我已經與自己的過往保持了足夠的距離，稍微瞄一下也平安無事；可以瞇著雙眼、透過指縫觀察。我選擇團體治療，原因並非只是因為便宜，其實，是因為我喜歡觀察人。我這一生都很孤單，我喜歡與大家一起相處，看到他們的互動。

我的心理治療師名叫瑪莉安娜。她有一雙好奇的深色眼眸，深色波浪長髮，我覺得她應該是希臘人，或者有一半的希臘血統。大多數的時候，她很聰明，而且非常和善，但她也有殘酷的時候。

我還記得她有次說了一些讓人發毛的話，害我不安了好一陣子。現在回想起來，我覺得那句話改變了我的一生。

「在我們的童年，」瑪莉安娜說道，「感覺害怕的時候——當我們覺得羞愧受辱——此時就會出現狀況。時間停下腳步，在當下凍結。我們自我之某種版本被困住了，就在當時的那個年紀，永遠無法逃脫。」

某位成員麗茲問道：「被困在哪裡？」

「這裡。」瑪莉安娜敲了一下自己的太陽穴，「你的心中躲了一個恐懼的孩子——他依然覺得不安全，依然不曾被傾聽，不曾被愛。盡快接觸那個孩子、學習與其溝通，那麼你的生活就會變得更和諧。」

想必我一定露出了懷疑表情，因為瑪莉安娜立刻對我使出致命一擊：

「畢竟，這就是他滋養你的目的，艾略特，你說是不是？強壯的成人肉身，照顧他以及他的利益？呵護他？捍衛他？你應該要解放他才是——但最後卻成了看守他的獄卒。」

聽到了自己心中一直很清楚、但從來沒有化為言語的事實，那感覺，好怪。有一天，某人過來，在你面前大聲說出來——這就是你的人生——在這裡，仔細看清楚。要不要聽，隨便你了。

但我聽到了，聽得清清楚楚。

困在我的內心之中、被嚇壞的孩子，不會消失的孩子。

突然之間，一切豁然開朗。我在街上，或是在社交場合、不然就是我必須反對某人或堅持己見時所體會到的所有不安感受——反胃、恐懼眼神接觸——都與我無關，與當下無關，全是之前發生的過往感受。它們屬於多年之前的某個小男孩，曾經萬分恐懼，飽受攻擊，完全沒有自衛能力。

我以為自己在多年之前就已經丟下了他，以為自己正在掌控自我人生，不過，我錯了，我的人生依然被某個驚恐的孩子所主宰。分不清現在與過往之差別的孩子，就像某個渾然不覺的時間旅者，永遠在兩者之間不斷踉蹌而行。

瑪莉安娜說得沒錯：我最好還是把自己腦海中的那個孩子帶出來——讓他好好坐在我的腿上。

這樣一來，對我們兩個都比較安全。

性格就是命運。日後，請謹記這一點。

我講的不只是我心中的孩子，也包括了你心中的那個孩子。

「我知道，告訴你們要愛自己，是一個困難的請求，」瑪莉安娜經常這麼說，「不過，學習愛那個孩童時代的自我，或者至少要展現憐憫，將會讓你朝正確方向邁出一大步。」

你可能會因為這樣哈哈大笑，你可能會翻白眼，你可能會覺得這種話聽起來自我中心，自溺，而且充滿了自憐自艾。你可能會說自己個性比較堅強，也許，你真的是這樣吧。不過，朋友，讓我告訴你一件事：自我嘲弄只是一種抵禦痛苦體驗的方式。要是你嘲笑自己，你怎麼可能會認真對待自我？又該如何感受自己所經歷的一切？

等到我發現內心的小孩之後，我開始看到其他人內在的孩子——每一個都打扮得像是大人，佯裝自己是成年人。不過，我現在可以看穿他們的演技，直視假面之下的驚恐小孩。當你想到某人的孩童模樣，自然不可能會心生憎惡，同情油然而生，而且……

艾略特，你真是偽君子，大騙子。

要是現在拉娜待在我的背後，看到了這段話，她一定會這麼說。而且，她還會哈哈大笑，斥責我鬼話連篇。

拉娜會這麼問，那麼傑森呢？你對他的憐憫之情呢？

問得好，我對傑森的同情呢？

我這樣是不是不公平？誤解了他？扭曲事實？刻意讓他變得惹人厭？

可能吧。我想，我這輩子對於傑森的同理心就只有這麼一丁點。我只看得見他的可怕行為，我沒辦法看到這個男人的內心世界——他小時候所忍受的一切，所有的不幸遭遇、羞辱、暴行，害他因而以為生活的唯一成功之道就是自私殘酷、說謊與欺騙。

傑森以為男人就該如此，但傑森並不是男人。

他只是假扮大人的孩子。

而小孩不該玩槍。

12

砰，砰，砰。

我被嚇醒了，到底是什麼聲音？

聽起來像是槍響。現在幾點了？我看了一下手錶，早上十點。

又一聲槍響。

我起身坐在床上，驚慌不安。然後，我聽到傑森在外頭惱怒罵髒話，因為他開槍打鳥又落空了。

只是傑森在打獵而已。

我發出哀號，又躺回床上。我心想，天，這種起床方式還真特別。

好，我們回到謀殺案的那天。

我該怎麼說那可怕的一日？老實說，要是我早知道會有那樣的結局，還有後續的驚悚感，我絕對不會起床。

其實，我必須承認我睡得很好，完全沒有任何惡夢驚擾，對於即將發生的事，完全沒有感受到任何不祥之兆。

我在奧拉島一直睡得很好，這裡如許靜謐平和，沒有醉鬼或垃圾車會打斷你的睡夢。沒有，必須要傑森開槍才會讓我醒來。

我下了床，地面的冰冷石板讓我瞬間清醒。我走到窗前，拉開了布簾，陽光流瀉而入。我眺望清朗的藍色天空，一排排整齊的高大翠綠松樹，還有藍灰色的橄欖樹、粉紅色的春花，以及一群群的黃色蝴蝶。我專心聆聽蟬聲與鳥囀和鳴了好一會兒，深吸含有泥土、砂礫，以及海水的濃重空氣。真美好，我忍不住面露微笑。

既然起得早，我決定先工作一下再下樓。每當我待在島上的時候，總是覺得文思泉湧。所以我坐在書桌前，打開筆記本，

之後，我迅速沖了個澡，下樓。咖啡的強烈香氣召喚我進入廚房，爐子上有一壺剛煮好的咖啡，我為自己倒了杯咖啡。

看不到其他人的蹤跡，不知道他們在哪裡。

然後，我望向窗外，發現里奧與拉娜待在外頭，兩人正在花園裡辛勤勞動。

在尼可斯的協助之下，里奧在某處舊花壇挖了一小塊耕地。其實大部分都是尼可斯在處理，他卯足全力，背心全被汗水所浸濕。拉娜蹲在附近，採摘聖女小番茄、放入柳編籃。

我又為自己倒了一杯咖啡，然後去找他們。

我從凹凸不平的石階往下走，前往低地。經過圍牆果園的時候，我朝裡面張望，看到一排排桃子樹與蘋果樹，枝頭綻放白色與粉紅色的花朵，樹根附近還冒出了黃色小花。

看來，春天還未抵達英格蘭，卻已經在奧拉島帶來了盛開繁花。

我到了他們身邊，開口問好，「早安！」

「艾略特，親愛的，來嚐嚐這個……」拉娜把一顆聖女小番茄塞入我的口中，「以甜滋滋的食物開啟嶄新的一天。」

我嘴裡塞滿食物，咯咯笑問：「難道我這個人還不夠甜嗎？」

「勉強吧，還不算。」

「嗯……」這番茄的確甜美可口，我又從拉娜的籃子裡拿了一顆，「現在你們是要？」

「我們打算要弄一個新菜園，我們的新計畫。」

「舊的那一個是有什麼問題嗎？」

「這是專屬於里奧的地方，他需要自己的菜園。」拉娜對我微笑，流露出一抹忍俊不禁的神情，「你也知道，他現在吃素。」

「啊，」我回笑，「對，妳提過。」

里奧熱情洋溢，指向被挖開的那一塊泥地，「不管是什麼，我們全都要種就是了。」

拉娜微笑，「只能說幾乎全部。」

「羽衣甘藍、白色花椰菜、綠色花椰菜、菠菜、蘿蔔、小蘿蔔……還有什麼呢？」

「馬鈴薯，」拉娜接口，「這樣一來，我們就不需要再偷尼可斯的收成。對了，昨晚的馬鈴薯真是美味，謝謝你。」

她面帶微笑，對尼可斯說出這段稱讚的話。他揮手以對，一臉尷尬。

我問道：「有空間種一點大麻嗎？」

「沒有，」里奧搖頭，「我覺得不行。」

拉娜對我眨眨眼，「我們就等著看吧。」

我瞄了一下夏屋的方向，「那位女士呢？」

「還在睡。」

「傑森呢？」

拉娜還沒來得及開口，答案已經出現——巨大的槍響。然後，又一聲——直接從主屋後面傳來。

我嚇了一大跳，「天……」

「抱歉，」拉娜說道，「是傑森。」

「他在殺人嗎？」

「目前只有鴿子。」

「這是謀殺，」里奧板著一張臉，「是暴力行為，噁心又討厭，惡劣。」

拉娜的聲音聽得出耐心，但也有一股緊繃感，讓我覺得他們以前討論過這話題。「好，親愛的，我知道，但這是他的樂趣。而且他射殺的一切，我們都會吃下肚，所以這樣完全不會造成任何浪費。」

「我才不吃，我寧可餓死。」

拉娜識趣轉換話題，她碰觸里奧的手臂，對他露出祈求目光。「里奧，可否請你施展魔法，讓死者復生？去提醒凱特一下，當初都是她出主意要去野餐，艾嘉西花了好多心力準備，為了這件事忙了一整個早上。」

里奧嘆氣，把鏟子插在泥巴裡。對於這樣的任務，他看起來是興趣缺缺。「尼可斯，等一下我們再把它搞定，好嗎？」

尼可斯點點頭。

拉娜告訴我準備要在哪裡種球莖，我趁機瞄了一下她背後的尼可斯。他暫時停下挖掘工作，屏氣擦拭額頭。

我很好奇。尼可斯幾歲了？想必他是四十八、九歲，但原本烏黑髮絲如今已經轉白，面容曬得黝黑，還有明顯的皺紋。

我看著他的時候，發現了詭異之處。他盯著拉娜的那種表情超級詭異，相當專注，而且他自己渾然不覺。

他一臉崇拜癡迷望著他，而且還露出了淺笑。也不知道為什麼，他看起來更年輕了，簡直像大男孩一樣。

我觀察他凝望她的那種目光，我心想，*天，他愛上她了。*

我不知道自己為什麼會覺得意外，事後回想合理至極。站在他的角度——想像一整年都被困在某座小島之中，完全沒有任何人相伴，男的女的都沒有，唯一到訪的是每隔幾個月、就會隨浪踏入你的海岸的女神。他會愛上她，理所當然。

大家都一樣，我們每一個人——奧托、艾嘉西、我、傑森，半個地球的人口。就連凱特也一度被她迷得神魂顛倒。現在，尼可斯也一樣。面對拉娜的魅惑，他毫無招架的，他著迷不已，就跟我們其他人一樣。

不過，你也知道，咒語無法永遠持續下去，總有一天，它會失靈，魅力劃下句點，幻象告終。

除了稀薄的空氣之外，什麼都沒了。

13

有人猛敲房門，害凱特驚醒過來。

她揉了揉眼睛，分不清東南西北，花了一秒鐘才搞清楚自己在哪裡——島上的夏屋。她頭痛欲裂，又一陣敲門聲響，逼得她哀號。

「拜託！不要再敲了！」她大喊，「誰啊？」

「我是里奧，快起床。」

「滾啦。」

「現在已經過了十一點，快起床，妳野餐要遲到了。」

「什麼野餐？」

里奧哈哈大笑，「妳不記得嗎？明明是妳的提議，媽媽叫妳要趕快。」

凱特根本不知道他在說什麼。

然後，那段記憶又在她眼前隱約朦朧現形——喝醉酒之後興奮過頭的提議，昨晚冒出的念頭，要在海灘野餐。現在一想到食物，就讓她真的快要嘔吐了。

里奧又在敲門。

凱特發火了，「媽的給我一分鐘啦！」

「妳需要幾分鐘？」

「給妳五分鐘，不然我們就丟下妳嘍。」

「五十萬。」

「閃啦。拜託，現在就給我離開。」

里奧長嘆一口氣，腳步聲慢慢消失。

凱特低聲罵髒話，坐直身體，在床邊疲憊搖晃雙腳。她腦袋昏沉，還有微醉感，天，她覺得好難受。昨晚的下半場一片模糊。她是不是說了什麼不該講的話？做出什麼蠢事？酒後出包顯露本性，她就是會幹那種事。不該如此，她應該要保持專注。

她心想，白痴，要更小心才是啊。

她迅速洗澡，讓自己清醒。她頭痛欲裂，但是她沒有普拿疼，所以她改吃半顆贊安諾。完全沒有水可以吞服，只有昨晚香檳瓶內剩下的殘物。她覺得自己好污髒，在嘴裡塞了根香菸，然後，她拿了太陽眼鏡，突然又想起了什麼，這次是《亞格曼儂》的劇本。

凱特走向海灘，經過了尼可斯的農舍。

這間農舍與周遭環境很搭襯。以岩石與原木為材，前門外面有一棵巨大的綠色仙人掌，蓋住了部分的牆，走道沿邊也佈滿了帶刺的大型仙人掌。另一面牆長滿了枝葉結纏的常春藤。在兩棵長滿節瘤、彎曲的橄欖樹之間，懸掛了一個老舊的繩索吊床。

凱特經過農舍旁邊的時候，放慢腳步，緊盯著它不放。有東西吸引了她的注意力，是什麼？氣味？還是聲音？那噪音到底是什麼？

巨大嗡嗡聲響，宛若蜂巢——但是那氣味並不是蜂蜜，而是噁心、令人毛骨悚然的惡臭——實在太噁心了，害凱特立刻以手掩鼻。它散發腐肉惡氣，在陽光下逐漸臭爛。

然後，她看到了聲音與氣味的來源。

一大群黑壓壓的黃蜂，在某個樹根附近嗡嗡作響。木面放了某具小動物的帶血屍體，也許是兔子吧，上頭爬滿了螞蟻和黃蜂，爭搶地盤，拚命食肉。

凱特一看到就覺得作嘔。正打算要離開，卻發現窗口有人盯著她。

尼可斯站在那裡，沒有穿襯衫，他直視凱特，面無表情，藍色的眼眸死盯著她不放。

凱特不禁全身顫抖。她繼續往前走，再也沒有回頭。

14

里奧建議大家不要再等凱特了，所以我們沒理她，直接前往海灘。拉娜帶著毛巾，稍微領先我們幾步，里奧和我跟在後面，一人一邊，抓住沉重的野餐盒提把。

奧拉島有幾處海灘，這是我最愛的地點。面積最小，艾嘉西稱它為diamandi，意思就是鑽石——而它也的確是珠寶，迷你的完美海灘。

沙子柔軟厚實，白得宛若糖粒。岸邊幾乎長滿了松樹，掉落的綠色針葉，成了鋪滿吱嘎沙地的細緻地毯。淺灘的部分是水晶清透，再遠一點就成了綠色、藍晶色、土耳其藍，而到了最後，成了深濃的暗藍色。

多年之前，奧托在比較遠的地方弄了一個木頭浮台——高於水面的平台，隨著波浪搖晃，可以靠著繩梯爬上去。我通常會嘴裡叼著一本書、以仰頭姿勢游向浮台，爬上去，躺在陽光之下看書。

那個早晨，我們把野餐籃放在樹蔭底下，然後拉娜和我去游泳。水溫令人一凜，但對於這個時節來說，不算太冷。拉娜朝浮台游過去，我跟在她的後面。

里奧一個人待在海灘，打開了野餐籃的蓋子，檢查裡面到底放了什麼。

艾嘉西準備的真的是豐盛大餐，以米、碎肉作為餡料的烤蔬菜、葡萄葉捲飯、各式各樣的當地起司、煙燻鮭魚三明治、哈密瓜，還有櫻桃。

除了水果之外，里奧的素食選項並不多。他無精打采在籃子裡四處翻找，終於在底層找到了，保鮮膜封裝的三明治，貼有他名字首字字母的標籤，全麥麵包加番茄與小黃瓜，沒有塗抹奶油。

他心想，很難令人食指大動。顯然這是艾嘉西對於他飲食需求的某種消極抵抗式的攻擊。但總比什麼都沒有好，所以他拿了一個三明治。

然後，里奧坐在松樹的樹蔭底下，一邊吃午餐，一邊看書——《演員自我修養》。老實說，他覺得很沉悶，沒想到史旦尼斯拉夫斯基頓的文字這麼難讀——不過，他決心要堅持下去。

拉娜還不知道這件事，但里奧已經向英國與美國的戲劇學校交出了入學申請書。

他希望她不要耿耿於懷——不過，老實說，根據他們前幾天在倫敦的那一場對話，他不是那麼篤定。他打算要在這個週末找機會與她深談。他心想，前提是要有這個機會，凱特與艾略特待在這裡，每一秒都在霸佔她。

遠方突然傳來槍聲，讓他分了神。然後，又一聲槍響。

里奧皺眉。這些可憐的鳥兒，因為傑森尋樂而中槍受死。這讓里奧大怒，他擔心自己會做出什麼激烈舉動。

也許應該要動手。

也許應該要表態了——刻意強調自己的意見——絕對不要太過激烈——幽微但有效的方式。

不過，是什麼呢？

他立刻想到了答案。

槍。

萬一傑森發現他的槍不見了，而且沒有人知道在哪裡，他一定會發飆，氣得發瘋。

里奧在盤算，露出微笑，對，就這麼辦，等到我們回到屋內之後，我會把槍藏在某個他永遠找不到的地方，這樣就可以讓他得到教訓了。

里奧對於自己的決定很滿意，吃完了三明治之後，踏過沙地，回到野餐籃面前，找尋櫻桃。

15

傑森一個人待在廢墟，他帶了步槍到那裡，準備要練習瞄準。

他的標靶是放在某根廊柱頂端的鐵罐，截至目前為止，他的目標依然完整無損。

終於能夠獨處，讓他鬆了一口氣。即便在最天時地利人和的狀況下，拉娜朋友們的愚蠢閒聊也會讓他不爽。現在的他有諸多心事，這簡直讓他快崩潰了。

就在這時候，一隻小小的斑鳩，落在某根破爛廊柱的底端，牠似乎沒有注意到傑森站在那裡。他雙手緊緊握槍，對自己說道，*好，專心*。

他小心翼翼瞄準目標，然後——

「傑森……」

鳥兒飛走了，毫髮無傷，他怒氣沖沖轉身。

「拜託！我手裡有槍！不要那樣鬼鬼祟祟跟在我後面。」

凱特微笑，「你才不會拿槍殺我。」

「當然不會。」傑森望向她後方，「其他人呢？」

「我們剛剛離開海灘。他們已經回到屋內在洗澡。如果你擔心的話——沒有人看見我。」

「妳在搞什麼？為什麼要來這裡？」

凱特聳肩，「拉娜請我來的。」

「妳當初應該要拒絕。」

「我不想，我想要見她。」

「為什麼？」

「她是我朋友。」

「是嗎？」

「對，」凱特坐在某塊低矮的大理石石板上面，然後點菸，「我們得談一談。」

「談什麼？」

「拉娜。」

「我不想談拉娜的事。」

「傑森，她知道了。」

「什麼？」他直盯凱特好一會兒，「是妳告訴她的？」

凱特搖頭。「沒有，但她知道了，我看得出來。」

傑森端詳凱特的面容。然後，他鬆了一口氣，不需要相信她，她跟平常一樣愛演戲，「都是妳在幻想。」

「我沒有。」

他們陷入沉默。傑森別開目光，玩弄手中的槍。等到他再次開口的時候，已經成了另外一種語調——懷疑。

「凱特，最好不要是妳給我大嘴巴，我沒在跟妳開玩笑。」

「這是在威脅我嗎？」凱特丟了香菸，以腳把它踩入土裡，「親愛的，你真是浪漫啊。」

傑森專注凝視那雙美麗又受傷的深色眼眸，綻露微光，顯示她喝了酒。不過她並沒有喝醉——不像昨晚的酩酊大醉。

他也在凱特的眼眸中看到自己的臉，一臉陰鬱。就在那一刻，傑森可曾考慮卸下心防？是否差點跪下、把他的頭埋在凱特的大腿之間——吐露一切，對她講出自己現在的慘況真相？他操弄別人金錢的把戲破功，籌碼全部失手——他需要大量資金挹注，他沒那個錢，但是拉娜有，而且，要是他拿不到的話，幾乎註定得要坐牢？

一想到自己得坐牢，像鳥一樣被關在籠子裡，不禁讓傑森的心臟怦怦狂跳。他會不計一切代價阻止它成真。他好害怕，就跟小男孩一樣，他想要大哭，但是他並沒有這麼做。

他反而把槍靠在某根廊柱上面，彎身，摟住凱特的腰、把她拉起來。

他傾身向前，親吻她的雙唇。

「不要，」凱特低聲說道，「不要這樣。」

她想要推開傑森，但是他不肯，而且再次吻她。

這一次，凱特就任由他了。

當他們接吻的時候，傑森感覺怪怪的，也許，是某種第六感吧？——有人在盯著他們。

是尼可斯嗎？他是不是在監視我們？

傑森暫時後退，四下張望。但沒有人，只有樹木、泥土，當然還有天空中刺目灼熱的太陽。害他根本無法睜眼。

16

天氣幾乎是瞬間風雲變色。

太陽消失在雲朵後方，害我們籠罩在陰鬱的半暗光線之中。而吹了一整天的風，一開始的時候是低語，現在開始尖嘯，穿越洋面，朝我們暴怒直衝而來，它沿著地面狂奔，搖晃灌木與矮樹，仙人掌的刺葉不安晃動，樹枝震搖，發出吱嘎聲響。

根據我們待在島上的習慣，我們打算前往米克諾斯島，在雅洛斯餐廳吃晚餐。艾嘉西看到這種風勢，反對我們離島，但我們還是出發了，傑森堅持自己開快艇時曾遇過更糟糕的天候。即便如此，我還是覺得有點不太自在，在我們進入颼風黑夜之前，我打算先喝杯烈酒——對，你可以說我是借酒壯膽。

我進入客廳，仔細端詳酒櫃，不過，稱它為櫃子實在是太客氣了。真是個酒藏豐足的美麗吧檯。需要的一切，應有盡有——搖酒器、湯匙、攪拌器，還有各式各樣的器材：昂貴的烈酒與調味飲品；萊姆、檸檬、橄欖——專門放酒的冰箱，還有個可以製冰的小冷凍庫。有這麼完美的材料，我怎麼能夠不來杯馬丁尼呢？

你知道嗎，我對於調製完美馬丁尼有非常嚴格的想法。你可能會不以為然，我偏好的主體喜歡伏特加，而不是琴酒，必須要冰涼，而且超級酸澀。至於產於米蘭的苦艾酒；諾爾．寇威爾曾經講過這麼一段著名的俏皮話，完美馬丁尼的苦艾酒含量，就是把酒杯朝義大利的方向隨便搖一下，致意就夠了。我也同意他的說法，而我戰戰兢兢只加個一兩滴——目的就是要讓苦艾酒只能發出微弱到不行的輕聲細語。幸好，這是上好的苦艾酒——產地是法國，不是義大利——而且也乖乖依照規矩、放置在冰箱裡。

然後，我開了一瓶伏特加，把一些冰塊丟入雞尾酒搖酒器，開使調酒。過了一會兒之後，我把濃烈冰涼的液體倒入倒三角形狀的小酒杯，將銀色雞尾酒攪拌棒插入橄欖，小心翼翼把它放入酒中，然後，我把它舉高、迎向光源，仔細欣賞。

我讚美自己，這的確是完美的馬丁尼。正當我要把它湊到嘴邊的時候，我卻停下動作，因為我看到了詭異畫面。

就在我的背後，雞尾酒酒櫃鏡門的映像之中，我看到了里奧——他鬼鬼祟祟走過客廳的門，手裡抱了一堆槍。

我放下酒杯，走到門口向外張望。

里奧抱著槍，走向通道盡頭，然後站在廚房門口旁邊地板的大木箱前面。他伸出單手、打開了箱門，然後將那些槍仔細放入箱內，他從頭到尾一臉憎惡，彷彿覺得它們散發了臭氣一樣。

里奧站在那裡好一會兒，凝視自己的成果，他看起來心滿意足，吹著口哨信步離開。

我遲疑了一下，然後，我離開客廳，沿著通道走過去，檢查那間被傑森稱之為「置槍房」的地方。其實，那是一個靠近後門、幾乎沒人使用的空間，之前的功能是靴室，專門放置泥濘鞋子與雨傘——在這種乾燥天候之中，它們幾乎很少派上用場。

傑森把它整理好之後，裝了槍架，把他的打獵工具全放在那裡。他有三或四把槍——包括了一把步槍、半自動獵槍，還有兩把手槍。

槍架上空無一物。

我發出了無聲大笑，傑森一定會不爽到極點，瞬間發飆。雖然一想到那畫面就讓我開心不已，但我知道我不能就這麼放任不管，我在想是否該告訴拉娜，最後決定喝馬丁尼的時候再仔細考慮。

我回到了客廳——準備飲用我的完美馬丁尼，不過，它已經失去了冰涼度，成了令人失望的溫熱。

其實，已經成了一杯令人大失所望的雞尾酒。

17

開艇前往餐廳的途中，氣氛很緊繃。

傑森努力駕駛快艇、穿過巨大黑浪，從頭到尾都臭著一張臉。拉娜沒說話，她看起來也不開心，我猜他們可能是吵架了。凱特坐在她身邊，看起來神色陰鬱，凝望海浪，菸一根接著一根抽個不停。

開心的只有我一個人而已。那時候我已經喝了兩杯馬丁尼，而且對於晚餐充滿了期盼。我不想讓這趟旅程陷在悲慘沉默之中，於是面向坐在我身邊的里奧，我必須大吼大叫才能夠蓋過風聲。

「好，里奧，聽說你想要當演員，這是怎麼一回事啊？」

里奧看了我一眼，充滿驚愕，「是誰告訴你的？」

「當然是你媽媽，我只能說我並不意外。」

「是嗎？」里奧一臉疑色，「怎麼可能？」

「好，你聽過那句諺語吧，」我對他眨眼，「老鼠的兒子會打洞。」

我哈哈大笑，但是里奧卻皺眉。

「你是在開玩笑嗎？我不懂。」

他一臉狐疑看著我，然後又轉頭，面向遠方的光亮島嶼。

「我們快到了，」我說道，「很美麗的地方，是吧？」

美麗，的確恰如其分。在夜晚到達米克諾斯，是一種近乎迷幻的迷人體驗。逐漸靠岸的時候，島嶼出現閃爍白光，照亮了起伏山丘的白色圓頂建築。

雅洛斯的意思是「水岸」，的確如此，餐廳就在港口堤牆的旁邊。我們停泊在私人碼頭，離開搖晃不止的船艇，踏上了乾燥的土地，讓我鬆了一口氣。我們爬上石梯，前往餐廳。

這個地方宛若風景畫：鋪上白色亞麻布的餐桌，沿著岸邊一字排開，照明是來自懸掛在橄欖樹樹梢的燈籠，而且還可以聽到潮浪拍打岩石防波堤的聲響。

巴比斯一看到我們就匆匆趕過來，他對著旗下的那群服務生捻手指，他們全都戴手套與領結、身穿光潔的白色外套。而其他桌的客人紛紛轉頭，緊盯我們不放。我發覺自己身旁的里奧在不安蠕動，雖然他這一輩子老是遇到這種狀況，卻依然不喜歡這樣的關注——有誰能怪他呢？——而且今晚特別嚴重。

雅洛斯是一間昂貴又自以為尊貴不凡的餐廳，瘋子老闆巴比斯迎合的客層是那些超級有錢的風雅客層。即便如此，拉娜意外從水岸現身，宛若當代阿芙蘿黛蒂出生一樣，讓每個人都激動不已，大家都停止動作，目光緊緊相隨。

那一晚，拉娜閃亮耀眼——髮間、耳垂，以及頸項四周都有鑽石在熠熠生光。她身穿白色洋裝，款式簡單但昂貴的禮服，完美襯托她的身材，反光材質讓她全身燦亮，宛若某種美麗的幽魂。

要是你看到現場畫面，一定會驚嘆不已。然後，最高潮出現了，有個大約是七、八歲的小男孩，搖搖晃晃朝她奔去，他是父母派出的信使，小男孩怯生生拿出自己的餐巾紙，請拉娜幫忙簽名。

拉娜微笑，大方允諾——拿了巴比斯的筆、在小男生的餐巾紙簽下了自己的名字。然後，她彎身親吻小男孩的臉頰，他瞬間雙頰爆紅。整間餐廳不由自主爆出歡慶掌聲。

在這段過程當中，凱特都站在我身邊，我可以感受到她不斷蓄積的火氣，她的身軀散發出宛若體熱的怒火。

關於凱特，有件事必須要讓你知道——她脾氣很壞。劇場界的同業都很清楚，每一個人都曾經被她的怒火波及。只要一被激怒，她的怒氣就會令人生懼，熊熊燃燒，直到它自己熄滅為止。因此，最後她總是充滿悔恨，拚命想要彌補自己造成的傷害——很遺憾，未必每次都能夠盡如人意。

現在，我發覺凱特的怒意迅速高漲，我看得出來，她的不爽情緒已經凌駕一切。她正好與我對眼的那一刻，那雙眼眸充滿百分百的殺氣。

然後，她大聲開口，在舞台上講悄悄話的那種方式，餐廳裡的每個人幾乎都聽得見。「沒有人要我的簽名嗎？好，全都給我去死啦。」

巴比斯面色驚恐，但馬上覺得她只是在開玩笑罷了，他笑了很久，而且笑得特別大聲。他帶引我們入桌，對拉娜柔聲低語，奉承至極，他彎腰彎得好低，很可能會不小心摔倒。

凱特刻意做出誇張動作，根本不等待服務生過來幫忙，直接拉出自己的椅子坐下來。

「老弟，不用麻煩了，」凱特對那名侍者說道，「我不需要任何幫忙，不必給我特殊待遇，我又不是電影明星，只是個普通人。」

拉娜也拒絕協助入座，她露出微笑，「凱特，我也是普通人。」

「不，妳才不是，」凱特點燃香菸，誇張嘆氣，「天，難道妳就不覺得厭煩嗎？」

「厭煩什麼？」

「這個啊，」凱特伸手指向別的餐桌，「妳吃晚餐的時候是一定要有五百個人為妳鼓掌嗎？」

拉娜打開菜單，仔細研究，「根本沒有五百個人，只是幾桌客人而已。這樣讓他們很開心，答應這種請求，我也沒什麼損失。」

「好，我損失可大了。」

「是嗎？」拉娜抬頭，現在她的笑容有些猶疑，「凱特，妳損失慘重嗎？」

凱特沒理她，面向了巴比斯，「我需要喝點東西。有香檳嗎？」

「當然，」巴比斯欠身，望著拉娜，「那您呢？」

拉娜沒有回答，她似乎沒聽到他說話，依然以某種困惑的古怪表情看著凱特。

里奧推了一下她，「媽，我們可以點餐了嗎？」

「是啊，」傑森說道，「拜託，不要繼續打啞謎了。」

「等等，」我仔細研究菜單，「我還不知道要吃什麼。我喜歡在希臘餐廳點菜，你們不是嗎？我全都想要吃——七十五道菜統統都要。」

這段話讓拉娜露出微笑，她立刻擺脫不快情緒，為大家點餐。

必須要說，拉娜最可愛的技能之一就是點一桌好菜——大方得要命，通常都會點太多，而且她總是堅持要買單，這一點也讓她成為了符合我定義的完美主人。她點了一堆沾醬與沙拉、當地的烏賊與龍蝦、肉丸以及馬鈴薯泥，還有餐廳的招牌菜，塗抹厚鹽火烤的大條海鱸，由巴比斯在餐桌上敲開：不但有戲劇化效果，而且非常美味。

巴比斯帶著訂單、欠身離開了，他吩咐那些服務生準備我們的食物與飲品。香檳出現了，大家都有一杯，只有里奧除外。

「我想要乾杯慶祝，」我舉起自己的酒杯，「敬拉娜，感謝她超級慷慨，還有……」

凱特悶哼一聲，翻白眼，「這場表演我不跟。」

「抱歉？」我皺眉，「我不懂。」

「動一下腦袋啊，」凱特一口氣喝光了她的香檳，「你很開心，是不是？爽快嗎？」

我嚇了一大跳，沒想到凱特剛剛那段話是針對我，她語氣充滿譏諷。我盯著她的雙眼，看到了燃燒的怒火。

顯然，我不小心踩到了她的火線。我立刻瞄了一下拉娜，她的眼神告訴我，她也看出來了。我對她露出自信微笑，示意我可以自己處理。

然後，我又面向凱特，「對，是啊，凱特，謝謝妳，我的確很開心。」

「哦，很好，」凱特點菸，「喜歡這場表演？」

「非常愛。一開始的時候很緩慢，然後步調大幅加快，我已經迫不及待要看結局了，我猜妳一定早已計畫了驚天動地的情節。」

「我會全力以赴，你真是一個好觀眾。」凱特露出了危險微笑，「一直在旁邊觀看，艾略特，你說是不是？總是在耍心機。你的小腦袋裡面到底在想什麼？嗯？現在又在計畫什麼陰謀？」

我不知道凱特為什麼要這樣攻擊我，我猜她也不知道自己在幹什麼。她斷無理由對我生氣，我想她會惡整我一定是誤以為我不會反擊。好，她搞錯了，如果說我學到了什麼，那就是一定要為自己挺身而出。芭芭拉·威斯特講過這段話，沒有人喜歡門墊，大家都在上頭抹鞋底泥巴。天知道芭芭拉這些年來一直在踐踏我，這讓我學到了慘痛教訓。

「凱特，妳今晚心情很糟糕，」我啜飲香檳，「到底是怎麼一回事？妳為什麼一定要毀了這一切？」

「你真的想要我講出答案？要是你想知道，我可以說出來啊。」

「凱特，」拉娜低聲說道，「夠了，不要再這樣了。」

她們互瞪了好一會兒。拉娜的目光示意她已經受夠了。我萬萬沒想到拉娜這次出手居然奏效，凱特不情不願閉嘴了。

然後，凱特突然做出大動作——在那一瞬間，我以為她要撲向對面的我或是拉娜，或是類似這樣的瘋狂舉動，但其實並沒有。

她突然站起來，腳步不穩，「我……我需要去洗手間。」

我問道：「是要去補妝❷嗎？」

凱特沒理我，大剌剌離開了。

我瞄向拉娜，「她到底是怎麼一回事？」

「我不知道，」拉娜聳肩，「她喝醉了。」

「這一點也不像她，別擔心，我有預感，等到她從廁所出來的時候，心情就會變得好多了。」

但我錯了，凱特回來的時候，狀況更糟糕。她很嗨，心情激動，很想要跟別人大吵一架——不只是針對我，隨便哪個人都可以。

里奧與傑森識趣低頭，迅速吞食餐點，他們想要盡快離開。不過，菜餚一道道上來，似乎沒完沒了，所以我專心對付食物。

我懷疑我可能是唯一在享受大餐的人。拉娜只是對著盤子裡東挑西揀，而凱特根本沒碰食物，一直在抽菸喝酒，惡狠狠盯著餐桌。經過了一陣讓大家不安的漫長沉默之後，拉娜想要以讚美轉移凱特的注意力。

「我很喜歡妳的圍巾，好美的深紅色。」

「那是披肩。」凱特一臉不屑，把它一甩，圍住了肩頭，然後，講出了一個偉大冗長故事，這是她資助的孟加拉孤兒所編織的披肩，感謝凱特贊助她完成學業。「這不是時尚商品，所以我知道妳永遠不會碰它——但我愛得不得了。」

「其實，我覺得超美，」拉娜伸手撫摸尾端，「好精緻的織工，她很有天分。」

「更重要的是，她很聰明，馬上就要當醫生了。」

「凱特，這都是拜妳所賜，妳真棒。」

這種企圖安撫凱特的舉動，就像是在討好某個暴戾小孩一樣——哦，妳好聰明，做得好——但拉娜的表現很笨拙。不過，我看得出來，凱特這種突如其來的改變讓她很不安，我們大家的反應都是如此。

要是我必須要在那個週末當中、挑選某個一切開始變得不對勁的時刻，就是在那裡，在那間餐廳之中。也不知道為什麼，我們越過了某條無以名狀的界線——大家從正常區域進入幽暗孤單的無人島，某個無人能夠安全返歸的地方。

在我們坐在那裡的整個過程當中，我聽得到風動，在水面發出嗚咽。它的速度越來越快，桌布在翻飛，蠟燭被吹熄了，我們下方的黑色巨浪猛力拍擊防波牆。

我心想，我們最好快點離開，不然的話回去的時候可就麻煩了。

---

❷ 亦有吸古柯鹼的意思。

我的右手抓住我的白色亞麻餐巾，讓它在水面上方的防波牆邊緣飄揚，我鬆手，放開了它……

強風從我的指尖奪走了那條餐巾，在夜空中飛舞了一會兒。

然後，它就此被夜色吞沒。

18

正如同艾嘉西所預測的一樣，我們回程的風勢更可怕。快艇在黑色巨浪之上劇烈搖晃，強風將鹹味海水潑灑到我們的身上，這趟旅程似乎看不到盡頭。等到我們終於回到屋內，我們全身濕透，而且發抖得好厲害。

里奧一向具有紳士風範，找出毛巾、交給了每一個人。等到我們擦乾身體之後，傑森有氣無力想要結束今晚，你也許可以這麼說吧，先發制人，企圖「控制」凱特，就像是把頑皮小孩送上床一樣，但這註定失敗，凱特不是那種可以任由他者操弄的人。

「今晚就這樣吧，」傑森開口，「我累壞了。」

「還不行，」凱特說道，「我要先喝睡前酒。」

「妳今天喝得還不夠嗎？」

「不夠。剛才搭船讓我整個人都清醒過來，我得要再來一杯。」

「很好，」我開口，「我也是，隨便給我來杯雙倍的什麼酒都好，麻煩了。」

我從法式落地窗走到外頭，進入遊廊，周遭的石牆擋住了最猛烈的這一波風勢。

我們經常使用遊廊：這裡擺設了各式各樣的沙發、咖啡桌、戶外火坑，還有烤肉架。我點燃火坑，以焰光點燃我剛捲好的大麻捲菸尾端——希望可以重複昨日的幸福感。天，現在感覺何其遙遠，宛若是上輩子的事了。

里奧跟著我到了外頭，他的下巴朝那管大麻指了一下，「可以讓我抽一點嗎？」聽到這個要求，我有點驚訝。他不喝酒，所以我猜他也不贊成吸食大麻，我開始思忖到底要不要給他。

「嗯，你的年紀應該不成問題。」

「我都快要十八歲了。我所有的朋友都呼麻，這根本沒什麼。」

「千萬不要告訴你媽媽，」我把大麻煙交給他，然後下巴朝客廳裡的凱特點了一下，「如果我是你的話，我絕對不會窩在這裡，除非你想要在場邊看好戲。」

里奧點點頭。他把大麻菸的尾端湊到嘴邊，深吸一口氣，屏住好一會兒。然後，他慢慢吐氣，努力憋住咳嗽，讓我大吃一驚。然後，他把大麻菸遞回給我。

里奧不發一語，轉身，步下石階，離開了主屋。

我心想，這小子很識相。面對強風絕對比忍受凱特目前的心情安全多了。不過，話雖如此，他還是得要小心腳步。

「要小心！」我在他背後大吼，「風勢真的很強勁！」

里奧沒有回話，只是繼續往前走。

19

風勢狂襲海岸線，里奧朝水邊的方向走去，凝望波浪。他沿著蜿蜒小徑，走向了海濱。

現在，大麻發揮了作用，他覺得自己的感受力變得敏銳，某種美好震顫的感覺。雖然里奧抵制酒精——畢竟，他曾經在童年的時候、親眼目睹了酒精對他母親那些朋友造成的惡劣至極之影響——他對於大麻的態度倒是很好奇。讓里奧大感崇拜的學校戲劇老師傑夫說過，對於演員來說，嗑藥嗑到茫是好事。

「它可以讓你敞開心房，」傑夫是這麼說的，「大麻打開了值得探索之空間的大門。」

這番話聽起來很迷人——充滿創意與煽動力。里奧一直不曾嘗試，純粹就是沒機會而已。他告訴他所有的朋友，他抽過大麻，但其實這是謊言。里奧朋友不多，但他所結交的朋友都跟他一樣有責任感，守規矩，我是他生活中唯一的敗類。

邪惡的艾略特叔叔，很好，我榮幸之至。

很遺憾，抽了一口大麻之後，里奧現在的體驗，實在不能說帶來了什麼啟發。他覺得放鬆，感受到強風穿過指間與髮絲的那股悸動，但除此之外，什麼都沒有，完全沒有深刻或是性靈的體驗。

里奧脫鞋，把它們留在沙灘上。他打赤腳進入洶湧波濤之中，耳邊有風聲在呼嘯。

他走著走著，失去了時間感——它似乎消失了，宛若被狂風吹走了一樣。他的心情出奇平靜，與風勢，還有在水面翻攪的浪花合而為一。

然後，一抹黑雲突然飄入月亮前方，徘徊不去，一切都籠罩在陰影之中，宛若有人關掉了燈光一樣。

里奧察覺背後有東西。一雙眼睛，就在他的後腦勺那裡——他的頸後冒出一股毛骨悚然的感覺，害他全身發顫。

他立刻轉身，但是卻看不到任何人，只有空荒的海灘，還有在風中抖晃的黑色樹影，沒有人在那裡。正當他要回頭的時候，他看到了。

就在前面，海灘的後方，樹林之間的幽暗地帶。那是什麼？看起來完全不像人。里奧仔細凝視，想要知道自己究竟看到了什麼。是不是某種動物？那是山羊腿啊什麼的——不過，它卻是直挺站姿。頭上還有東西……是獸角嗎？

里奧想起了這座島傳說的鬼魂。難道他親眼看到了嗎？或者這是更邪惡的東西？

邪惡之物……某種惡魔？

就在那一瞬間，他冒出了一股可怕的不祥預感——里奧十分確定，即將有可怕的事要發生了，而且到來的速度非常快——某種驚悚死亡事件，他完全無力阻止。

他告訴自己，夠了，你只是嗑藥茫了，陷入恐慌，如此而已。

里奧閉上雙眼，拚命搓揉，想要抹消剛剛看到的畫面。幸好，這股風幫了他的忙，吹散了月前的雲朵。明月宛若泛光燈一樣，立刻驅散了里奧的幻念。

原來那個怪獸只是一堆樹枝與葉子的交纏物而已。里奧的過度想像力把那些點連結在一起、組構成為惡魔。那不是真的，只是光線耍的把戲。即便如此，他還是嚇壞了。

然後，里奧抓住肚子，發出哀號。

突然之間，他好想吐。

20

當我們待在餐廳的時候，艾嘉西正忙著對付傑森在當天下午射殺的那兩隻瘦巴巴的斑鳩。她坐在餐桌前，開始耐心進行緩慢的拔毛過程。拜祖母之賜，她打從小時候就開始做這種事。一開始的時候，她並不想學——看起來噁心，甚至是可怕。

當初她祖母抓住艾嘉西的雙手、把它們牢牢壓在鳥身上面，小女孩，別傻了，難道妳不覺得手指底下軟軟的，摸起來很舒服嗎？

她說得沒錯，果然如此——拔除這些羽毛，享受這種悸動、充滿節律的動作，再加上想起阿嬤的舒心感，讓艾嘉西進入冥想的恍惚狀態。她聆聽風動。那股風勢，宛若神之暴怒。不知從哪裡冒出來的——朗朗晴空的一道閃電，完全沒有預警。暴怒——她祖母是這麼稱呼它的，她說的果然沒錯。

艾嘉西記得這位老太太在廚房窗前觀賞強風的畫面，當樹枝被扯斷、被狠狠拋入空中的時候，她會開心拍手叫好。在艾嘉西小時候，她曾經覺得祖母多少應該算是那種暴風的元兇，她會靠施咒，還有她爐火上的冒泡魔藥進行召喚。

艾嘉西突然一陣淚濕，她好想念祖母——她願意不惜一切代價換回那個老巫婆，讓自己投入祖母瘦骨嶙峋的懷抱之中。

她心想，夠了，不要繼續陷溺在過往回憶之中。

她到底是怎麼回事？她打起精神，擦去淚水，在臉頰留下了鳥兒的細絨與羽毛。她心想，就是疲倦作祟罷了。等到她拔完鳥毛之後，會為自己泡一杯薄荷茶，上樓睡覺。

她希望可以在這一家人從餐廳回來之前入睡。多年來的經驗，讓艾嘉西培養了聞得出麻煩狀況的敏銳嗅覺——她發覺氣氛怪怪的，如果等一下會上演什麼劇碼，她可不想參與。

最後，艾嘉西的頭才一沾枕就入睡了。薄荷茶依然留在床邊桌上面，她根本沒有碰它。

艾嘉西不確定自己是被什麼所吵醒。

一開始的時候，她還在睡夢中，意識到樓下有聲響——有人低聲講話，越吵越大聲。然後，她夢到傑森在找拉娜，大聲呼喊她的名字。

艾嘉西驚覺這不是夢，是真的。

傑森大吼，「拉娜！」

艾嘉西睜眼，她立刻醒來，專注聆聽。再也沒有任何大吼大叫，只有一片寂靜。

她下床，躡手躡腳走到房門口，開了一點小縫，向外張望。

果然，在走廊的盡頭，她看到了傑森，正從拉娜的臥房裡走出來。

然後，凱特爬上樓梯，與傑森低聲交談，幾乎聽不見他們在說什麼，艾嘉西只能努力豎耳傾聽。

「我找不到拉娜，」傑森說道，「我很擔心她。」

「那我呢？」

「難道妳一個晚上得到的關注還不夠嗎？」傑森瞪了凱特一眼，充滿不屑，「妳快上床吧……」

他想要從她身邊擠過去，兩人拉扯了一會兒，他甩開她，可能是施力意外過猛，凱特失去平衡，緊緊抓住欄杆穩住重心。

傑森開口，「妳真是可悲……」

艾嘉西悄悄關上了門。她站在那裡好一會兒，覺得渾身不自在。她的直覺是穿上睡袍去尋找拉娜。不過，卻有另一股聲音拉住了她，還是置身事外比較好。艾嘉西告訴自己，回去繼續睡吧。

這些年來，一直都會出現類似的夜晚情節所在多有，多次都是難看場面，泰半與凱特有關，然後，他們總是在第二天早上和好如初。想必凱特最後還是會清醒過來，為她的行為道歉，而拉娜會原諒她的。

一切終將如常。

艾嘉西打哈欠，她心想，對，上床就是了。

她躺在床上，試圖入睡，但是強風卻一直吹打百葉窗、猛敲外牆，害她無法深眠。

最後，她下床，關上了百葉窗。之後沉睡了約一個小時——也許更久一點——然後，她的睡眠再次中斷。

百葉窗又在敲打牆面：

砰，砰，砰。

艾嘉西睜眼，驚覺這不可能是百葉窗的撞擊聲，她早就鎖好了，過了一會兒之後，她才知道自己剛剛聽到了什麼。

是槍響。

艾嘉西衝出臥室，心臟狂跳。她趕緊下樓，從後門跑出去。風勢強勁，但她幾乎沒放在心上。她聽到附近有腳步聲，赤腳踩踏泥土的聲音，不過，她並沒有回頭，只是專心朝音源的方向前進。

她必須要過去那裡，必須要證明這是自己的幻想，是她弄錯了，並沒有發生什麼可怕事件。

終於，她到達了橄欖樹林園另一頭的空地，那片廢墟。

地上有一具人體，是女體——倒在血泊之中。臉龐落在陰影地帶，洋裝正面有三個子彈孔。她的雙肩圍有一條深紅色的披肩，紅色漸漸轉為暗黑，因為吸滿了鮮血。

里奧比艾嘉西早一步到達，他凝視那具人體，彷彿需要確定那究竟是誰。然後，他發出了宛若被勒喉的淒慘尖叫。

接下來，我也到了，跟傑森在同一時間。我跑過去，跪在那個人的旁邊，抓住手腕，拚命想要找到脈搏。很難——因為里奧抱住她，擋住我的去向，他根本不放手。他全身是血，整張臉埋在她的髮絲之中，緊緊貼住她，不斷啜泣。我想要把他拖離她的身軀，但就是沒有辦法。

傑森想要掌控全局，但他似乎不知所措又害怕。「怎麼回事？艾略特，媽的這到底是怎麼回事？」

「她走了，」我搖頭，「她……走了。」

「什麼？」

「她死了，」我放下她的手腕，忍住淚水，「拉娜死了。」

第二幕

每一個殺人兇手，都可能是某人的故友。

——阿嘉莎·克莉絲蒂，《史岱爾莊謀殺案》

1

我還是不敢相信她走了。

即便到了現在，過了這麼久之後，感覺還是很不真實。

我曾經看過這麼一段話，地獄的圖像一直被扭曲了，它並不是什麼熊熊火坑，充滿了烈焰酷刑。地獄只是一種空缺，遠離天神之存在的流放空間，遠離了神祇，就等於是地獄。所以我身處地獄。註定得永遠待在某個虛空之地──遠離拉娜的燦爛，遠離她的光芒。

我知道，我知道，我不能繼續這樣哭哭啼啼自艾自憐。這樣完全沒有任何好處──尤其對拉娜來說更是如此。我為我自己感到傷悲──這個可憐蟲必須在沒有她的狀況下繼續活下去。

就某種層次來說，我依然擁有她。拉娜在她的電影作品裡永存不朽，永遠青春貌美，而我們這些凡夫俗子卻越來越老醜，日子一天天過去，也越來越悲哀。不過，二度空間與三度空間還是有所不同，不是嗎？因為拉娜如今永存於膠卷之中，只能凝視她，無法觸摸，無法擁抱，無法親吻。

所以，到頭來還是被芭芭拉．威斯特說中了（雖然與她原本的意思截然不同），某一天，她一派惡毒跟我說：「親愛的，我真心希望你不要愛上拉娜．法拉爾。演員就是沒有辦法談情說愛。你最好還是在自己房間牆上掛她的照片，然後對著它打手槍就好。」

說來好笑，我下筆的時候，書桌上有一張拉娜的照片相伴。某張宣傳照——稍微有點磨損，邊角捲曲，褪色發黃。那是在我認識她多年之前所拍的照片，當時的我，還沒有毀了她的人生，毀了我自己的人生。

不過，不對，這種說法並不公平。

我的生命早就毀了。

2

好，我有事得要告訴你。

在我繼續講下去之前，在我吐露是誰犯下兇案之前——還有，更重要的是犯案原因——我有件事得要先懺悔。

與拉娜有關。

關於她，我有好多話可以告訴你，我可以講出我有多麼愛她。我還可以追憶我們之間的友誼，講出各種故事與趣聞逗你開心。我可以把她浪漫化，神化——給你某種藝術家的美化圖像，把她理想化，到達已經認不出原來面貌的那種程度。

不過，這樣對你，以及對拉娜而言，都等於是幫了倒忙。要是我有勇氣的話，我們所需要的是一幅「沒有任何遮掩」的肖像，就像是奧立佛．克倫威爾[3]所提出的著名要求一樣，只需要真相。

雖然我這麼愛拉娜，但真相卻是她並不完全符合我所認定的那個她。她有許多秘密，似乎最親近她的人也不知道，就連我也不例外。

不過，我們先不要針對這一點對她做出過於嚴厲的批判。我們每一個人都有不會告訴朋友的秘密，是不是？我知道我有。

現在就回到告解的正題吧。

相信我，這並不容易。我萬萬不想要突然害你不知所措，我只求你可以聽我好好說出來。

好，在我腦中想像的吧檯，在我對你娓娓道來的這個場所，我會再請你喝一杯——同時請你做好心理準備。我自己也會來一杯——不是過往的完美馬丁尼，就只是一小杯快飲的伏特加，會燒喉的那種便宜爛酒。

我需要它，你也知道，可以讓我穩定心緒。

當我開始講這個故事的時候，我答應過你，我只會說實話。不過，現在回頭檢視我寫下的內容，我才驚覺自己到處都出現誤導的觀點。

我可以向你保證，我真的沒有撒謊——純粹就是疏忽之罪而已。

我對你說出的話，句句屬實。

只是沒有講出全部實情罷了。

我之前會這麼做，是出於高尚的動機：想要保護我的朋友，不要背叛她的信任。不過，我現在不得不改弦易轍，不然你永遠不知道島上發生了什麼事。

好，我必須糾正這種錯誤，得要向你透露你必須了解的事，填補某些空白，我得要披露拉娜的秘密。

❸ Oliver Cromwell, 1599-1658，英國政治家。

就這一點來說，也等於揭露了我自己的秘密。這是誠實的微妙之處，那是一把雙刃劍，所以我揮舞的時候才會如此戒慎恐懼。

準備來了。

一開始的時候，我得先把時間軸拉回去。

還記得你第一次在街上看到拉娜的時候嗎？在那條倫敦的街道？

且讓我們暫時回到那裡，蘇活區惹人厭煩的那一天——大雨逼得拉娜馬上自然而然做出決定，要逃離英國的天氣，在陽光普照的希臘過個幾天。

我想，我一開始講故事的時候，第一個也是最嚴重的疏忽，就是讓你誤以為當拉娜做出決定之後，立刻在舊維克劇院打電話給凱特，邀請她入島。

不過，其實拉娜是過了二十四小時之後才撥打這通電話。

接下來，你就會發現，在那二十四小時當中，發生了一大堆的事件。

3

拉娜動念想要去那座島的時候，還真是剛剛好，正好走在希臘街。不過，當她拿出手機準備打電話給凱特、邀請她前往那座島嶼的時候，暴雨開始狂瀉。

拉娜立刻把手機放回口袋，匆匆趕回家。

她進屋的時候，沒有人在家。她盡量擦乾身體，心想先來杯茶吧，之後就去泡澡。

拉娜搬到倫敦之後才有了喝茶的習慣。在這種潮濕、令人沮喪的天候之中，喝一杯接著一杯的暖心熱茶，再合理不過了。她泡了一壺伯爵茶，窩在窗前的座位，凝望外頭的雨絲。

拉娜又回到之前糾結的思路，讓她困擾不已的原點。她決定要搞清楚，她覺得自己要是繼續努力釐清，答案一定可以水落石出。

里奧又進入她的腦海中？為什麼？這種焦慮感是不是與他有關？難道是因為就在幾天之前，就在這間廚房裡發生的那段彆扭對話？

里奧開口，「媽，我有事要跟妳說……」

拉娜做好心理準備，「你就說吧。」

她不知道自己會聽到什麼——典型青少年的懺悔，與性事、毒癮酒癮有關？還是宗教？這些對她來說都不成問題，他們會一起解決，一向如此。拉娜對於她兒子所做的一切，一直就只有百分百的支持。

「我想當演員。」

拉娜嚇了一大跳，好震驚。不只是因為這些話是從里奧的嘴裡冒出來——她萬萬沒有想到——還有她自己的反應，瞬間充滿了激烈敵意，她突然好火大。

「你在講什麼？」

里奧一臉茫然望著她，他不知道該怎麼回應，看起來似乎快要哭了。自此之後，他們的對話急轉直下，拉娜的反應讓他嚇了一跳，而且也讓他很受傷。里奧毫不遲疑就嗆她：她很「惡毒」——而且他不明白她為什麼會這樣。

拉娜拚命解釋，努力勸他打消念頭，是她身為父母的職責，演戲浪費了他得到的所有優勢以及機會。他所接受的獨特教育、天生的學術才能與智慧，還有他母親的人脈——她的手機裡有許多全球最重要人士的電話號碼，只要撥通電話就可以找到本人。

要是里奧去念大學，不是更好嗎——在英國本地，或是去美國——拿到更實在的資格？去年他曾經表達對人權法有興趣——類似那樣的領域當然更適合他吧？或是醫藥？心理學？還是哲學？什麼都好……就是別當演員。

拉娜已經被逼得口不擇言，她自己也很清楚這一點。

里奧也是。他看了她一眼，鄙視的冷酷目光，「妳在說什麼？妳真是偽君子。妳自己就是演員，而且爸爸也在這個圈子。」

「里奧，你爸爸是製作人，是商人。如果你說你想要搬到洛杉磯，在製片圈工作，那就是截然不同……」

「哦，是嗎？妳會爽翻天？」

「我不會爽翻天，但我會比較開心。」

「真不敢相信妳會說出這種話……」里奧翻白眼，他的呼吸越來越大聲，現在已經慢慢冒出火氣，拉娜很清楚這一點。她不希望失控，她壓低聲音，努力平抑他的情緒。

「親愛的，聽我說。發生在我身上的事，不會重演，我運氣好得不可思議。你知道洛杉磯有多少找不到工作的演員？你的成功機率是百萬分之一，千萬分之一。」

「哦，我知道了，我天賦不夠，妳就是這麼認為對嗎？」

拉娜差點失去耐心。「里奧，我當然不知道你有沒有天賦。在此之前，你完全沒有表示過對演戲有興趣，你連舞台劇都沒有演過……」

「舞台劇？」里奧眨眼，一臉困惑，「那和我說的有什麼關係？」

拉娜差點失聲大笑，「好，關係可大了，我應該可以想見——」

「我對舞台劇沒有興趣？誰在說舞台劇了？我想要當電影明星——就跟妳一樣。」

拉娜心想，*哦我的天啊，慘了。*

她發覺狀況比她一開始設想的更加嚴重，於是找我徵詢意見。當她一找到獨處機會，就立刻打電話給我。我還記得電話另一頭的她聽起來何其緊張焦慮。現在回想起來，我當初應該要給予更多的同情才是。我看得出來為什麼拉娜會失望，就像芭芭拉．威斯特所說的一樣，「女演員，是稍微加分的女人；而男演員，是稍微減分的男人。」

我腦袋很清楚，當下的拉娜不會覺得這段俏皮話有哪裡好笑。

「好，里奧找到了自己的天命，」我說道，「很棒啊，妳應該要感到開心才是。」

「不要挖苦我。」

「我沒那個意思。難道這不正是世界所需要的嗎？另一個演員？」

拉娜語氣哀愁，她糾正我，「是電影明星。」

「抱歉，是電影明星。」我咯咯笑，「拉娜，親愛的，要是里奧想當電影明星，就隨便他吧，他不會有問題的。」

「你怎麼能說那種話？」

「他不是妳兒子嗎？」

「這跟那件事有什麼關聯？」

我找尋合適的類比，「好，買小馬的時候，一定會檢查母馬的嘴，是不是？」

「意思是什麼？那是在講笑話嗎？」拉娜語氣很惱怒，「我不懂。」

「意思就是倫敦與洛杉磯的每一個經紀人，只要一知道他媽媽是誰，就會拚命想要簽下他。

反正呢，」我趕緊說下去，不給她辯駁的機會，「他十七歲，大概在二十分鐘之內就會改變心意。」

「不會，里奧不可能，他不是那樣的人。」

「好，有奧托的數十億美金存款，他餓不死的啦。」

拉娜聲音緊繃，「並沒有數十億。艾略特，你講出那種話真的很蠢，他父親留給他的錢與這件事沒有任何關聯。」

講完這段話之後，拉娜火速結束通話。在接下來的那幾天，她都對我很冷淡，我知道自己惹毛她了。

她並不希望里奧靠遺產過日子。她基於種種理由，堅信工作很重要。多年來，她只靠著自己的工作定義自我，從中獲取強烈滿足：自我價值感，使命感，何況還有她為自己與他人所創造的財富。

有一天，里奧會繼承一切，還有他父親的錢，他會變得超級富有，但那也是她死後的事。

在拉娜的腦海中，不斷回想里奧對她所說的最後一段話——當他離開廚房時的臨別畫面，那宛若一把利刃，劃開了她的肋骨。

里奧站在門口，斜眼瞄她。

「妳當初為什麼要那麼做？」

「做什麼？」

「放棄演戲。為什麼要退隱？」

「我告訴過你了，」拉娜微笑，「我想要的是真實、而非虛假的生活。」

「那又沒有任何意義。」

「它的意義就是我現在比較快樂。」

「妳明明很想念那段日子，」里奧說道，「這不是疑問句，而是直述句。」

「沒有，我沒有，」拉娜依然把笑容掛在臉上，「完全沒有。」

「騙子。」

里奧轉身離去，拉娜笑容消失了。

騙子。

說得沒錯，拉娜是騙子。她對里奧撒謊，也對自己撒謊。

她總算明白這段對話為什麼害她如此困擾。這就是她在蘇活區的時候、一直在她背後苦苦追趕的秘密，最後，它終於追上了她。

她心想，我的確想念，當然想念，天天都在思念它。

諷刺的是，里奧完全不知道他自己是拉娜急流勇退的原因。她一直沒有告訴他這一點。拉娜只對少數人傾吐這個秘密，而我是其中之一。

奧托過世的時候，里奧六歲，而拉娜的整個世界都崩解了。不過，為了里奧，她得要撐下去，所以，她以自己所知的唯一方法重振精神：靠工作。她全心全意投入工作，雖然她的事業不斷看漲，而且她還拍了自己最重要的作品之一，《摯愛》，這部電影終於為她贏得了一座奧斯卡獎項，而拉娜並不開心。她有一股可怕的預感，自己會搞砸母親的角色，一如她自己的母親當初搞砸一樣。

拉娜知道自己擁有不需要工作的特權。所以何不退休專心養育兒子？為什麼不把他放在第一位？因為，她自己從來沒有被放在過第一位。

所以，她就這麼做了，退隱。

聽起來是不是很隨便？好像拉娜都是靠丟銅板決定攸關一生的決定？我向你保證，絕對不是，我懷疑這個念頭在她心中已經醞釀了數年之久。奧托突然意外死亡，逼得拉娜必須出手。只要瞄一眼里奧，就可以看出她當初的賭注得到了回報。對，里奧是偶爾會亂發脾氣的青少年，但他個性敦厚，聰慧、和善，而且有責任感。他在乎他人，也在意他賴以生存的這座星球。

拉娜對於長大成人的里奧充滿驕傲，她確信這都是因為自己決定了正確的優先事項。不像未婚、沒有子嗣的凱特，老是從某段充滿災難的自我毀滅關係、跌跌撞撞進入下一段同樣的關係。

一想到凱特，讓拉娜沉思了好一會兒。現在她正在舊維克劇院排演《亞格曼儂》，凱特處於職涯的高峰，創造力得到莫大滿足，她依然演的是主角，拉娜嫉妒嗎？

不過，也沒辦法回頭了。要是她現在復出呢？外貌與給人的感覺都變得更蒼老，想必會引來與她青春版本的不利比較吧？任何的付出都一定會有折損——而且可能會以失望作終。試想萬一拍出難看甚或是平庸的作品呢？對她來說，這是毀滅。

不，拉娜早已做出了決定——而且得到了回報，有一個快樂、適應力良好的兒子，她深愛的先生，順利的婚姻，這一切超級重要。

她對自己點點頭，對，這就是故事的結局，在此劃下句點。

歷經了忙亂動盪的大半輩子，拉娜居然得到了這樣的結果，靜靜喝茶，凝望雨落，也不知道為什麼，感覺頗有詩意。拉娜．法拉爾是已婚熟齡女子——是母親，希望將來有一天，會成為祖母。

她覺得心情平靜，那股可怕的焦慮已經離她而去。這是心滿意足的真諦，一切很完美，就是如此。

命運之神偏偏選在那一刻——當拉娜正覺得自己生命達到顯化的時候——艾嘉西進入她的房間……

拉娜的世界開始崩解。

4

艾嘉西的今日，一開始平靜無波。

她的星期二總是很忙碌，要處理各種雜務。她很喜歡這樣，手裡拿著一長串清單，在梅菲爾區四處奔忙。

當她一大早出門的時候，陽光燦爛，天空清朗。而她之後就與拉娜一樣，被困在暴風雨之中。但她跟她主人不一樣，她夠聰明，出門的時候帶了雨傘。

艾嘉西走到藥房，拿出了拉娜的處方箋。然後走到附近的某間乾洗店，老闆是席德，六十多歲的他，脾氣是出了名的火爆，不過，他對艾嘉西總是客客氣氣，與他對待其他客人的態度截然不同，這都是因為艾嘉西與他仰慕的拉娜有關係。

他一看到艾嘉西，立刻露出燦爛笑容，向她招手示意、請她到隊伍前面。「親愛的，抱歉，」他對站在隊伍最前面的客戶說道，「我得先服務這位小姐。你也知道，她很忙——她為拉娜．法拉爾工作。」

艾嘉西經過等待人龍的時候，面色微微抽搐，一臉尷尬，沒有人膽敢抱怨。

席德指著掛在橫桿上的那些衣服，全部都裝了塑膠套，馬上可以帶走。「好，這是女王陛下的服裝。全部都包裝妥貼，以防天氣生變，看起來快下雨了。」

「是嗎？我覺得天氣不錯。」

席德皺眉，他不喜歡被嗆，「不是，妳要聽我的，半個小時之內就會下大雨。」

艾嘉西點點頭。她付了洗衣費，正準備要離開的時候，席德卻攔下她。

「先別走。我差點忘了，腦袋什麼都記不住，等我一下……」

席德打開某個小抽屜，戰戰兢兢取出一小粒閃亮珠寶，是耳環，他把它從櫃檯的另一頭推了過去。

「在法拉爾先生的西裝裡找到的，就在翻領內側。」

艾嘉西心想，明明是米勒先生，他的姓氏不是法拉爾，但是她並沒有糾正席德。

她盯著耳環，精緻的銀色小物，半月狀，懸掛了一條有三顆碎鑽的細鍊。

她向他道謝，接下耳環，然後付錢離開了。

在走回家的途中，艾嘉西心想不知是否該告訴拉娜耳環的事？這麼無聊的難題，如此微不足道又瑣碎，然而……

要是她把這耳環扔進街上的垃圾桶呢？或者把它放在自己床邊桌的抽屜、擱在祖母水晶旁邊，直接忘了這件事？要是她根本沒告訴拉娜？一直絕口不提呢？

好，那我現在也不會坐在這裡跟你說話了，對吧？一切都會變得不一樣。這一點讓我覺得我們故事的真正英雄——或者我想說的是反派角色——其實是艾嘉西。她的舉動，還有她即將做出的判斷，決定了我們的命運，她並不知道她的手中掌握了生死。

就在這個時候，大雨狂落。

艾嘉西打開雨傘，匆匆趕回家。她進去之後，沿著走廊一路向前，甩開沾黏在衣物塑膠包套的雨滴，進入廚房的時候，以希臘語低聲喃喃自語，口氣惱怒。

拉娜微笑，「妳也淋雨了吧？我也是，全身濕透。」

艾嘉西沒回應。她把無水滴的乾洗衣物放在椅背上面，整個人看起來慘到不行。

拉娜瞄了她一眼，「親愛的，妳還好嗎？」

「啊？哦我沒事。」

「怎麼回事？哪裡出了問題？」

「沒有，」艾嘉西聳肩，「沒事，真的沒事。只是……這個。」她從口袋取出了那只耳環。

「這是什麼？」

艾嘉西走到拉娜面前，鬆開拳頭，把耳環給她看。

「乾洗店老闆找到的。夾在傑森西裝裡，翻領內側，他覺得這一定是妳的東西。」

艾嘉西說出這段話的時候，她並沒有望著拉娜，拉娜也是。

拉娜伸出手掌，「給我看看。」

艾嘉西把耳環放入拉娜的掌心，拉娜假裝仔細觀看。

「我看不出來，」拉娜微微打了一個哈欠，彷彿這段對話讓她覺得很無聊，「我之後再來確認一下。」

「我可以幫妳，」艾嘉西迅速開口，「還給我吧。」

她伸出了手……

拉娜，就還給她吧，把那只耳環交給艾嘉西——讓她掩蓋一切，讓它抽離妳的生活。不要再想了，拉娜，忘了它，分散注意力，拿起手機，打電話給我——我們一起吃晚餐，不然散步看電影也可以——那麼，就可以避開這齣可怕的悲劇……

但是拉娜並沒有把那個耳環還給艾嘉西，只是以手指緊緊扣住了它。

拉娜的命運就此註定。

不過，不僅僅是她的命運而已。我很好奇，就在那一刻，我在做什麼？與朋友共進午餐？或是待在某間藝廊？還是在看書？我的人生出軌了，但我渾然不覺。依然在自己的辦公室拚命工作的傑森不知道——在戲劇課激昂表露感情的里奧不知道——排演時忘詞的凱特也不知道。

我們所有人都完全不知道有如此可怕的惡事正在發生，重寫了每一個人的命運，引發了一連串的事件，終於，在四天之後，以謀殺終結。

這就是一切的起點。

這就是倒數計時的開始。

5

拉娜的反應很極端，我只能老實跟你招認了。

要是你認識她的話，這也合情合理。而且，你現在已經認識她了，不是嗎？反正，接下來的狀況，你應該也不會覺得有什麼好訝異的。

拉娜保持冷靜，一開始的時候是如此——她進入自己的臥室。坐在梳妝台前面，盯著手中的耳環。這不是她的物品，光看一眼就知道了。話雖如此，她還是覺得自己之前在某個地方看過。不過，是在哪裡？

她心想，*沒事，乾洗店的問題，弄混了，忘了這件事吧。*

但是她忘不了。她知道自己變得不理性，陷入恐慌——但她就是放不下。你也知道，這只耳環在她心中象徵的是更重要的事物，她一直很懼怕的可怕惡兆。

在此之前，她的生活已經崩塌過一次——奧托死掉的時候。拉娜不覺得自己能夠走出來或是尋覓到真愛。所以，當她遇到傑森的時候，她覺得自己得到了第二次的機會，簡直讓她難以置信。她覺得安全，幸福——而且被愛。

拉娜非常浪漫，小女孩的時代就是如此。打從根本不在乎拉娜是死是活的母親所詛咒的淒冷空虛童年的開端，小拉娜就靠著浪漫幻夢填補空虛——逃離的童話版本，明星夢，還有，最重要的是，愛情。

「我只想要愛……」她曾經向我坦承，說出這句話的時候還聳肩，「其他的一切都只是……附帶的而已。」

拉娜曾經愛過奧托——但並不是與他陷入熱戀。他過世的時候，感覺像是喪父，而不是失去了情人。而她與傑森之間卻產生了強烈的肉體經驗，激昂又刺激。拉娜任由自己再次成為小女孩，青少女，因為慾望而迷醉不已。

一切發生得好快。明明才剛剛藉由凱特介紹認識了他，然後，下一秒就與他步上紅毯。我真希望在第一個夜晚——她認識傑森的那一晚——抓住拉娜的雙肩，猛力把她搖醒。我會這麼說，不要再這樣了，妳要活在現實裡。千萬不要把這個妳根本不認識的陌生人變成童話故事中的王子。妳仔細看看他——難道妳看不出來他很假嗎？不要被那閃亮的雙眸、過於積極的微笑、虛偽的笑聲所欺瞞。難道妳看不出來這是在演戲？難道妳看不出他急切的貪利心態嗎？

不過，我在拉娜面前隻字未提，就算我說出口，我懷疑她應該也完全聽不進去，愛情令人盲目，似乎也會讓人變得耳聾。

現在，拉娜坐在梳妝台鏡前，盯著那只耳環，感受到一股奇怪的頭暈目眩——彷彿她站在某個懸崖邊緣，盯著自己面前的土地崩塌，不斷墜落，碰撞底下的巨石與洶湧大海。一切都在崩落——所有的一切，她的整個人生，在波浪中翻滾。

傑森是不是跟另一個女人上床？有這個可能嗎？他是不是對她不再抱存慾望？他們的婚姻是

一場騙局？丈夫不要她？

不愛她？

就在這一刻，說拉娜失去了理智也並不為過。她發怒，顫晃——當她掀翻整個臥室的時候，它也在晃搖。她瘋狂找遍傑森的所有物品——抽屜、櫃子、西裝、口袋、內衣、襪子，尋找任何的隱藏線索，各式各樣的蛛絲馬跡。當她檢查他放在浴室裡的盥洗包的時候，她覺得自己差點就猶豫了，因為她覺得自己一定會發現保險套。不過，沒有——什麼都沒有。他的書房裡也完全看不出任何的可疑或幹壞事的痕跡——抽屜裡沒有信用卡收據，也沒有犯罪鐵證的帳單，沒有另一只耳環，什麼都沒有。她知道她快要把自己逼瘋了，為了要維持自己的理性，她必須把這件事拋諸腦後。

拉娜告訴自己，傑森愛妳，妳愛他——而且信任他，妳要冷靜。

不過，她無法冷靜。她發現自己又在踱步——再次覺得自己被某種無可名狀之物拚命追趕。

她瞄向窗外，雨已經停了，

她拿起外套，走出家門。

6

拉娜散步，走了約一個小時之久。她腳步堅定，一路走到了泰晤士河。她專心感受走路帶來的身體悸動感。盡量不要多想，盡量不要讓自己思緒陷入瘋狂。

當拉娜到達河邊的時候，經過了某個公車站，看到了張貼在告示牌的海報。她停下腳步，仔細凝望，是凱特的黑白照面孔——上面噴濺鮮紅血斑——還有劇作的標題，《亞格曼儂》。

她心想，凱特，凱特，凱特會給她忠告，凱特會知道該怎麼做。

拉娜幾乎是出於反射性動作，攔下了一台從她面前經過的黑色計程車，對方急煞停車。她透過敞開的車窗、對司機說道：「麻煩到舊維克劇院。」

當計程車過橋、前往那間南岸劇院的時候，拉娜覺得自己心情逐漸平復。她的心中已經浮現兩人對此哈哈大笑的畫面——凱特會跟她說別傻了，都是她在胡思亂想，真荒唐，傑森明明對她很忠誠。當拉娜在想像這段對話的時候，她突然對凱特——她交情最久的老友——冒出了滿心熱愛，感謝上帝給了她凱特。

或者，那根本是在鬼扯？拉娜是不是偷偷懷疑什麼？不然她為什麼要像這樣匆匆忙忙趕往劇院？我要告訴你一件事：這數十年來，拉娜一直接受別人做造型、拍照，不斷擔任模特兒，她早就培養出某種有關衣裝與珠寶的影像式記憶能力。我很難相信她會認為這耳環很眼熟、但很離奇的是卻無法想起自己在哪裡見過它——或者是穿戴在誰的身上。也許我弄錯了。不過，我想我們永遠不可能知道答案。

當拉娜到達舊維克劇院的時候，她已經恢復平靜，她深信這只是她心魔作祟，純粹是陷入恐慌罷了。

拉娜敲了一下舞台通道出入口旁邊的小窗，對亭內看守的老人展露她的著名微笑。

當他認出她的那一刻，他整張臉都亮了起來，「午安，是要找克洛斯比小姐對嗎？」

「沒錯。」

「她正忙著彩排，雖然妳不在特許名單裡面，」他壓低聲音，偷偷說道，「但我還是先讓妳進來。」

拉娜再次微笑，「謝謝你，我在她的化妝間等她方便嗎？」

他按下按鈕，「小姐，當然沒問題。」

舞台通道出入口發出解鎖的巨大滋滋聲響。拉娜遲疑了一會兒，然後，她開門進去了。

7

拉娜穿過堆滿東西的狹窄長廊，終於到達這位明星的化妝間。

她敲門，沒有回應。她小心翼翼開了門，裡頭沒人，她進去之後掩上了門。

這房間不大，有張貼牆的破爛沙發，還有狹小的淋浴間——基本上就只是一個小隔間而已——還有照明良好的大型梳妝台。典型的凱特風格，一片亂七八糟，到處散落只拆封一半的袋子以及衣物。

拉娜深呼吸。然後，她開始誠實面對自己——終於。我的意思是，她以有條不紊的迅速手法、開始翻找凱特的物品。就連做出這種事的時候，拉娜與自己的舉動也依然保持心理解離狀態。她冷靜超然，宛若雙手不受控一樣，她的手指自動自發、在袋子與盒子之間不斷翻動，一切都與她沒有任何關聯。

反正，最後什麼都沒找到。

她心想，感謝老天，真讓人鬆了一大口氣。

當然，她什麼都找不到，因為本來就沒有任何問題。一切都很好，這純粹只是她腦中的幻想。

然後，她看到了那個大型黑色化妝包，就在梳妝台上面。她愣住了，怎麼會沒看到，明明就在那裡。

拉娜伸出顫抖雙手，打開袋口拉鍊，開了袋子……

好，在包包裡面……是另一只半月狀耳環，對著她閃動光芒。

拉娜從自己的口袋裡拿出另一半，進行比對，但這動作其實沒有必要，顯然就是一模一樣。

她後頭的化妝間房門突然開了。

「拉娜？」

拉那趕緊把其中一只丟入化妝包，手裡緊握著另一只耳環，她立刻轉身。

凱特滿臉笑容走進來，「嗨親愛的。哦靠——我們今天沒有約吧？我還得過幾個小時之後才能離開，靠今天真是一場大災難，叫我宰了高登，我是樂意之至。」

「凱特，沒有，我們今天沒有約。我只是正好經過劇院，想要和妳打聲招呼。」

「妳還好嗎？」凱特憂心忡忡盯著她，「拉娜，妳看起來氣色很不好。要不要喝點水？好，坐下來。」

「不用，謝謝了。妳知道，我不太舒服，走了太多的路。我……我該走了。」

「確定嗎？我幫妳叫計程車吧？」

「我自己來就行了。」

「妳可以嗎？」

「我沒事，我晚一點再打電話給妳。」

拉娜趁凱特還來不及反駁的時候，匆匆奔出化妝間。

她離開了劇院，一直走到街頭才停下腳步，她的心臟激烈飛跳，她覺得它快爆炸了。

她驚覺自己呼吸困難，恐慌症發作，她得要回家。

拉娜看到一台計程車經過，準備攔車。當她揮手的時候，這才發現她依然緊握著耳環。

她打開掌心，緊盯不放

耳環深嵌在她的掌心裡，破皮滲血。

8

拉娜回到梅菲爾區的時候，整個人處於驚嚇狀態。她唯一有感的是掌心的肉體痛楚，也就是被耳環壓凹的地方，她現在一心只注意它的搏動與抽動。

她知道，等到她回家的時候，她必須要面對自己的先生。她不知道該說什麼才好，或者，也不知道該以什麼方式說出口。所以，目前她保持沉默。傑森一定會看出她心煩意亂不已，但她會努力掩飾。

不過，傑森還是老樣子，當天晚上終於回到家的時候，並沒有發現任何異狀。他懸念的只有自己的問題，走入廚房的時候還忙著拿手機講公事，緊張兮兮，然後又以手機發送電郵，而拉娜正忙著為兩人的晚餐煎牛排。

拉娜心想，她的感官現在變得好敏銳，真令人玩味——牛排的氣味，嘶嘶聲響，還有她切沙拉菜葉的時候、手中持刀的那股感知——彷彿她的腦袋自行放慢速度，體會當下的那一刻。她現在能夠面對的也就只有當下而已，她不敢想未來，要是真的這麼做的話，她一定會癱倒在地板上面。

拉娜努力撐住，夜晚慢慢過去，就跟平常一樣。晚餐過後的兩三個小時之後，他們上樓。拉娜盯著傑森脫衣，上床，過沒多久之後就睡著了。

不過，拉娜卻十分清醒，她下了床，站在傑森面前，緊盯著他。她不知道該怎麼辦才好，得要跟他當面對質。但要怎麼做？她又能說什麼？她懷疑他與她最要好的朋友有染？根據什麼？一只耳環？莫名其妙。傑森很可能會哈哈大笑，而且會解釋得清清楚楚，證明他百分百無辜。

她心想，如果這是電影的話——就像是她以前拍的那種空洞的浪漫喜劇一樣——原來是凱特偷偷與傑森見面、幫他為拉娜挑選一個生日禮物，或者，可能是什麼周年紀念禮物吧？——在超誇張動作喜劇之中，也不知道是怎麼一回事，凱特的耳環居然卡在他西裝翻領裡面。好，根本是她庸人自擾。

不過，拉娜並不買單。當她盯著傑森熟睡的臉龐，她開始誠實面對自我。其實，她以前就知道在凱特與傑森之間的確是有什麼——某種情愫。也許一直都有，打從一開始的時候。從最初的那一刻嗎？

你也知道，凱特先認識傑森，他們約會多次，拉娜認識傑森的那一晚，他其實是凱特的男伴。

你也可以想像當場狀況——當傑森一看到拉娜，就像是他之前的眾多男性一樣，他立刻拜倒在她的石榴裙下，凱特優雅退到一旁，一切平和劃下句點。凱特給予拉娜祝福，保證自己沒有黯然神傷，她與傑森之間並沒有什麼真感情。

即便如此，拉娜還是覺得歉疚，或許正是這種罪惡感蒙蔽了她，也許這正是她內心雖然頻頻抗議、但她卻一直對於自己的懷疑之聲置之不理的原因，只要當凱特與傑森共處一室的時候，她就會一直盯著他，而且還會對他講出突如其來的奇怪讚美，或是喝了兩杯之後與他眉來眼去，想要逗他哈哈大笑。拉娜想要知道的一切，明明都在那裡，就在她面前。

她一直刻意視而不見。

不過，現在她張開了眼睛。

拉娜立刻著裝，匆匆離開臥室。沿著黑漆漆的通道摸索前進，爬上通往頂樓露台的階梯，她在那裡偷偷藏了一包菸與打火機，放在某個錫盒裡、以免遭受風吹雨淋。最近她很少抽菸，不過，現在她需要來一根。

拉娜站在屋頂，打開了那個盒子，抽出那包香菸，點菸的時候雙手在顫抖。她深吸一口，想要讓自己平靜下來。

拉娜抽菸的時候，凝望家家戶戶屋頂之上的倫敦夜光，還有天空的閃爍星斗。

然後——她站在牆邊往外張望——凝視下方的人行道，把菸屁股丟下去，鮮紅色的餘燼在暗夜中消失無蹤。

拉娜突然冒出一股隨它而去的渴望。

她心想，很容易，走個兩步，就可以翻牆而過——身體直墜而下，重撞路面，一切就此結束。

多麼輕鬆的解脫。她不需要面對接下來的種種可怕體驗，痛苦、背叛，以及羞辱，她完全不想要。

拉娜朝牆邊走了一小步，然後又一步——

她就站在牆邊。再一步——馬上就要結束了——對，沒錯，就這樣吧——她抬起腳——

然後，她口袋裡的手機響了。

讓她分神了一下，但已經足以讓她跳脫恍惚狀態，拉娜從牆邊往後退，屏氣。

她拿出手機看了一眼，是簡訊，猜是誰？

當然，就是本人。

「想不想要喝一杯？」

拉娜陷入遲疑。終於，她做出了一開始就該採行的舉動。

她來找我了。

9

這是我故事的起點。

如果故事的英雄角色是我，而不是拉娜，那麼我會以這裡作為敘事之起點——拉娜在半夜十一點三十分、猛敲我家大門。

這是我的觸發事件，大眾耳熟能詳的戲劇技法，每一個角色都有一個——可能是龍捲風到來之類的異常或激烈事件，把你捲入了截然不同的世界，或者，也可能像是某夜朋友突然來訪之類的普通情節。

你也知道，我通常會把戲劇架構套用在自己的人生，我覺得非常有幫助。同樣的規則屢試不爽，次數之多，一定會讓你嚇一大跳。

我是透過堅忍的學徒生涯、學到了要如何建構故事：多年來拚命寫了一齣接著一齣的爛劇——逐一化為文字，累積出一堆無法演出的劇本，從中慢慢雕琢技巧。

我和某位全球知名作家住在一起，所以你可能會因此認定芭芭拉·威斯特理所當然是我的導師。你以為她給了我任何有用的提示或鼓勵嗎？沒有，完全沒有。

我必須要說，她的既定立場就是殘酷。對於我的寫作，她只發表過一次評論，看完我寫的某齣短劇之後，她隨便丟了一段話，「我咧，你寫的對話超噁爛，」她把它還給我，「真正的人才不會那樣講話。」

我再也沒有把我的作品給她看。

諷刺的是，我最好的老師是我在芭芭拉．威斯特書架中找到的某一本書。年代久遠貌似晦澀的作品，在一九四〇年代初期出版，《寫劇本之技巧》，作者是瓦倫丁．李維先生。某個春日早晨，我坐在餐桌前打開這本書。當我閱讀之後，產生了茅塞頓開之感——終於，一切都很清楚了；終於，有人以我能夠參透的字句解釋了該怎麼講故事。

李維先生說道，不論是劇場或現實，精華就只有三個字詞——動機、意圖，以及目標。每一個角色都有目標，透過堅定的意圖予以實踐。第三個部分是最重要的環節，要是少了它，角色依然很扁平，而這就是動機。

我們必須要問為什麼。

為什麼，並不是我們會常常詢問的問題。這很難回答——它需要自我覺知與誠實態度。不過，要是我們想要了解自我或是其他人——不論是現實還是小說——我們都必須要探索自己的動機。

我們為什麼會有需索？動機是什麼？

根據李維先生的說法，答案只有一個。

「人類會為了擺脫痛苦而展開行動。」

就這麼簡單，但也相當深刻。

我們的動機就是痛苦。

的確，顯而易見。我們每一個人都想要逃離痛苦，過得幸福快樂。而我們的所有作為都是為了要達成這樣的目標——我們的意圖——這就是故事的本質。

這就是講故事，這就是它的運作之道。

所以，要是我們仔細思索拉娜出現在我公寓的那一刻，你就可以了解為什麼我的動機是痛苦。拉娜那一晚苦痛萬分——光是親眼目睹就讓我心情難受。而我原本努力要減輕她的，以及我自己的煎熬——是我的意圖。而我的目標呢？當然是幫助拉娜。我成功了嗎？好，很遺憾，這就是劇場與真實人生的分岔點。

真實生活的進展，未必會依照你的預定計畫行事。

那天晚上，拉娜來到我住處的時候，心情低落到不行。她幾乎根本藏不住，不需要喝多，只要兩杯酒，防洪閘門立刻開啟，然後，她就完全崩潰了。

我以前從來沒見過這樣的場景，從來不曾看過拉娜失控。不能說不嚇人，不過，話說回來，見到別人完全發洩情感總是很痛苦，對吧？尤其對方是你深愛之人的時候。

我們進入了我家客廳，小房間，裡面幾乎塞滿了書，有個大書櫃佔住了一整面牆。我們坐在窗邊的那兩張扶手椅，一開始喝的是馬丁尼，但過沒多久之後，拉娜就一口氣喝光了一杯伏特加。

她的故事很混亂，完全不連貫——支離破碎，七零八落，而且有時候還因為她在哭而根本聽不出在講什麼。等到她全部說出來之後，要求我表示意見，是否相信傑森與凱特搞婚外情。

我陷入猶豫，不想要講出答案，我的猶疑不定已經勝過了千言萬語。

我迴避拉娜的目光，「我不知道。」

「天，艾略特，你知道嗎？你真是糟糕到不行的演員。」她整個人陷在扶手椅裡面，「你知道多久了？你為什麼不告訴我？」

「因為我並不是百分百確定，只是某種直覺……而且，拉娜，我完全沒有立場講話。」

「為什麼不行？你是我的朋友不是嗎？是我唯一的朋友。」她擦去奪眶而出的淚水，「難道你不覺得這是凱特故意搞出的陷阱嗎？我是說耳環的事，這樣一來就會被我發現？」

「什麼？妳在開什麼玩笑？當然不可能。」

「為什麼不可能？她就是會做這種事的人。」

「老實說，我覺得她腦袋沒那麼靈光，我覺得他們兩個都不算特別聰明，也不是特別體貼。」

拉娜聳肩，「我不知道。」

「我倒是很清楚，」我對這主題興致高昂，我又開了一瓶伏特加，再次斟滿我們的酒杯，「『遇到風吹草動就發生變化的愛，並不是愛。』愛不是出軌、欺騙，或是偷偷摸摸。」

拉娜沒有回答，我又試圖解釋了一次，因為這一點很重要。

「聽我說，愛是互相尊重與永恆不渝，而且也是友誼，就像是你和我一樣，這就是愛。」我執起她的手，緊握不放，「這兩個傻瓜太膚淺自私，完全不知道什麼是愛。無論他們擁有什麼，或者自認擁有了什麼，絕對不會長久。那不是愛，只要稍加施力就會破碎，崩解。」

拉娜不發一語，雙眼放空，看起來好淒涼。我覺得自己根本沒有辦法觸動她，看到她這樣，真叫我無法忍受，我突然之間動怒了。

我半開玩笑，「不然我拿根球棒，為妳狠狠痛扁他一頓呢？」

拉娜好不容易擠出了淡淡笑容，「好啊，麻煩了。」

「妳想要怎樣，告訴我，什麼都不成問題，我一定會出手。」

拉娜抬頭，以充滿血絲的雙眼看著我，「我想要恢復原本的生活。」

「好。那妳就必須與他們正面對決，我會幫妳。但妳一定得這麼做，為了妳的心理健康，更何況還有妳的自尊。」

「跟他們正面對決？我要怎麼做？」

「邀請他們入島。」

「什麼？」拉娜一臉驚訝？「去希臘？為什麼？」

「他們進入奧拉島，哪裡也去不了，完全被困在那裡。要對話，要正面對決，還有比那更適合的地方嗎？」

拉娜思索了一會兒，點點頭，「好，」

「妳要與他們正面對決？」

「對。」

「在島上。」

拉娜點點頭，「對。」不過，她突然對我露出驚懼神情，「不過，艾略特，跟他們正面對決之後呢？該怎麼辦？」

「哦，」我對她露出淺笑，「這就要看妳自己了，是吧？」

10

第二天，我待在拉娜的廚房裡，喝著香檳。

拉娜正在與凱特通話，我全程緊盯她。

「要不要來？到那座島……歡度復活節？」

我大感佩服，拉娜的表演完美無瑕，幾乎沒什麼排練就直接達陣，完全看不出前一晚的混亂情緒。她的神情與語氣都充滿了活力，輕鬆愉快，完全看不出有任何憂煩。

「就只有我們而已，妳、我、傑森，還有里奧。當然，要加上艾嘉西……我不確定會不會問艾略特……他最近一直惹我生氣。」

她說出這句話的時候對我眨眨眼，我對她吐舌。

拉娜哈哈大笑，注意力又回到了凱特身上，「好，妳覺得呢？」

我們兩個都屏息以待。

拉娜吐氣，微笑，「好，很好。嗯，再見嘍。」她結束電話，「她會去。」

我鼓掌叫好，「了不起。」

拉娜微微欠身，「謝謝。」

我舉起酒杯，「帷幕升起，好戲登場了。」

11

對拉娜來說，接下來這幾天的生活，依然富有戲劇風味。

她彷彿參與了某場延長版的即興演出——從早到晚依然「沉浸在角色之中」，假扮別人。只不過，她假扮的對象就是是她自己。

「深呼吸，放鬆肩膀，展露燦爛微笑」——這是奧托教導她在參加試鏡之前的箴言。一直到現在，拉娜依然覺得很受用。

她裝得就像是自己依然還是幾天之前的同一個人，她佯裝自己沒有心碎——沒有絕望與痛苦萬分。

我經常如是想，生活只是一場演出罷了。一切都不是真的，只是真實狀況裡的偽裝而已。只有當我們深愛的人或什麼死亡的時候，我們才會從這齣劇之中清醒過來，看出這有多麼虛假——我們生存的編造之現實世界。

我們突然發覺生命不可能永續或恆定不變，將來並不存在，我們所做的一切都不重要。我們陷入悲戚，對天號哭、尖叫、怨吼，最後，到了某個時間點，我們開始做出必要之舉動：吃東西，穿衣服，刷牙，雖然這樣令人精神錯亂到不行，但我們還是繼續過著這種宛若木偶的生活。

然後，以極其緩慢的速度，幻象又再次取得掌控權——最後，我們忘了自己是某齣戲劇裡的演員。

除非等到下一次悲劇來襲，才能夠再次喚醒我們。

拉娜剛剛被喚醒，面對如此浮誇的種種關係，她的感覺格外深刻——她的每一個笑容都酸楚虛偽至極，而且她演技糟透了。幸好，似乎沒有人注意到。

最令人心痛的就是欺瞞傑森如此容易。她很篤定他感受到她的苦痛——就連從他身邊經過、與他講話這麼簡單的事，對她來說都困難得不得了。凝視他的雙眼好可怕。當然，她所有的情緒都明顯易見，全都擺在他眼前不是嗎？

不過，他看不見。拉娜覺得疑惑，難道他一直是這樣？如此心不在焉？他一定覺得我是呆子，這個人根本沒有良心……

不過——拉娜當然必須承認，也許有這種可能——傑森的良心並沒有任何問題，因為他是無辜的？

這一點我並不確定——不過，我猜想當拉娜在為這趟小島之行打包的時候，開始覺得待在我住處的那幾個小時是一場惡夢。歇斯底里、淚水、復仇的誓言——全屬虛妄，都是伏特加作祟的精神病症狀。

現在，她手中的衣服，她為自己深愛的男人挑選購買的衣服，這才是真的。拉娜是否覺得自己慢慢滑脫而出，又回到了一開始的天真狀態？

我會使用的語彙是否認。

我覺得，拉娜想必知道這一點，所以在接下來的那幾天當中，她一直在迴避我。我打電話找她，她置之不理，簡訊也都只以單字回應。我了解。不要忘了，拉娜和我這麼親近——我簡直可以完全讀透她的心思。

當然，她痛恨自己把那起緋聞告訴了我，對我講出口之後，一切就成真了。現在，她已經在我面前宣洩出所有的懷疑與痛苦，她想要把一切留在這裡，我的公寓之中。

她想要忘了一切。

嗯，很好，我會在那裡提醒她。

12

打從我一登上奧拉島，我發現拉娜一直在迴避我。

當然，她還是很友善，但行為舉止之間有某種疏離，某種冷酷感。別人看不見，不過我有感覺。

我上樓進入自己的房間，開始取出行李。我非常喜歡那個空間，褪淡的綠色壁紙，松木家具，四柱床，散發古老木材、石頭，以及新鮮床被的氣味。在過去這些年當中，我把它當成了自己的地方，刻意留下了自己的某些物品——我放在書架上的那些愛書、我的鬍後水、助曬乳、泳鏡，以及泳褲，全都乖乖等著我。

我一邊拿出自己的東西，一邊思索接下來該採取什麼行動。我決定了，處理這個狀況的最佳方式就是與拉娜面對面講清楚，我要提醒她，我們為什麼要來到這裡，我還練習了一小段演講，目的是要讓她脫離否認狀態、回到現實之中。

在晚餐之前，我拿了兩杯香檳進入她的房間。她身穿浴袍，獨坐化妝台前面，我覺得素顏的她更顯美麗。

我坐在床邊，陷入遲疑。

「妳還好嗎？一切沒問題吧？」

拉娜聳肩，沒有回答。我盯著她化妝，我心想，機會來了，我張嘴打算問她到底在想什麼。不過，就在那個時候，門突然開了。傑森衝進來，一看到我就立刻停下腳步，「哦，你在這裡。你們兩個在八卦什麼？」

拉娜微笑，「你都不認識。」

「只要主角不是我就好。」

「為什麼？」我問道，「你做壞事良心不安？」

他怒氣沖沖盯著我，「媽的這話什麼意思？」

拉娜哈哈大笑，但我看得出來她不高興，「傑森，他是在開玩笑。」

「嗯，不好笑，」他花了九牛二虎之力要展現機鋒，「從來就不好笑。」

我微笑以對，「幸好，全世界成千上萬的劇場愛好者並不這麼認為。」

他並沒有對我回笑，「嗯。」

最近，傑森對我的善意已經完全喪失殆盡——我最多只能盼望他能夠維持基本禮貌，不要對我暴力相向。

他嫉妒我——因為我可以提供拉娜某些他無法了解，或是無力提供的東西。那是什麼？好，既然也找不到更好的措辭，我們就把它稱之為友誼吧，傑森無法明瞭男人與女人可以成為這等密友的世界。

不過，拉娜和我不只是朋友而已——我們還是靈魂伴侶。

但傑森也不懂這一點。

也許你可以這麼說吧，拉娜從兩個截然不同的男人身上、得到了兩個世界的精華。從我們兩人之間，傑森與我，我們提供了她所需要的一切，她從我這裡得到智識啟發、情感支持，還有幽默感，剩下的部分就由傑森負責。

「艾略特有個很棒的提議，」拉娜說道，「我們明天去米克諾斯島吃晚餐，你覺得怎麼樣？」

傑森苦笑，「不用了，謝謝。」

「為什麼不要？一定很好玩。」

「去哪裡？千萬不要跟我說是雅洛斯。」

「為什麼不行？」

「唉，拜託，」傑森嘆氣，「吃一頓雅洛斯累死了，我以為我們來這裡是為了要放鬆。」

我忍不住插嘴，「哦，傑森，拜託，你想想看雅洛斯的食物有多棒，好好吃。」

傑森沒理我，但也沒有進一步反駁，他知道自己其實沒什麼選擇，「隨便吧，我得去洗澡。」

「好，我也該告辭了，待會兒樓下見。」

我走到門口，出去，掩上了門。

然後——其實我通常很少會承認這一點，不過，既然我是在對你講話，我就老實說了——我把耳朵貼住房門。難道你不會做出相同舉動嗎？他們現在一定在講我，我很好奇當我一轉身之後、傑森會說出什麼話。

他們的對話很小聲，但透過房門還是可以聽得見。

拉娜聽起來很生氣，「我不懂你為什麼不能對他客客氣氣。」

「媽的因為他老是窩在妳的臥房裡，這就是原因。」

「他是我最要好的朋友之一。」

「他愛上妳了。」

「別講蠢話。」

「明明就是這樣。不然妳說說看，自從他殺死那個老女人之後，為什麼到現在都沒有交女朋友？」

拉娜沉默了一會兒，「傑森，不要亂開玩笑。」

「誰說我在開玩笑？」

「親愛的，你是想怎樣？或者你單純想吵架？」

又是一陣沉默，傑森正在平撫情緒，他接下來的語氣就溫柔多了，「我有事得找妳談一談。」

「好，但不要再講艾略特的事了，我說認真的。」

「沒問題。」傑森壓低聲音，我必須把耳朵緊緊貼住門，才能聽出他到底在講什麼。「不是什麼重要的東西……得麻煩妳簽字。」

「現在嗎？難道不能等等嗎？」

「我今晚就得送出去，簽名只要一下子而已。」

拉娜停頓了一會兒，「我以為不是重要文件。」

「真的不是。」

「所以為什麼這麼急？」

「一點都不急。」

「那我明天再看。」

「妳不需要看，」傑森說道，「只是做資金移轉而已，我之後會告訴妳重點。」

「我還是得看，寄電郵給魯伯爾特，可以讓他好好看一下。然後我再簽名，這樣可以嗎？」

傑森似乎有了火氣，「算了。」

他沒有解釋——但我不需聽到任何解釋。就連相隔了數公尺之外、透過厚實的橡木房門，我很清楚他到底想要做什麼。光是他的猶豫態度，以及一聽到拉娜提到她律師名字就讓他打退堂鼓，我就已經一清二楚。傑森知道自己的小小詭計不論是什麼，絕對不可能奏效。

「沒關係，不重要，可以等之後再說。」

「確定嗎？」

「對，別擔心，我去洗澡了。」

聽到這句話，我趕緊偷偷摸摸離開了房門口，我可以想到接下來會發生什麼狀況。

我眼前浮現傑森進入浴室的畫面——等到他變成一個人的時候，微笑假面立刻崩解。他盯著鏡中的自己，雙眼絕望。他心想，剛剛自己以那種態度跟拉娜講話，是否出了包？引發了她的懷疑？

他應該要等到她喝了好幾杯之後，然後把文件偷偷推到她面前，到那個時候再叫她簽名。對，其實，那樣應該就行得通。

等一下，吃完晚餐之後，他會再次嘗試，要等到她比較放鬆的時候。他會一直幫她倒酒，對她超好。他很清楚拉娜的個性，也許會改變心意，自己主動要簽署文件——就是為了要討他歡心，她就是可能會做出那種事。

對，還是可能行得通。傑森告訴自己，呼吸，深呼吸保持冷靜。

傑森打開水龍頭，水太燙了，狠狠噴濺在他的臉龐、皮膚，讓他全身灼燙。

感覺好舒爽——感受這樣的痛楚，進入了愉快的分心狀態，可以讓他暫別自己的心事……必須得要做的一切……接下來得面對的一切。

他閉上雙眼，接受熱水灼身。

13

在奧拉島第一晚用餐的時候，我仔細端詳拉娜，想要判讀她的心思。

我好驚詫，這居然是同一個女人——不過就在三天之前，她在我家沙發上歇斯底里。現在的她，以老練手法揮舞餐刀，不是為了要戳入廢物老公的心臟，反而為他又切了一塊牛排。而且，她臉上的笑容如此逼真又真誠，輕鬆快樂到不行的表情，就連我都差點被她唬住了。

我心想，拉娜的否定功力真的是了不起。要是我不介入的話，她很可能就這麼安然度過整個週末，宛若一切都不曾發生。

而凱特呢，似乎無所不用其極在挑釁，她的態度甚至比平常更大剌剌。比方說，水晶的事。

晚餐過後，我們坐在戶外火坑的旁邊，凱特突然冒出這句話，「艾嘉西的水晶呢？在哪裡？」

拉娜陷入遲疑，「我想艾嘉西已經睡了，就不能等等嗎？」

「不行，狀況超級緊急。我等一下偷偷進去她房間，拿出水晶，絕對不會吵醒她的。」

「親愛的，妳不可能找到的，搞不好放在某個抽屜的後頭。」

謊言。拉娜非常清楚那顆水晶永遠在艾嘉西附近，只要她睡覺，一定放在她的床邊桌上面。

「艾嘉西還醒著，」里奧的下巴朝屋子點了一下，「她房間的燈還亮著。」

凱特立刻跳起來，進入主屋，她的腳步有些不穩，但顯然相當堅決。過了幾分鐘之後，她回來了，高舉著水晶，一臉得意洋洋。

「拿到了。」

凱特坐在戶外火坑旁邊，烈焰映亮了她的臉龐。她拿著水晶、在左手掌心上方晃動，火光讓它閃耀光芒，她默聲講出問題，嘴巴動個不停。

我在猜她到底問了什麼。想必是他會為了我而離開她嗎？或是我應該跟他做個了斷？——諸如此類的問題吧。

真叫人難以置信，是不是？如此冷酷無情，在拉娜的面前以那種態度炫耀她與傑森的婚外情，她自以為很安心、完全不會引人起疑，真是蠢斃了。

或者，我這樣說並不公平？也許凱特已經醉過頭，完全無法過濾自己的心事——不清楚自己在說些什麼，差那麼一點點就會洩露出自己的秘密？

或者，這種表現是因為傑森的關係——等於是某種隱示的威脅？向他提出警告，她已經絕望透頂？如果是這樣的話，她只是徒費氣力而已，傑森根本不為所動，他似乎比較擔心的是自己正跟里奧下雙陸棋、他可能會成為對方的手下敗將。

凱特緊盯水晶在空中劇烈晃搖，不斷來來回回流移，宛若節拍器，激烈的筆直動線。

她問題的答案是明確的「不」。

凱特臉色一沉，面容苦痛。然後，她一把抓住水晶，讓它停止晃動，然後，她把它塞給里奧，「好，輪到你了。」

里奧本來低頭盯著雙陸棋棋盤，抬頭看著她，搖頭以對，「不，我完全沒興趣，我已經知道那是怎麼一回事了。」

「是嗎？是怎樣？」

「重點是妳自己。妳根本不知道自己在做什麼，其實是妳的雙手以妳想望的方式在晃動。」

「親愛的，不是這樣，」凱特嘆氣，「你搞錯了。如果真的是這樣，我會得到完全不同的答案。」

凱特向那顆水晶詢問了什麼問題？

這些年來，這問題經常讓我苦思不已。我一直在想，它對於接下來的那二十四個小時、產生了多大的影響力？

接下來的那二十四個小時，還有凱特犯下的一切惡行。

難道發生的一切事件都遵循了那顆水晶的意旨？凱特只是聽令行事——無論結果是什麼？

你知道嗎，就算凱特這麼做，我也不認為她會知道出現這種結局，她怎麼可能知道？

這遠遠超過了我們任何一個人的想像。

14

一直到第二天早上，我才找到機會與拉娜單獨談話。

我們帶著野餐籃，到達了那座小沙灘，整理好毛巾，在地面鋪好毯子，然後，我展開行動。

「拉娜，」我低聲說道，「可不可以聊一下？」

「待會兒吧，」她打發我，「我現在要去游泳。」

我盯著她朝水岸走去。我皺眉。我別無選擇，只能跟過去。

水面宛若玻璃表面一樣平滑，拉娜一路游到了浮台，我也跟在她後頭。

等到我到達浮台之後，我爬梯，上了浮台，整個人往後一倒，氣喘吁吁。

拉娜體格比我健壯，呼吸幾乎沒有任何變化。她坐在那裡，雙臂抱膝，凝望遠方的地平線。

等到我終於能夠平穩呼吸之後，我開口說道：「妳在躲我……」

「有嗎？」

「對。為什麼？」

拉娜沒有立刻回答，她聳肩，「難道你猜不到嗎？」

「除非妳自己跟我說，我又不是靈媒。」

我已經下定決心，目前面對拉娜的最佳方式就是裝傻。所以我對她擺出天真無辜的表情，靜靜等待。

終於，她說了出來，「那一晚，在你的公寓……」

「嗯。」

「我們聊了很多。」

「我知道，」我聳肩，「現在妳一直在迴避我，叫我要怎麼想？」

「我需要搞清楚一些事，」拉娜端詳了我一會兒，「你為什麼要這麼做？」

「做什麼？想要幫助妳？」我直視她的眼眸，「拉娜，我是妳的朋友，我愛妳。」

她盯著我好一會兒，彷彿不相信我所說的話。

我突然冒出一股怒意，這不是莫名其妙嗎？在這些年當中，我們從來不曾爭執不和——是一種互相敬重的友誼，完全沒有任何衝突——等到我捲入她的婚姻問題之後卻破功了。

好心沒好報。是誰說了這句話？我覺得一點都沒錯。

我知道，我現在的位置很微妙。我不能逼太緊，不然我可能會失去她，但我就是忍不住。

「抱歉，我不能袖手旁觀，眼睜睜看著妳被虐待。讓他們以這種方式對待妳，不應該如此。」

沒有回應。

「拉娜，」我皺眉，「拜託，回答我。」

但是拉娜沒有理我，她直接起身，從浮台跳下去，消失在水中。

野餐結束之後，我們回到主屋。

但是拉娜並沒有進去。

她一直徘徊在遊廊，彷彿覺得爬樓梯很累一樣，還做出氣喘吁吁的樣子。但我懂得她的心思，她緊盯待在低層的凱特。

凱特從夏屋離開，漫步朝橄欖樹林園的方向走去，準備要前往廢墟。

我知道拉娜在想什麼，我佯裝打哈欠，「我要去洗澡了，先這樣。」

拉娜沒回我話。我晃進客廳，然後一進去就停下腳步，晃了一會兒，然後又到了外頭，拉娜已經不見了。果然不出我所料，她步下階梯，前往低層地帶。

我跟過去，一直保持距離，以免被她發現。其實我不需要擔心，拉娜根本不曾回頭顧盼，凱特也一樣，她一路穿過樹林，幸好她完全渾然不覺自己被跟蹤，而且不止一個人，而是兩個人。

到達空地的時候，拉娜躲在某棵樹的後面。我站在後面稍遠的位置，保持安全距離，我們都親眼目睹了在廢墟上演的這齣場景。

傑森與凱特講話講了好一會兒。然後，傑森放下了槍，走向凱特，兩人開始接吻。

對於拉娜來說，看到這一幕的感受一定很詭譎。我覺得她所有的防衛機制都在那一刻瓦解——她的否認、幻想、投射在我身上的怒氣——全部都落入塵泥。面對眼前的這個畫面，還能夠否定什麼？

拉娜突然雙腿一軟，癱地，靠著雙手與膝蓋支撐身體。看起來像是跪地祈禱一樣，但她其實在哭。

悲慘的畫面，我好同情她。

不過，老實說，我多少也鬆了一口氣。要是拉娜需要比耳環更多的證據，那麼老天爺剛剛就把它給了她。

傑森發覺到拉娜，他抬頭張望，但陽光阻擋了他的視線，並沒有看到她在那裡。

拉娜轉身，踉蹌離開廢墟。她回頭穿過橄欖樹林園，朝主屋走去，她腳步急快，我跟在她後面。

對於她接下來的行動，我有一種不安的預感。

15

拉娜繞到了房子後面，從後門進去。

她匆匆走過通道，進入了傑森的置槍房。他帶了兩把槍外出，不過還有兩把依然擱在槍架。

拉娜伸手，緊緊握住一把手槍。

她離開房間，邁步穿過走廊，進入客廳。她跨出法式落地窗，進入遊廊，站在矮牆旁邊，眺望低層地帶。

傑森正在走路，朝屋子的方向前進，他手裡抓了兩隻死掉的斑鳩。拉娜緩緩舉槍，直接瞄準他。

她打算要殺死傑森？或者只是要嚇唬他？

我不知道拉娜對於自己行為的意識程度如何。她心靈嚴重受創，非常不穩定，也許某種古老原始的求生本能掌控了一切——需要有武器在手的某種感覺？要是附近有斧頭的話，她應該就會像克呂泰涅斯特拉一樣緊抓不放，結果，她拿的是槍。

我心想，繼續啊，就動手吧，扣下扳機，開槍……

不過，就在這個時候，里奧也出現在低層，朝泳池的方向前行。拉娜立刻放下了槍、把它藏在背後。

里奥抬頭，看見了他媽媽，他揮手打招呼。拉娜勉強擠出笑容，也對兒子揮手。

拉娜從自己的恍惚狀態回過神來，轉身，匆匆回到屋內，穿過通道，但是她並沒有把槍放回原處。她只是繼續往前走，經過了置槍房外頭，把手槍帶到樓上。

拉娜待在自己的臥室，坐在梳妝台前面，盯著自己的鏡像——緊握手槍。看到這樣的畫面，讓她相當驚恐。

然後，她聽到房門開啟的聲響，趕緊把手槍塞入抽屜。她瞄了一下鏡子，看到滿臉笑容的艾嘉西進來。

「嗨，有沒有需要什麼？」

拉娜搖頭，「沒有。」

「晚餐有沒有想吃什麼？」

「沒有，也許我們會出去用餐。現在我沒有任何想法……我要去泡澡。」

「我幫妳放水。」

「我可以自己來。」

艾嘉西點點頭，她端詳拉娜好一會兒。她不是會主動提議的人，不過，現在她打算破例。

「拉娜，妳……還好嗎？」

拉娜沒回答。

「如果妳想要離開的話，我們現在就可以動身。」艾嘉西對她露出鼓勵的笑容，「讓我帶妳回家。」

「回家？」拉娜面色困惑，「哪裡？」

「當然是倫敦。」

拉娜搖頭，「倫敦不是家。」

「那不然是哪裡？」

「我不知道，我不知道該去哪裡，也不知道該怎麼辦。」

她起身，走入臥室，打開了水龍頭，開始泡澡。

之後，她回到臥室，艾嘉西已經不在那裡了，不過，她在這裡留了東西。梳妝台上面有水晶墜飾，在陽光之下閃閃發亮。

拉娜把它拿起來，仔細端詳。她不相信魔法，但她也不知道還能相信什麼了。她把墜飾放在掌心上面，開始晃動。

她盯著它，嘴唇動個不停，彷彿悄聲唸出了某個問題。

水晶幾乎立刻劇烈擂動，在空中晃舞。

一開始是小小的轉圈——然後幅度越來越大，超出了她掌心的範圍——越來越大、越來越高的圓圈，懸空飛旋……

在屋外的地面，有一片葉子在動。

它被某種看不見的力量吹到空中，不斷轉圈，幅度越來越大，越來越高……開始風動……

暴怒起風了。

16

我覺得，衡諸凱特的心情，稱之為暴怒很貼切。

在雅洛斯餐廳用餐的整個過程當中，她一直想要找人吵架。現在我們回到了屋內，她似乎決心要找人大吵一頓。

我覺得最好是對她避而遠之，所以我還是待在外面，窩在法式落地窗旁邊抽大麻，靠著那裡的安全有利位置，我盯著客廳裡正在上演的好戲。

凱特為自己又倒了一杯大杯的威士忌，傑森走到她面前，神色尷尬站在那裡，對她低聲講話。

「妳已經喝得夠多了。」

「這杯是給你的，」凱特把那杯威士忌塞過去，「拿啊。」

他搖頭，「不要，我不想喝。」

「為什麼不要？拿過去，喝啊。」

「不要。」

「我覺得，」拉娜語氣堅定，「我們該上床睡覺了。」她緊盯凱特，如果我沒看錯的話，是某種警告的神色，在那一瞬間，凱特看起來似乎縮回去了。

不過，並沒有。凱特接下挑戰。她脫去紅色披肩，在空中旋動，宛若在甩鬥牛場使用的紅色大旗，然後，把它拋向了沙發後方。

接下來，她把那杯威士忌湊到自己的嘴邊，一口氣喝光光。

拉娜擺出撲克臉，但我看得出來她內心暴怒，「傑森，我們上樓好嗎？我覺得好累。」

凱特伸手，抓住傑森的臂膀，「不要。傑森，你留在這裡。」

「凱特……」

「我是認真的，」凱特說道，「不要走，不然你會後悔。」

「我就看看妳會怎樣。」

他把凱特的手從自己的臂膀移開——我覺得這動作不妙，一定會觸怒她，果然沒錯。

她咬牙切齒，「幹去你的。」

傑森愣住了，萬萬沒想到她氣成這樣，我差點覺得他好可憐。

現在，我懂了，凱特的憤怒洩露了她的心事：這整場啞謎都是因為傑森，不是因為我或是拉娜，凱特發火的對象是傑森。

拉娜也明瞭了這一點，她具有偉大演員那種令人惴惴不安的本能，她知道現在輪到自己上場了。

一如往常，她的表現輕描淡寫，「傑森，麻煩你做出決定。」

「什麼？」

「你得要做出抉擇。」拉娜的下巴朝凱特的方向點了一下，目光自始至終都沒有離開傑森，「我，或是她。」

「妳在講什麼？」

「你明明很清楚我在說什麼。」

此時出現了短暫停頓。傑森的臉——他就像是目睹了慢動作車禍一樣，夾在這兩個女人之間，要是他不好好想辦法避免災難的話，他的下場會很悲慘。

傑森接下來的舉動將會揭露一切。芭芭拉．威斯特曾經告訴過我某個老派寫作技巧——要細膩描繪某個特定之人或是物件，那就是將其置於二擇一的情境之中。而為了某個人事物而打算放棄什麼，已經道盡你對其重視的程度。

傑森現在顯然必須做出抉擇——在凱特與拉娜之間。我們要是還有任何存疑的話，很快就會發現，到底他最重視的是誰。

我心想，芭芭拉絕對會很愛這一刻，她一定會偷偷納為己有、把它寫入書內。

想到了芭芭拉，不禁讓我露出微笑——不幸的是，我發現傑森正盯著我，他一臉暴怒神情，「媽的這是怎樣？你這個萬惡的混蛋？覺得這很好玩？」

「我？」我哈哈大笑，「老哥，我覺得我根本不是你現在需要操心的問題。」

一聽到這句話，傑森大發雷霆。他朝我飛撲過來，衝到我面前，抓住我的喉嚨。他把我壓制貼牆，舉起拳頭，狀似要扁我的臉。

「住手！住手！」凱特狠狠把他往後拉，「傑森，不要碰他！」

終於，我好不容易恢復正常呼吸，展現我所有的尊嚴，調整領口。

「現在爽快多了嗎？」

傑森沒有回答，怒氣沖沖瞪我。然後，他終於想起自己應該要先處理什麼，他轉身，想要討拉娜的歡心。

「拉娜，聽我說……」

但拉娜已經不見人影，她早就走了。

17

尼可斯待在自己的農舍，坐在壁爐旁邊的扶手椅。他正在喝茴香酒，聆聽外頭的風嘯。

他喜歡聆聽展現不同心情的風聲，今天晚上是狂怒。至於其他的夜晚，有時候是痛苦老人在呻吟，或是小孩在暴風雨之中迷路的嚎啕大哭。還有的時候，尼可斯深信外頭有女孩在狂風之中迷失方向、不斷哭泣。他會跑到外面，凝望夜色，盯著那一片漆黑——只是為了想要確認，不過，每次都是風聲在耍人。

他為自己又倒了一杯茴香酒。他有點醉了，腦袋就像杯中的茴香酒一樣混濁。他在扶手椅裡面往後一靠，心思飄向了拉娜。他開始幻想要是她住在這座奧拉島、與他在一起，不知會是什麼光景？

他很確定拉娜要是待在這裡一定會很開心。每次她到了島上總是活力四射——宛若打從她下船的那一刻開始、立刻就有光從體內冒出來。而且，要是拉娜在這裡，就可以解救他的孤獨，她宛若滋潤焦土的雨水，消解他充滿鹹味乾燥雙唇的冰飲。

尼可斯閉眼，任由自己開始做白日春夢。他想像拂曉時分醒來，床邊躺著拉娜——她面對他，金黃色的髮絲散落在枕面……好柔軟，她的氣味好香甜，宛若橙花一樣。他會伸出雙臂抱住她的柔滑身軀，親吻她的肌膚，他會將雙唇貼住她的嘴……

尼可斯陷入半勃起、半醉，以及半睡眠狀態，當他睜開雙眼的時候，他以為自己在做夢……沒想到真的是她。

拉娜。

尼可斯眨眼，坐起身子，突然之間完全清醒了。

拉娜站在門口，真的，並非出於他的幻想。她好美，一身素白，宛若女神。不過，卻是憂傷女神。

「尼可斯，」她輕聲細語，「我需要你幫我。」

18

傑森、凱特，還有我待在客廳。我等著看誰會先開口，是凱特，她的語氣充滿壓抑。

「傑森，我們可以聊一下嗎？」她的聲音聽起來有種空虛感，怒火不見了，全部燒光光——現在只剩下灰燼，「傑森？」

突然之間，凱特看起來像個小女孩，馬上就要爆哭，我不禁覺得她好可憐。

「妳要不要喝點什麼？」

凱特迅速搖頭，「不要。」

「反正我還是幫妳弄一杯。」

我走到酒櫃前面，為我們準備了兩杯酒。我稍微提了一下天氣，給凱特機會讓她恢復平靜。不過，我看得出來，她並沒有在聽。

我把酒杯放到她面前，過了足足二十秒之後，她才看到。

「謝謝。」凱特接下酒杯，心不在焉把它放在自己前方的桌面，然後，伸手拿菸。

我搓揉脖子，剛剛被傑森死抓的部位好痛，我緊蹙眉頭，「凱特，妳知道嗎，妳真的早就應該來找我了，我可以把事情跟妳講清楚，事先警告妳。」

「警告我？什麼事？」

「他絕對不會因為妳而離開拉娜，妳不要自欺欺人了。」

「我沒有自欺欺人。」凱特拿著未點燃的香菸猛敲桌面，然後，她把它放入嘴裡，點火。

「我覺得妳就是這樣。」

「媽的你知道個屁啊。」

凱特抽菸抽了一會兒，我發現到她的手在顫抖，然後，她突然把香菸在菸灰缸裡捻熄。「問題是……」她面向我，帶著剛剛的怒氣，「你為什麼要對拉娜的婚姻這麼大費功夫？就算他們分手，她根本不太可能會嫁給你。」

凱特在開玩笑。不過，她後來發現到我眼中閃過一抹受傷的表情，她倒抽一口氣，「哦，我的天哪，你真的那麼想？你真心以為……你和拉娜之間……」

凱特講不下去了，因為她笑得不可遏抑。殘酷的嘲笑聲響。

我等到她停止大笑之後，才冷冷說道：「我只是想幫忙，如此而已。」

「不，不，才沒有，」凱特搖頭，「你騙不了我，馬基維利大公。不過，到了最後你會有報應，你等著看吧。」

我沒有理會她，我很篤定她聽到我說了什麼，這一點很重要。

「凱特，我是認真的，不要把傑森逼到必須在妳們之間做出抉擇，妳一定會後悔。」

「去你的。」

不過，她回嗆我的態度卻有氣無力，她的心思全放在傑森身上，雙眼緊盯門口。

然後，她突然做出決定，起身匆匆到了外頭。

我一個人待在客廳，努力想像接下來會發生什麼事。

凱特顯然是去找傑森了。但傑森對凱特沒興趣——現在他態度很明顯了。

傑森的重點是拉娜，他會努力把她贏回來，安撫她，向她保證他與凱特之間根本沒什麼。他會說謊，堅持自己的清白，發誓自己從來不曾不忠。

而拉娜呢？她會怎麼做？那才是定奪一切的關鍵難題。

我努力想像那種場景。他們會在哪裡？也許在海灘？不，在廢墟——更浪漫的地點——有月光照映的廊柱的午夜面會地點。關於拉娜可能會怎麼演出，我已經有了預感。我非常確定她曾經在她的某部電影裡扮演過類似角色，堅苦卓絕，自我犧牲——難道還有更好的方法去呼喚她男主角的良心？他的榮譽感與責任感？

一開始的時候，她會對傑森態度冷淡，然後自持態度開始漸漸軟化，她不會罵他，不，她會責怪自己——講話的同時還忍住淚水，這是她的專長。

終於，她以自己的獨家神情凝望傑森，她專門為特寫鏡頭演出的那一種畫面，昏昏欲眠的大眼慢慢睜開，看起來脆弱無助，充滿痛苦，但卻依然勇敢——就像是芭芭拉·威斯特所說的一樣，「為了電影鏡頭而擺出的罪犯大頭照」——不過，效果超好。

在傑森還來不及察覺異樣之前，他就會被拉娜迷惑，完全被她的表演吃得死死的，他會跪下來祈求她原諒，承諾會成為更好的男人——絕對說到做到。凱特會逐漸淡出在他心靈的隱蔽地帶，就此劃下句點。

我一度焦急至極，想要自己跑去找拉娜與傑森，出手介入。不過，不行，我必須要對拉娜有信心。

當然，她的表現可能會讓我大吃一驚。

19

「好，」拉娜問道，「你願意嗎？」

尼可斯瞠目結舌盯著她，不敢相信自己聽到的那些話，剛剛從拉娜的嘴裡冒出來的那些字句，或者，她要求他幫忙的那件事。

他覺得自己無法回答，所以他不講話。

「你想要什麼？」

還是一樣，不回答。

拉娜把手伸到自己的頸項後面，解開了鑽石項鍊的鎖扣，把它留在掌心，將那一坨閃亮的珠寶交給他。

「收下，賣掉，隨便你想要買什麼都可以。」她以自己的方式發揮讀心術，又補充說道：「船啊，你想要對不對？你可以用這筆錢買船。」

尼可斯依然不接腔。

拉娜皺眉，「你是覺得被羞辱了嗎？不需要這樣，這是公平交換，告訴我，你想要什麼，然後照我的吩咐行事。」

尼可斯沒有在聽，他一心只想到她超美，他還沒意識到自己在講什麼，話已經冒了出來。

「吻我。」

拉娜盯著他，彷彿剛剛沒聽見他講的話一樣，「什麼？」

「我不明白。就這樣？這就是你要求的代價？」

他沒有回答，不講話，也沒有任何動作，只是站在那裡。

此時，出現了短暫停頓。

拉娜往前走了一小步，兩人的臉龐只相隔了幾公分而已，他們盯著彼此的眼眸，拉娜之前從來沒有注意過他的眼睛，她這才發現它擁有一種美感，清亮的藍光。

她突然腦中冒出瘋狂想法：我應該要嫁給尼可斯，這樣一來就可以住在這裡，過著幸福快樂的生活。

然後，她傾身向前，將雙唇壓著他的嘴巴。

當他們接吻的時候，內心枯乾的尼可斯已經著火，而且完全被吞噬。他從來不懂這樣的感覺，他知道自己再也不一樣了。

「我會幫忙，」他在接吻的空檔低聲說道，「無論妳想要做什麼，我都會幫忙。」

拉娜離開尼可斯的農舍，沿著小路前進。她穿過橄欖樹林園，進入空地，到達了廢墟。

廢墟周邊的濃密橄欖樹，成了阻擋極惡之風的屏障。拉娜在某根破損廊柱上面坐了一會兒，閉上雙眼，陷入了沉思。

然後，在她背後的樹叢，她聽到了有樹枝被踩斷的聲響。拉娜睜眼，轉頭，看到了那個人是誰。

傳出三聲槍響。

過沒多久之後，拉娜癱地，倒在一片血泊之中。

20

里奧是第一個到達廢墟的人。他後面跟著艾嘉西，接下來現身的是傑森和我。

當我們聚集在拉娜身軀旁邊的時候，時間似乎在那一瞬間凝結。它讓我們每一個人都在當場僵持不動，周邊的一切都在搖動。狂風旋飛尖嘯，樹木搖晃，而我們站在那裡動也不動，凍結在某種無時間狀態，沒有辦法思考或感受。

其實這只持續了幾秒而已，但感覺卻像是漫漫無盡，是凱特出現才打破了魔咒。她看起來不知所措又困惑，表情從不解轉為不可置信，最後是恐懼。

「發生了什麼事？」她不斷重複，「我的天……」

也不知道為什麼，她到來之後，刺激我們展開行動，我跪在里奧身邊，對他說道：「我們得要把她放下來好嗎？里奧？你得要放手……」

里奧大哭，抱著她前後搖晃，我想要勸他，叫他放下她，「別這樣，里奧，拜託……」

「里奧，把她放下來！」傑森已經失去耐心，突然衝到他面前。

里奧的反應宛若被蛇咬一樣。他對傑森尖叫，那張血跡斑斑的臉龐甚是可怕，「不准碰她！給我滾！」

傑森瞠目結舌，打退堂鼓，「拜託，只要把她放下來就是了。」

我滿臉惱怒，看了傑森一眼，「我來處理他，趕快打電話找急救人員！」

傑森點點頭，在口袋裡摸出手機，解鎖，把它塞入艾嘉西的手裡，「打電話給米克諾斯的警察局，說我們需要急救支援，還有報警，他們現在就得過來！」

艾嘉西點頭，一臉茫然，「好，好的……」

「我要去拿槍。在這裡等著我，千萬不要亂動。」

丟下這句話之後，傑森開始朝主屋狂奔，凱特遲疑了一會兒，然後也跟在他後面跑過去。

艾嘉西和我想盡辦法讓里奧鬆開拉娜的身軀，我們小心翼翼讓她躺在地上，里奧抬頭，雙眼瞪得好大，他的聲音宛若被勒喉一樣。

「那些槍。」

「什麼？」

但里奧已經起身，朝其他人後面奔去。

21

凱特匆匆進入主屋，她四處張望，卻沒有看到傑森的蹤影。

「傑森？」她輕聲細語，「傑森……」

突然之間，他現身了，從置槍房裡走出來，露出古怪又困惑的表情，「全都不見了。」

凱特不懂他的意思，「什麼？」

「槍啊，不在裡面。」

「什麼意思？在哪裡？」

「媽的我哪知道，有人拿走了。」

他們聽到走廊盡頭傳來腳步聲，兩人都抬頭一看。

里奧站在那裡，死盯著他們。他的模樣看起來很嚇人——全身是血，狂亂又痛苦。

「那些槍，」里奧說道，「我……」

傑森變得緊繃，「什麼？」

「是我把槍搬走，我藏起來了，我本來是要開玩笑，我——」

但他話還沒講完，傑森已經抓住了他，「在哪裡？快告訴我！」

凱特開口，「傑森，放開他！」

「槍在哪裡？」

「放開他！」

傑森放手，里奧跌倒在地，背貼牆面，抱緊膝蓋，嚎啕大哭不止。

「她死了，」里奧大叫，「難道你在乎嗎？」

他雙手掩面，凱特到了他身邊，把他拉入自己的懷中，「親愛的，噓，噓，拜託告訴我們，槍在哪裡？」

里奧舉起一隻手，指向木箱，「在裡面。」

傑森衝向那個木箱，立刻掀開蓋子。

他臉色一沉，「是在跟我開玩笑嗎？」

「什麼？」里奧起身走過去，盯著箱內。

裡面是空的。

里奧嚇壞了，「可是……我明明把槍放在裡面……」

「是什麼時候的事？」

「晚餐之前，有別人拿走了。」

「是誰？有誰會做這種事？」

凱特蹙眉，彷彿想到了什麼一樣，「尼可斯人呢？」

後頭有人開口，「我在這裡。」

他們轉身，尼可斯站在門口，手中拿著槍。

眾人停頓了一會兒，然後，傑森態度小心翼翼，開口說道：「有人開槍射殺拉娜。」

尼可斯點頭，「對，我知道。」

傑森瞄向尼可斯手中的槍，「你從哪裡弄來這東西？」

「這是我的槍？」

「確定嗎？我所有的槍都不見了。」

尼可斯聳肩，「這是我的。」

傑森伸手，「好，你最好交給我。」

尼可斯搖頭——堅定表示不要。傑森決定不要逼他，反而以緩慢有力的語氣說道：「我們得要搜查這座島，你明白嗎？一定有闖入者，他有武器，是危險人物，我們得要找到他。」

然後，我進來了——帶來的是壞消息，我不知道該怎麼修飾，所以就直接說出口。

「艾嘉西已經聯絡了米克諾斯的警察。」

傑森抬頭，「然後呢？他們什麼時候來到這裡？」

「他們不會過來。」

「什麼？」

「他們不會過來。因為風勢的關係，沒辦法搭船橫渡過海。」

凱特緊盯著我，臉色緊繃，「但是他們得過來……他們必須……」

「他們說黎明的時候風勢就會平靜下來……他們會在那時候再試試看。」

「可是……得要等五個小時。」

「我知道，」我點點頭，「在他們到來之前，我們只能靠自己。」

22

最後的決定是由傑森、尼可斯，還有我一起巡島找尋闖入者。我告訴他們，這樣只是在浪費時間。

「真是瘋了。你真覺得有人會挑這種天氣在這裡登陸？不可能！」

「不然還有其他選項嗎？」傑森怒氣沖沖盯著我，「有別人在這裡，我們一定要把他揪出來，現在就展開行動。」

所以，我們以電池型手電筒當成武器，冒險進入夜色之中。

我們一開始巡的是穿越橄欖樹林園的步道，我們拿著手電筒掃視黑暗地帶，在濃密的橄欖樹之中，只看得見蜘蛛網與鳥巢。

當我們走路的時候，傑森頻頻瞄向尼可斯緊握的那把手槍，顯然傑森並不信任他。老實說，不論他們哪一個人持槍，我都無法信任他們，當他們在監視彼此的時候，我也一直緊盯他們不放。

我們到達岸邊，開始搜尋海濱區域。這是艱鉅任務，因為我們走路的時候不斷被強風狂襲。這股狂暴之風殘忍無情，撲打我們的臉頰，狠狠將沙子拋擲到我們身上，朝我們耳內尖叫，只要一逮到機會就會把我們吹到失去平衡。不過，我們堅持不懈，花了一個多小時的時間，沿循小島邊緣、高低起伏不斷的蜿蜒海岸線泥道前進。

最後，我們到達了這座島的北側，陡峭的崖面，垂直入海，絕對不可能有人把船停泊在那裡，而且在那些光禿禿的岩塊之間，也無處躲藏。

終於，其他人懂得我先前所說過的話，沒有船，沒有闖入者。

這座島上沒有別人。

除了我們六個人之外，沒有別人。

23

也許這裡是適合稍作停頓之處——大吃一驚沉澱心情之後，我們再繼續講下去。

我很清楚這種類型故事的傳統手法，我知道接下來應該要發生什麼事，我明白你在等待什麼。殺人案調查，收場，劇情轉折。

理應要這樣結束。

不過，正如我在一開始警告你們的一樣，絕對不可能出現這種走向。

所以，趁我們的故事還沒有完全跳脫這種大家所熟悉的事件順序之前——在我們還沒有進入一連串暗黑轉折之前——且讓我們思考一下，某種另類敘事方式可能會如何進行鋪陳。

我們就暫時想像一下，某名探長——可能像是阿嘉莎．克莉絲蒂筆下那個比利時人的希臘版本吧？過了幾個小時之後，風勢緩歇，他到了這座小島。

某名年紀稍長的男子，在菜鳥警員的協助下，小心翼翼離開警船。他身材高瘦，一頭灰髮，還有修剪得十分整齊的八字鬍。他的深色眼眸目光銳利，講話帶有濃重希臘口音，「我是米克諾斯警局的馬維洛普洛斯探長。」

艾嘉西告訴我們，他名字的意思是——「黑鳥」——報喪的信使。

探長坐在廚房餐桌的前端，頗有猛禽架勢。等到他與手下喝了小杯希臘咖啡、大啖艾嘉西變出的甜味餅乾之後，探長開始查案。

他撥掉一些沾在鬍鬚的餅乾屑，要求見我們所有人，一次一個，接受問案。在問案過程當中，馬維洛普洛斯探長迅速建構出案情真相。

拉娜屍體被發現的地方，也就是那座廢墟，距離主屋約有十二分鐘的路程——沿著步道，穿過橄欖樹林園。兇案發生時間是午夜——也就是大家聽到槍聲的時候，過沒多久之後，大家發現了屍體。

里奧是第一個出現在廢墟的人，也是馬維洛普洛斯探長問案的第一個對象。

「孩子，」他語氣溫柔，「你失去了母親，我深感遺憾。但我現在恐怕得請你暫時放下悲傷，盡量明確回答我的問題。當你聽到槍聲的時候，你人在哪裡？」

里奧解釋他在大吐特吐——地點是他與尼可斯剛挖的菜園。探長以為里奧是因為喝酒嘔吐——里奧決定將錯就錯，他猜在希臘吸大麻搞不好還是非法活動。

探長很同情里奧慘痛的情緒狀態，沒有對他施壓，又問了幾個問題之後，就讓他離開了。

下一個訊問對象是傑森。他的反應讓馬維洛普洛斯探長嚇了一大跳，很閃避，甚至是詭異。傑森堅稱自己午夜時刻待在島嶼的另一頭，懸崖附近。當探長進一步逼問原因的時候，傑森的說法是他在找尋拉娜，因為他在屋內完全看不到她的蹤影。跑到懸崖找人，這地點讓人覺得有點古怪，但探長沒有吭聲——目前是如此。

他只是寫下傑森沒有不在場證明。

凱特也沒有，她一個人待在夏屋。

艾嘉西也是，她在床上睡著了。

尼可斯一樣，他在自己的農舍裡打盹。

你會問，那我呢？我在客廳裡喝酒——但你能聽到的也就只有我的一面之詞而已。其實，我們當中沒有任何一個人能夠證明我們到底在哪裡。

也就是說，我們六個人當中，任何一個都可能是開槍者。

但我們為什麼要這麼做？

我們之中到底有誰會殺拉娜？我們明明都愛拉娜。

至少，我是如此。我不確定馬維洛普洛斯探長是否充分明瞭靈魂伴侶的概念，我想方設法向他解釋，我沒有任何謀殺拉娜的動機。

其實，嚴格來說，這種說法不能算是完全正確。

比方說，我並沒有告訴他，拉娜在遺囑中留給我一大筆遺產。

我怎麼會知道？當我在想辦法賣掉芭芭拉．威斯特留給我那間位於荷蘭公園的房子的時候，拉娜問我為什麼要賣掉那棟房子，我說除了我痛恨那地方以及有關它的一切回憶之外，重點就是我需要一些現金，我得要能夠生活下去的資金——不然我就得流落街頭了。我在開玩笑，但拉娜卻神情嚴肅，她告訴我，她絕對不會坐視不管，只要她活著，一定會好好照顧我，而且她在遺囑裡留了七百萬英鎊給我。

知道她這麼慷慨，讓我嚇了一大跳，而且深受感動。拉娜也許後來對於自己輕率失言感到後悔，叫我忘了她講過的那段話——而且特別提醒我千萬不能向傑森提起這件事。未言明的暗示就是傑森會勃然大怒。他會出現那種反應，想也知道、——傑森貪婪、卑鄙、小氣，與我和拉娜是兩種極端。

我知道自己會有那筆遺產，並不會讓我的感情產生絲毫改變。如果你以為我會動念謀害拉娜，大錯特錯。

不過，你想要怎麼想都不成問題——這就是謀殺懸疑小說的樂趣，對吧？你想押在任何一個人身上都不成問題。

如果我是你，我會把賭注全押在傑森身上。

我們都知道他狀況有多麼危險，有多麼需要錢——他並沒有向馬維洛普洛斯探長坦承這一點。不過，傑森散發出一股內疚感，宛若菸氣一樣緊纏他不放。任何一個稱職的探長都會立刻發現起疑心。

而凱特呢？好，她的動機與錢財無關——就凱特的狀況來說，就是情殺吧？不過，關鍵疑問依然是凱特會不會因為要奪人夫而真的動手殺了拉娜？我相信她不會做出這種事。

我也真心覺得艾嘉西不會是嫌犯。她也和我一樣，會繼承遺產——而且，她也跟我一樣，對拉娜無比忠誠。完全找不到她會傷害拉娜的理由，她愛拉娜，甚至有點過頭了。

還剩下誰？

我覺得就不需要認真考慮里奧？你說呢？會有哪個兒子因為深愛的母親不肯讓他去念戲劇學校而殺了她？不過，老實說，我相信一定有人會因為更無關緊要的理由而犯下殺人罪。如果最後兇手是里奧，那就是足以令人大呼震撼的驚奇結局，我們這個故事的戲劇化句點。

不過，更老練的安樂椅偵探很可能會鎖定尼可斯——打從一開始就陰陽怪氣，對拉娜的迷戀越來越強烈，個性孤僻又古怪。

或者，如果尼可斯是嫌犯就太好猜了？「大家都知道兇手是誰」的那種俗爛偵探小說之希臘版本？

但話又說回來，還剩下誰？

只剩下另一種可能的破案之道，阿嘉莎・克莉絲蒂自己有時候也會使用的套路。某個外人：不在六名嫌犯之列的某個人，不顧惡劣天候、帶著槍與殺意、以非法方式登島的某人。也許是拉娜過往的某人？

有這個可能嗎？對。應該吧？不可能。

不過，馬維洛普洛斯探長還沒有做出結論，召集我們所有人準備宣布破案——在此之前，我們千萬不要完全排除這種想法。

探長會召集我們每一個人進入主屋客廳——或者，如果他特別喜歡戲劇風格，地點就會選在廢墟。六張椅子，排成一長列，面對廊柱。

我們坐在那裡，盯著馬維洛普洛斯探長來回踱步，帶引我們從頭到尾走一遍他的查案過程，還有他理路的種種轉折。終於，跌破眾人眼鏡，他推斷兇手就是……

好，目前我只能講到這裡。

如果這故事是出於更堅定的作家之手、而不是我自己，是出於阿嘉莎．克莉絲蒂銳不可當、無庸置疑的文筆——那麼以上之種種，的確都有可能會發生。

但我的筆法並不堅定，軟弱又古怪不已，就像我自己的性格一樣，亂七八糟，多愁善感，對於一個懸疑小說作家來說，不會有比這更悲慘的特質了。幸好我只是在玩票——從來就不曾靠這個賺錢營生。

其實，真正的發展，與我的描繪完全不一樣。

沒有馬維洛普洛斯探長，沒有查案，根本沒有如此井然有序、有條不紊、安全可靠。等到警察終於到達的時候——已經是白天，大家都知道兇手是誰，一片混亂。

在那個時候，地獄完全崩解。

所以到底出了什麼事？請讓我為你斟滿酒杯，我會對你娓娓道來。

真相，就與大家所說的一樣，通常會比小說還離奇。

第三幕

最優秀的作家是騙子，這完全不足為奇。他們主要工作就是撒謊，而且他們一喝醉就講謊話，如果不是欺瞞自己，就是哄騙陌生人。

——恩斯特·海明威

1

到了這個時候，我想——你就像是被《老水手之歌》主角長篇大論折磨的可憐蟲一樣，被迫忍受聆聽他的詭異故事——你一定在想自己到底是陷入了什麼窘況，居然同意要聽我的故事。

接下來，恐怕只會越來越詭奇。

我真希望我能夠知道你現在對我的感覺，是否就與拉娜以前一樣，覺得我有那麼一點魅力，甚至對我有點癡迷？或者，與凱特一樣，覺得我很煩人，心中充滿小劇場，而且又自溺？

以上之一切應該都極為接近真相。

不過，我們喜歡把道德問題變得簡單，是不是？好與壞，清白與有罪。在小說之中，那種分法沒問題，而真實生活卻沒有這麼壁壘分明。人類是複雜的生物，每一個人的體內都有光明與黑暗的不同色度在發揮影響力。

如果這番話聽起來像是我企圖在做自我辯護，我要向你保證，絕對不是。當我們繼續進行下去，你聽到了這個故事的其他部分，你可能不會贊同我的行動，沒關係，我並不尋求你的認同。

我要尋求的是——不，應該說我的要求——是你的諒解。

不然的話，我的故事永遠沒有辦法觸動你的心，它依然只是不值錢的驚悚小說，你可能會在哪間機場隨手挑中，打算在海灘嗑完——等到你回家的時候，一心想要丟棄遺忘的那一種。我絕對不容許讓我自己的一生被降格為俗爛之作，先生，絕對不行。

要是你想要明瞭接下來的狀況——要是我接下來所要陳述的任何一起離奇事件對你有任何的意義——我必須要解釋一下有關我自己的部分，我覺得我們一開始認識的時候、不該向你吐露的過往。為什麼當時不說？我想，我希望你更了解我一點，也許會原諒我某些沒那麼可愛的特點。

不過，現在，這種解放自我的欲望，已經將我淹沒。雖然我很想忍，但現在已經撐不下去了，就像是《老水手之歌》裡的主角一樣，我需要將它從胸臆中宣洩出來。

我必須要警告你，接下來的過程，在某些部分，很難令人接受。要下筆描繪當然很痛苦。如果你覺得拉娜謀殺案是這個悲慘故事的高潮，那麼你就大錯特錯了。

真正的恐懼還沒有到來。

我必須再次讓時光倒轉。這一次，不是要去倫敦蘇活區街道——而是更遙遠、更久遠的他方。

我要告訴你有關拉娜與我之間的事——有關我們之間的友誼，詭異又獨特之情事。不過，老實說，那只是一小部分而已，我與拉娜．法拉爾之間的關係，早在我們認識許久之前就已經萌芽。

起始於我還是另一個人的時候。

2

說來好笑，小說家克里斯多福．伊薛伍德書寫年輕自我的時候，總是用第三人稱。一下筆提到某個名叫「克里斯多福」的男孩的時候，他會稱其為「他」。

為什麼？我想，這樣一來就可以讓他得以對自我產生同理心。對他人產生同理心容易多了，是不是？要是你看到一個慘遭暴力父母霸凌、羞辱、輕視的小男孩，怕得要命站在街頭，你一定會立刻對他產生憐憫。

不過，就我們自己童年的狀況來說，卻很難看得如此清晰，當乖小孩、被大人認可與寬恕的需求，蒙蔽了我們的感知，有時候，需要公正的局外人，比方說資深的心理治療師，才能夠幫助我們看清事實——我們小時候身處於某個令人恐懼的地方，孤獨又害怕，完全沒有任何人注意到我們的痛苦。

當時的我們，無法面對自我承認真相。太可怕了——所以我們把它藏得好好的，希望它會消失無蹤，但其實並沒有，它依然在那裡，永遠殘留不去，宛若核廢料一樣。

難道你不覺得這時候也該好好探究一下嗎？不過，為了保險起見，我應該要借用克里斯多福．伊薛伍德的技法。

接下來，我要講的是這孩子的故事——不是我的。

這個孩子的早期歲月並不開心。

對於他的父母來說，生下了小孩，絕對是給自己找麻煩，這是一場失敗的實驗，絕對不能重蹈覆轍。他們給他東西吃，讓他有地方住，但除了偶爾出現的酒醉與殘暴教訓之外，幾乎沒有給他任何珍貴的部分。

他的家一團糟，學校更是雪上加霜。大家都不喜歡這孩子，他沒有運動細胞，既不酷也不聰明。他很害羞，個性畏縮，而且孤僻。少數會固定和他講話的同學，全都是霸凌者——同班的壞蛋四人幫，他把他們取名為「尼安德塔人」。

這些尼安德塔人每天早上會在學校大門堵他，挖空他的口袋，拿走他的午餐錢，推擠他，絆倒他，使出其他的惡作劇把戲。他們特別喜歡朝他飛踢足球，把他的腦袋當成目標——想要害他摔倒——同時辱罵他，比方說怪胎和畸形，甚至有更難聽的話。

當他整張臉陷在泥巴地裡的時候，他的背後一定會出現眾人笑聲，高頻的小孩朗笑，充滿嘲弄與惡意。

我曾經在某個地方看過這麼一段文字，笑聲的起源是惡毒——因為它需要被嘲弄的對象，笑柄，笨蛋。霸凌者永遠不會把自己拿來取笑吧，是不是？

這群尼安德塔人的老大，名叫保羅，真的就是性喜惡搞。他很受歡迎，也就是吃香壞小孩的那一種。他愛講笑話，作弄別人，他坐在教室後面，老師與學生都是他嘲笑的對象。

保羅對於掌握心理戰、展現出早熟的控制能力，他決定要逼全班都不可以跟這小孩講話，這傢伙是天生的痲瘋病患——太惹人厭、太噁心、太臭、太像是怪胎，不該有任何人跟他交談、打招呼，或是有觸摸動作，一定要想盡辦法全力躲開。

自此之後，要是這孩子在操場接近女生，她們就會爆出激動的咯咯笑聲與尖叫；而男生們要是在樓梯間經過他身邊的時候，他們的反應是做鬼臉，發出嘔吐聲。有人會寫下祝他倒大楣的惡毒字條，留在他的書桌桌面、等他自己發現。還有，總是在他背後不斷出現的嘲笑高頻笑聲。

在這樣的悲劇之中，還是有偶爾出現的舒緩時刻。

當他十二歲的時候，他第一次參加戲劇演出，學校上演精采美國經典之作，桑頓．懷爾德的《我們的小鎮》。對於倫敦郊區的某間普通學校來說，這可能是奇怪的選擇，不過，他的戲劇課老師卡珊卓拉來自美國，當她決定要將這部寫給美國小鎮情書之作、在艾塞克斯的巴休爾頓搬上舞台的時候，很可能是鄉愁發作。

這小孩很喜歡卡珊卓拉。她的一張長臉很友善，戴了一串琥珀項鍊，珠珠裡含有史前時代的蒼蠅。在某些時刻，他得到此生之中最接近幸福的感受，全都是拜她之賜。

她挑選他飾演賽門．史蒂姆森（應該是沒有諷刺的意思），某個憤世嫉俗又酗酒、最後上吊身亡的唱詩班指揮。這一個段落讓這孩子覺得韻味無窮。存在之焦慮、譏諷、絕望——他其實不懂自己台詞的真正意義。不過，相信我，他懂得箇中三昧。

演出的第一夜，這孩子體驗到人生的第一次掌聲。他從來不曾有過這種體驗——感覺像是一股感情與愛的浪潮，淹沒了舞台，浸濕了他的全身。這孩子閉上雙眼，暢快痛飲。

不過，隨後當他睜開雙眼的那一刻，他看到了保羅，還有其他的尼安德塔人，他們全都待在後面的座位，哈哈大笑，扮鬼臉，做出猥褻手勢。他們的報復神情已經告訴了他，他的短暫幸福時刻必須付出代價。

他不需要等太久。第二天早上，在破曉時分，他被拖入男學生的更衣室，他們說他必須要接受處罰，因為他太愛現，自以為了不起。

其他一個尼安德塔人站在門口把風，確保不會有任何人干擾。另外兩個嘍囉推倒那小孩，逼他跪下，把他押在臭氣熏天的小便池旁邊。

保羅把手伸入他的衣物櫃，以魔術師的誇張手勢，拿出了一個大牛奶盒。

他說道，我留這東西已經好幾個禮拜了，精心釀造，就是為了某個特殊場合。

他稍微打開牛奶盒，小心翼翼聞了一下，然後擺出噁心鬼臉，宛若自己快要吐出來一樣，其他男孩則發出了充滿期待的竊笑。

保羅說道，準備嘍。他大力撕開牛奶盒，正準備要把它從那小孩頭頂澆下去的時候，他突然有了更精采的想法。

他把那牛奶盒塞給那男孩，「你自己來。」

那男孩搖頭，努力壓抑眼淚。

「不要，拜託……千萬不要，拜託你……」

「這是你的懲罰，你來。」

「不要……」

「你自己來。」

我真希望我接下來告訴你的是那孩子起身反抗，但並沒有，他收下了被硬塞到他雙手之中的牛奶盒。

然後，在保羅的監視之下，這孩子宛若在進行儀式、緩緩將裡面的東西倒在自己的頭上。發酸的牛奶，白色泥狀的綠斑臭黏液，從他的臉滑落而下，蓋住了他的雙眼，嘴裡充滿了穢物，他差點吐出來。

他聽到其他男生在哈哈大笑，吼叫，那種捧腹大笑的聲響，幾乎就與懲罰本身一樣殘酷。他心想，再也沒有比這更可怕的了。這種恥辱，羞慚，體內的沸騰怒火——怎麼可能會比這更慘？

當然，他錯了，未來的跌跌撞撞更可怕。

走筆至此，我怒氣沖沖，因為他的關係而火大。雖然已經為時晚矣，雖然這一切都是因為我，但我還是很慶幸終於有人對他產生了同理心。從來沒有人這麼做——就連他自己亦然。

你看，赫拉克利特說得沒錯，性格就是命運。擁有更順遂童年、從小所受的教養是尊重、為自己挺身而出的其他小孩，也許會反擊，或者至少會報告師長父母。不過，很遺憾，就這個小孩的例子而言，每次挨揍的時候，他都覺得自己罪有應得。

自此之後，他開始蹺課，一個人在市區閒晃，在購物中心鬼混，或是悄悄溜進電影院。

就在那裡，一片黑暗之中，他第一次見到了拉娜·法拉爾。

拉娜只比他大幾歲而已，自己幾乎也差不多就是個孩子。

他看的是拉娜的早期作品之一，《追星》，剛出道的某部失敗之作——不好笑的浪漫喜劇，劇情是電影女星愛上了某個狗仔隊，飾演這個角色的男演員足以當她的父親。

這孩子根本沒有理會一切的性別歧視笑話還有做作的喜劇情境，他眼中看到的只有她。那雙眼眸，那樣的臉龐——投射在超過九公尺的銀幕——那是他看過最美麗的面孔。正如同與她共事的所有攝影師的觀察心得一樣，拉娜一直是無死角美女，只有完美的平面——希臘女神的臉龐。

就在那一刻，她對那小孩施咒，自此之後，他再也無法恢復正常。

他一直回去電影院，只是為了要看她，凝視她。他看了她拍的每一部電影——天知道那些居然都是她早期的粗製濫造之作。他對於它們的參差品質不是很關心，反正就是開心照單全收，看了一遍又一遍。

這孩子在他人生最低潮的時候遇見了拉娜。在他近乎絕望的時候，她給了他美感，給了他喜悅。也許，不是很多，但足以鼓舞他，讓他可以保持活力。

他會自己一個人坐在電影院中間的位置，第十五排，在黑暗中凝視拉娜。

沒有人看得到——但他的臉龐真的掛著微笑。

3

沒有一切會恆久不變，就連不快樂的童年也一樣。

多年過去了，這小孩慢慢茁壯，隨著年紀增長，象徵長大成人的各種賀爾蒙狂潮在各個特殊之處爆發。

需要刮鬍子的需求，已經困擾他好幾個月之久。他一臉沮喪盯著鏡中越來越長的鬍子，隱約覺得學習刮鬍子是某種男性成年禮的古老儀式——父子之間的一種連結時刻，啟動男孩轉為男人的過程。一想到要與自己的父親一起經歷這樣的儀式，就讓他好想吐。

這孩子決心要避免尷尬，所以偷偷溜到附近雜貨店買了剃刀與刮鬍泡——他把它們當成了色情刊物一樣，藏在自己的床邊桌抽屜裡面。

他允許自己向父親提一個問題就好，他覺得這已經算是無傷大雅了吧。

「要怎麼樣才不會割傷自己？」他態度隨性，「我的意思是，你在刮鬍子的時候——會先確認剃刀不要太鋒利嗎？」

他父親瞄了他一眼，滿是憎惡，「鈍刀才會割傷你，不是銳刀，白痴。」

那段話終結了他們的對談。所以，在那個網際網路還沒有降臨、無其他求援方式的時代，這小孩偷偷摸摸把刮鬍泡與剃刀帶入浴室，透過不斷的嘗試與血淋淋的錯誤，他靠自學的方式成為男人。

那次事件過沒多久，就在十七歲生日的幾天之後，他離家出走。

他到了倫敦，宛若迪克．惠廷頓一樣，追求名聲與財富。

這小孩想要當演員。他以為自己只需要隨便參加一場刊登在《舞台》雜誌後頁的素人海選會試鏡，然後，就會有人發掘他，讓他一躍成為新星，但其實並非如此。

現在回顧過往，很容易就可以看出為什麼。其實他不是很優秀的演員，太扭捏做作，相貌也不夠英俊出眾，他外表頹廢，隨著日子一天天過去，也變得越來越邋遢。

他當時並沒有能力看出這一點。要是有辦法的話，他搞不好會吞下自尊，夾著尾巴回家——最後也不會那麼悲傷。

結果，這孩子卻向自己保證，成功馬上就要到來，他只需要再堅持一段時間，如此而已。很不幸，過沒多久之後，他就花光了本來就寥寥可數的錢。現在他身無分文，他本來一直住在國王十字區的青年旅館，如今也被踢了出來。

就在那個時候，狀況變得惡劣，急轉直下。

你一定萬萬想不到，現在那裡已經仕紳化，變得乾乾淨淨——光潔的不鏽鋼與裸露的紅磚——不過，那個時候的國王十字區骯髒齷齪。惡濁之地，充滿了危險——是狄更斯筆下的底層社會，住在那裡的人都是毒販、妓女，以及流浪孩童。

現在，一想起他一個人住在那裡，幾乎沒有任何謀生能力，不禁讓我一陣顫抖。

他窮困潦倒，睡在公園長椅，最後，命運翻轉，在某個暴風雨之夜，他在尤斯頓墓園找到了庇護所。

他爬牆進入墓園，找尋避難之地，最後在教會的側邊發現了某個防空洞——在地底挖鑿的水泥空間——空間寬敞，兩三個人舒服躺在那裡不成問題。嗯，窩在空曠穴室的舒適度之極致——因為它的功能本來就只是躲藏而已。不過，它提供了一定程度的保護，對這孩子來說，這是一種小小的奇蹟。

在那個時候，他的精神狀態有點不太穩定。他餓壞了，恐懼，陷入恐慌，覺得自己與世界相隔越來越遠。他覺得自己好骯髒，好臭——事實應該也是如此——而且他不想要與人太過親近。

不過，他已經陷入絕境，所以他為了錢做出……

不行，我不能寫出那一段。

抱歉，我不是故意靦腆。我想你一定也有根本不想對我說出口的事，每一個人都有一兩個不為人知的秘密，這應該就是我的罩門了。

他第一次做的時候，陷入完全解離狀態，覺得腦袋一片空白，彷彿那是發生在別人身上的事。

第二次更慘，所以他閉上雙眼，心中想的是那個住在教會階梯、對著來往路人狂吼、叫他們趕緊投入耶穌懷抱的女瘋子。他想像自己投入了耶穌的懷抱，得到了拯救。不過，也不知道為什麼，得到救贖還是感覺相當遙遠。

事後，這孩子覺得崩潰又恐懼，整夜沒睡，到了一大清早的時候，抓著咖啡杯，窩在尤斯頓車站，盡量不要去思考，不要去感受。

他呆坐在那裡，度過了早晨的尖峰時段——被通勤族的人海視為無物的憂鬱流浪兒。他默默倒數，等待酒吧開門，讓他可以好好喝一杯。

終於，馬路對面那間昏暗酒吧開了，為迷失與喪志者提供庇護所。

這小孩進去，坐在吧檯，掏出現金買伏特加——仔細想想，這是他第一次嘗試伏特加。他一口喝光光，喉嚨燒灼感害他面色扭曲。

然後，他聽到吧檯尾端傳來嘶啞的人聲，「像你這麼可愛的小傢伙，待在這種鬼地方要做什麼？」

如今回顧過往，這是她第一次——也是最後一次賜予他的讚美。

孩子抬頭，是芭芭拉·威斯特。滿臉皺紋的老女人，染紅的髮色，睫毛膏塗得超濃。他從來沒見過這麼邪惡又犀利的雙眸，穿透力十足、才氣洋溢、也令人恐懼。

芭芭拉哈哈大笑，很獨特的笑，低沉的咯咯聲響。他發現她動不動就狂笑，大部分都是配合她自己講的笑話，之後，那孩子越來越討厭她的笑聲。不過，那一天，他只是覺得無所謂。對於她的提問，他的反應是聳肩，敲打空酒杯。

「妳覺得這代表了什麼意義？」

芭芭拉懂得暗示，對酒保點點頭，「麥克，再給他一杯，我也是，既然你都要動手，乾脆就給我們做雙份吧。」

那天早上，芭芭拉在隔壁的水石書店簽書，活動結束之後就進了那間酒吧，因為她是大酒鬼。性格就是命運。要不是因為芭芭拉在早上十一點需要來杯琴通寧，她與這小孩永遠不可能相遇。他們分屬兩個截然不同的世界，到了最後，這兩個世界註定只會互相傷害。

他們又喝了兩杯，芭芭拉全程一直緊盯他不放，打量著他。她喜歡眼前的風景。喝了離開前的最後一杯酒之後，她叫了計程車，把這小男孩帶回她家。

這原本應該只是一夜情，但一夜接著一夜，最後，他再也不曾離開。

對，芭芭拉．威斯特利用他，在這個絕望小男孩潦倒之際佔了他的便宜。她是猛禽，不過，這一點和她的酒癮不一樣，無法立刻看穿。她是我遇過最陰險的人之一，要是她沒有寫作小說的天分，會做出什麼事？真的讓我不敢多想。

好，但我們不要小看了這孩子，他完全了解自己進入什麼處境，他知道她想要什麼，而且他很樂意提供。其實，他得到的還比較多，提供服務之後的回報，不僅讓他有了棲身之地，而且還得到了薰陶——他對它的需求也一樣殷切。

在那間位於荷蘭公園的豪宅之中，他可以進入她的私人書房，塞滿書的世界，他一臉敬畏盯著那些書，「可以讓我看一本嗎？」

芭芭拉似乎對於他的請求大感意外。也許她懷疑他是否有閱讀能力。她聳肩以對，「你愛哪一本就拿吧。」

他隨便從書架上選了一本書：《艱難時世》。

「唉呦我呸，狄更斯，」芭芭拉扮鬼臉，「真是多愁善感。不過，我覺得你反正得要找本書開始下手吧。」

不過，這孩子並不認為狄更斯多愁善感，他反而覺得十分過癮，有趣又深刻。所以，接下來他看了狄更斯的《塊肉餘生記》，他的樂趣與胃口也不斷擴大。不只是狄更斯的小說而已，只要是能夠在芭芭拉書櫃裡所發現的一切——他捧讀貪食所有偉大作家的作品。

待在那間屋子的每一天，都是某種薰陶——並非只有芭芭拉的藏書，還有她自己，以及她活躍的小圈子——她在自家客廳所舉辦的文學沙龍。

隨著時間慢慢過去，這孩子接觸到她的生活，他一直睜大雙眼，豎起耳朵，拚命想要從她客人對話中吸收一切，有關這些雅緻人士所說的主題，還有他們是以什麼方式侃侃而談。他會默記他們的措辭、看法，以及手勢，趁只有他一個人的時候在鏡前練習，努力套用在自己身上，宛若把它們當成了他下定決心、一定要把自己硬塞進去的衣物。

千萬不要忘記了，這小孩是一個懷抱胸心壯志的演員。而且，老實說，這是他唯一的角色，孜孜不倦精心演練多年，直到爐火純青為止。

然後，某一天，他盯著自己的鏡像，已經看不到那孩子的任何痕跡。

回視他的是另外一個人。

不過，這個新的人是誰？首先，他必須為此人找個名字。他從芭芭拉書櫃的某本劇作——諾爾・寇威爾的《私生活》——偷了一個名字。

當然，芭芭拉覺得很搞笑，不過，雖然她嘲弄他，但還是贊同他改名。她說，她比較喜歡這個新名字，與他的真名相比，比較沒那麼可怕。不過，這一點你知我知就好，我覺得這只是因為正好迎合了她的叛逆感。

那個晚上，喝了一瓶香檳之後，他被正式命名為艾略特・查斯。

我誕生了。

然後，就在這完美的時點，出現了拉娜。

4

在我醉生夢死的那段日子當中，我已經遺忘了許多人事物。數不清數目的名字與面孔，曾經去過的地方，整座城市，全都成了腦袋裡的一片空白。不過，有件事我至死都無法忘記——永遠刻印在我的腦海與心田——我初次見到拉娜·法拉爾的那一刻

芭芭拉·威斯特和我去觀賞凱特的某場戲劇表演，在國家劇院演出的《海達·蓋伯樂》的全新演繹版本。那是第一晚，就我個人淺見而言，這實在是一齣自以為是的噁心之作，但是卻廣受好評，而且還被譽為是精采成就。

有一場首晚表演結束之後的派對，芭芭拉勉為其難答應參加了。相信我，她只要表現出任何的心不甘情不願，全都是鬼話連篇。只要有免費的酒與食物，芭芭拉鐵定會排在第一個位置準備入場。尤其是充滿做作劇場人士的派對，他們會排隊告訴她，她的作品對他們來說意義何其重大，而且通常都會拍她馬屁，你應該也可以猜得到，她喜歡這一切。

反正，我站在她旁邊，百無聊賴，掩飾打哈欠的動作，目光懶洋洋投向演員、想要當演員的人、製作人、記者啊，還有其他各式各樣的人。

然後，我發現在房間的另一頭，有一大群人，充滿崇拜與奉承，圍繞在某人身邊——我從那一群推擠群眾的縫隙中瞄了一下，應該是一名女子。我伸長脖子想要看清楚，但是她的臉龐卻一

直被包圍她、不斷移動的那些人擋住了。終於，有人離開，露出了空隙，有那麼一時半刻，我看到了她的臉龐。

我不敢相信自己的雙眼。真的是她嗎？不可能不是吧？

我伸長脖子，想要看得更仔細一點，但不需要，就是她。

我覺得好興奮，轉身，推了一下芭芭拉。她正在教訓一個臉色不是很好看的劇作家，為什麼他的作品沒有辦法在票房更上一層樓。

「芭芭拉？」

芭芭拉對於我打斷她的反應是揮手以對，「艾略特，我在講話。」

「妳看那裡，是拉娜．法拉爾。」

她悶哼一聲，「所以呢？」

「所以妳認識她，對不對？」

「我們見過一兩次。」

「幫我介紹一下。」

「才不要。」

我一臉期盼望著芭芭拉，「拜託妳，我們就過去吧。」

她面露微笑，最讓芭芭拉爽快不已的就是拒絕誠心要求，「親愛的，我想沒辦法。」

「為什麼不行？」

「輪不到你問為什麼，再去給我倒一杯酒。」

我做出少見的反叛行為，直接離開她的身邊。我知道她之後一定會暴怒，但是我不在乎。

我朝房間的另一頭移動，直接走向拉娜。

當我快要靠近她的那一刻，時間似乎變得緩慢，我覺得我逐漸脫離現實，進入了激動狀態，想必我一定是沿路推開眾人，我不記得了，除了她之外，我的眼中看不到任何人。

我發現自己站在那裡，最靠近她的那一圈，她的邊側。我瞠目結舌盯著她，露出超級粉絲的表情，而她則是禮貌聆聽某個男人在講話。不過，我站在那裡，她不可能沒看到，她瞄了我一眼。

我說道：「我愛妳……」

這就是我對拉娜．法拉爾講出的第一句話。

她周邊的人全都嚇了一大跳，爆出笑聲。

幸好，拉娜跟著大笑，「我也愛你。」

一切就這麼開始了。我們聊了一整晚——也就是說，我成功抵擋了潛在競爭對手的干擾。我逗得她哈哈大笑，還取笑我們剛剛被迫觀賞的那齣矯揉做作過頭的戲劇。我刻意透露凱特是我們共同的朋友，拉娜知悉之後，對於我待在她身邊的態度顯然是放鬆多了。

即便如此，我還是面對了艱鉅任務。我必須說服拉娜，我不是什麼怪胎，或是惱人粉絲或可能的跟蹤者。我必須要說服她，雖然名聲與財富無法與她相比，至少，我在智識面可以與她平起平坐。我非常期盼自己能夠讓她對我留下深刻印象，我需要她喜歡我。為什麼？老實說，我覺得我並不了解自己。我的模糊下意識想要把她留在我身邊，似乎早從那個時候，我就已經捨不得讓她走。

一開始的時候，拉娜小心翼翼，但可以接受與我聊天。現在的我，幾乎很難迅速展現靈活機智——要叫我給你一個逗趣的段子，可以，但要給我三天的時間才能寫出來。不過，那一個夜晚，奇蹟出現了，幸運之神站在我這邊，這是我有生以來第一次擺脫了羞怯。

當時的我反而自信，頭腦清晰，適量的酒產生了潤滑作用，我發現我自己講話處處機鋒，充滿風趣，甚至還流露智慧，各式各樣的主題都能聊——比方說，我談到劇場的時候展現淵博知識，講出最近正在上演，以及接下來要推出的劇目，還向拉娜推薦兩三齣沒那麼知名、但我覺得值得一看的劇作，我還提到了某些她從未聽過的展覽與畫廊。換言之，我成功演出了我一直想要成為的那個人，逼真程度百分百：自信、老練、犀利的都會男性。我在拉娜眼中看到的我，就是這樣的男人。那一晚，她眼中的我，閃閃發光。

芭芭拉．威斯特最後屈服了，加入我們的行列，全程微笑，招呼拉娜的方式宛若對待老友一樣。拉娜對待芭芭拉十分客氣，但我有感覺拉娜並不喜歡她，這對拉娜絕對是好事。

趁著芭芭拉去洗手間、只剩下我們兩人獨處的時候，拉娜趁機詢問我們的關係，「你們是一對嗎？」

我必須承認，我的態度有點閃避。我說我是芭芭拉的「伴侶」，除此之外就什麼都沒說了。

我明白拉娜為何有此一問。

你也知道，我們認識的時候，她是單身——此時傑森還沒有出現。我猜，她是想要確認她跟我相處的時候很「安全」，確定我是某人的附屬品——這樣一來，我就不太可能會突然暴衝，或是做出什麼突兀之舉，我想她之前一定有過多次經驗。

到了當晚活動即將結束的時候，我們約好了星期天再次會面，一起沿著河邊散步。在芭芭拉沒注意的時候，我向拉娜要電話號碼。

她給我了，我開心得要命。

芭芭拉和我當晚離開派對的時候，我的微笑根本藏不住，欣喜若狂。

但芭芭拉的心情卻很惡劣，「這齣劇真是難看。我想最多三個禮拜，他們就會讓它下檔，早死早解脫。」

「嗯，我不確定哦。」我瞄了一眼凱特扮演海達．蓋伯樂舉槍的那張海報，「我倒是很開心。」

芭芭拉目光惡毒，看了我一眼，「對，我知道，我看到了。」

她沒有多說什麼——在那個當下。

芭芭拉等了許久之後，才讓我對當晚的無禮態度付出代價。不過，你之後就會知道，她最終還是逼我付出了代價。

逼我付出了慘痛代價。

5

很難以筆墨形容我與拉娜之間的情誼。

要說的太多了。我要怎麼以一連串精選小插曲、描繪我們之間緩慢滋長的複雜關係與情愫？也許，我應該要從我們在一起的多年歲月之中、隨便挑選某一個時刻，就像是你在魔術表演的時候、從一堆牌裡面隨機抽一張，召喚出那種狀態的最純粹感受。

我挑選的是我們首次一起散步——五月底的某個星期天傍晚。它詮釋了一切，我的意思是，有關後來的事，還有，曾經在各方面如此相契的兩個人，到了最後，居然對於彼此產生如此深重的誤解。

我們在南岸會面，準備延循泰晤士河散步。我現身的時候，還帶了一朵在車站外小攤購買的紅玫瑰。

當我把那朵花送到她面前的時候，我馬上從她臉部表情看出來自己搞砸了。

她說道：「希望我們不要一開始就踏出錯誤的第一步。」

「是哪一邊？」我犯蠢追問，「左腳還是右腳？」

拉娜微笑，然後就沒理我了，但事情並沒有就此結束。

我們走了一會兒，然後坐在某間酒吧的外頭，靠近河邊的長椅，兩人都手執一杯紅酒。

我們坐在那裡，沉默了好一會兒，拉娜玩弄指間的玫瑰，終於，她開口了。

「芭芭拉知道你在這裡嗎？」

「芭芭拉？」我搖頭，「我跟妳保證，她對於我的行蹤根本沒什麼興趣。為什麼這麼問？」

拉娜聳肩，「純粹好奇罷了。」

「妳是擔心她也會過來嗎？」我哈哈大笑，「妳是覺得她躲在那些樹叢後方監視我們？帶著望遠鏡和槍？她會做出那種事，我也不覺得有哪裡好奇怪的。」

拉娜大笑。因為她的那些電影，讓我覺得這笑聲好熟悉，不禁讓我面露燦笑。

「別擔心，」我說道，「我都是你的人。」

現在回想起來，真是笨拙的回應，害我現在好尷尬。

拉娜露出淺笑，但是沒有回答，她把玩玫瑰好一會兒之後，把它舉高，側頭，同時看著我與花朵。

「這個呢？代表什麼意思？」

「沒什麼，只是一朵玫瑰罷了。」

「芭芭拉知道你買玫瑰送我嗎？」

我大笑以對，「當然不知道。這不代表任何意義，純粹就是一朵花罷了。讓妳渾身不自在，很抱歉。」

我們喝完了紅酒，離開酒吧。

我們繼續沿著泰晤士河前行。趁我們走路的時候，拉娜瞄了我一下，語氣平靜開口，「你知道嗎，我沒辦法滿足你的想望，你在尋索的那一個部分，我無法給你。」

雖然我很緊張，但還是露出微笑，「我在尋索什麼？妳說的是友誼嗎？我並沒有在尋索什麼。」

拉娜勉強一笑，「艾略特，對，你明明就是在尋愛，每一個人都看得出來。」

我知道自己雙頰泛紅，我覺得好難堪，別開目光。

拉娜使出圓滑技巧，讓我們可以繼續聊下去。現在，我們這趟散步已經快要接近終點。

就這樣——拉娜以最輕描淡寫的方式、展現堅定客氣的態度把話講明了，我根本不可能有機會成為她的戀人，她立刻把我丟進了友誼的那個層次。

或者，我當時是那麼想的，現在回顧過往，我反而沒那麼確定了。我對於那一刻的詮釋，被我的過往、我看待自己的思維，以及我凝視世界的扭曲透鏡所嚴重扭曲。我非常確定自己是無人想望之物——如果，真的有這種詞彙的話。打從我小時候開始，這就是我對自己的感受，醜陋，缺乏魅力，沒有人想接近。

不過，要是有那麼一秒鐘，我放下了我堅持隨身不離的自我偏執情感包袱呢？

要是我真的仔細聆聽拉娜所說的話呢？

好——那麼我可能會發現她的那番話其實與我沒什麼關聯，重點全是她自己。

靠著後見之明，我可以聽懂拉娜所說的話。她的意思是她悲傷、失落，而且孤單——不然她永遠不會在星期天的下午，與我這樣相當陌生的人坐在一起。而她指責我想望愛情的時候，真正的意思是我希望得到救贖。拉娜的意思是，艾略特，在這種我需要拯救自我的時候，我救不了你。

要是我在那個當下就已經領悟到這一點，如果當時的我沒有這麼盲目，沒有這麼恐懼，要是我能夠多一些勇氣，啊，也許在那一刻，我有可能會採取截然不同的行動。

那麼，也許這個故事就會有一個比較幸福的結局。

6

從那時候開始，我成了拉娜散步的同伴。

我們會在倫敦一走就是好幾個小時，共同度過了許多開心的下午，過橋、沿著運河緩步前行，在各個公園四處漫遊——挖掘隱身在城市之中、周邊、有時候甚至是位於地下的獨特老酒吧。

我經常回想那些散步的過程，關於我們聊到的一切——以及我們不曾提到的那些話題，我們迴避、忽視，以及置之不理的種種，還有，我沒有注意到的各種細節。

我之前告訴過你，拉娜總是會看到你心中最美好的部分，讓你提升自我迎接挑戰，努力要成為那樣的人：盡量體現最美好的自我。好，拉娜也一樣，她努力想要變成我期盼的那種模樣。現在的我，已經看出來了，我們兩個都在為彼此表演，寫下了這段話，讓我覺得好哀傷。有時候，我回頭顧盼，很好奇難道這一切只是一場演出嗎？

不過，並不是，這樣說並不公平，真確度綽綽有餘。我們內心深處如此相似，拉娜和我一樣，以她自己的方式、拚命逃避自我過往——或者，以沒那麼詩意的方式來說，我們都過得很糟糕。難道這不正是一開始把我們牽繫在一起的原因嗎？是什麼讓我們彼此連結在一起？因為我們都無比失落？

當時的我，完全看不透這一切，我完全是透過回顧建立了全知性。現在，我坐在這裡，明瞭了我知道的一切，凝望過往，企圖從開端看到結局，將所有當時隱匿的線索以及我所錯失的徵兆全部拼湊起來，因為當時的我正年輕，陷入愛河，而且癡迷追星。

我不想見到走在我身旁的是這個悲哀又傷心的女子，受傷又驚懼之人。我更加關注的是她的表演，還有她戴的那張面具，當我凝望拉娜的時候，我會稍微閉眼，這樣一來我就看不到她的裂痕了。

有時候，當我們在散步的時候，我會詢問拉娜她那些老片子的事。她總是迅速打發我，我必須承認這讓我很受傷，傷得很重——那都是我很鍾愛、看了多次的影片。

「妳讓許多人開心，也包括我在內，妳應該要驕傲才是。」

拉娜聳肩，「這一點我倒是不知道。」

「我很清楚，我是粉絲之一。」

我最多也只能說到這樣，我不想要讓她尷尬，不希望暴露我對她的那個——我的哪個？——有多麼深切，求求你放我一馬，千萬不要稱它為痴纏。且讓我們稱之為愛吧——因為它就是愛。

所以，我們成了朋友。但我們真的只能算是朋友嗎？

我不是很確定。

就連這樣的一個男子——好，我在努力找尋不會令人生厭的形容詞——沒有威脅感、不具男子氣概、像我一樣膽怯，也無法對於美女免疫，也會有慾望。難道當時的我們之間不也存在著某種未曾明言的緊繃感嗎？如此幽微，宛若薄紗輕透的顫慄感，性慾的柔聲細語。不過，真的有，宛若蜘蛛網一樣懸晃在我們周邊的空氣之中。拉娜和我越來越親近，我們待在外頭的時間也越來越少，我們幾乎都待在她家──位於梅菲爾區的那間六層樓豪宅。

天，我好想念那間屋子，光是那氣味──剛剛踏入屋內就聞到的芳香讓我牽掛不已。我以前總是會在那寬敞的玄關駐足停留，閉上雙眼──猛力深呼吸，讓它盈滿體內。嗅覺會帶來生動的回憶，對吧，就像是味覺一樣：這兩種感官都是時光機，甚至會在你無法控制、違反你自我意志的狀況下──將你送到過往的某個地方。

現在，要是我稍微聞到潤亮木材或是冰冷石板的氣味，我立刻回到那裡，那間豪宅，散發冰涼的威尼斯大理石、亮澤深色橡木、蓮花、紫丁香、檀香的氣味──體驗到噴發的滿足感；心中的一股暖光。要是我能夠把那種氣味裝瓶銷售，我早就賺大錢了。

我成了那裡的固定常客，覺得自己也是那個家的一分子。那是一種陌生的感覺，但很美妙。里奧在自己臥室裡練習民謠吉他的聲響；廚房裡飄散出的誘人香氣，艾嘉西正在那裡施展她的魔法；還有，在客廳裡，拉娜與我正在聊天，不然就是在玩紙牌或雙陸棋。

我聽到你開口了，真是平庸，真是微不足道。也許吧，我不會否認。居家是獨特的英國特質，千萬別說英國人的家不是他的城堡。我只想要安穩待在那樣的城牆之中──外有吊橋牢牢聳立──和拉娜在一起。

我一直在渴望愛，無論那代表了什麼意義，終其一生都是如此。我渴望有另外一個人看到我，接納我——而且關心我。不過，在我年輕的時候，我拚命把心力投注在這個我想要成為的虛假之人，這個虛妄的自我。我就是沒有辦法與另外一個人培養關係——一直不肯讓任何人過於接近我。我一直在演戲，很奇怪，我所得到的任何感情都讓我無法滿意。一切都是為了表演，不是為了我自己。

這些都是受傷之人歷經的瘋狂挑戰：極其渴望得到愛——然而，當它降臨在我們身上的時候，我們卻感受不到。這是因為我們不需要對某種人工產物，某種面具，產生愛之需求。我們所需要的，迫切渴望得到愛的那個部分，是我們從來不曾讓人看到的唯一暗面：內心那個醜陋驚恐的孩子。

不過，跟拉娜在一起，狀況就不一樣了，我會讓她看到那個小孩。

或者，至少我讓她稍微看到了他的模樣。

7

我的心理治療師有時候會引用《綠野仙蹤》裡的著名金句。

你知道那一段吧，當稻草人面對黑暗與可怕的鬧鬼森林的時候，他是這麼說的：「當然，其實我並不知道——不過，我覺得在它轉為更加明亮之前，它會變得更黑暗。」

瑪莉安娜以隱喻手法進行闡述，其實她所說的是心理治療的過程。她說得沒錯：在它轉為更加明亮之前，它會變得更黑暗，在心理治療的黎明到來之前，就是如此。

我順帶一提，相當有趣的現象——我有一套得意的理論，真實生活中的每一個人都對應到《綠野仙蹤》中的某個角色。有桃樂絲．蓋爾，迷路的孩子，一直在找尋歸屬之地；缺乏安全感、神經兮兮的稻草人，尋求智力之認可；愛欺負人的獅子其實是個懦夫，比所有人都膽小；還有，少了一顆心的錫人。

多年來，我一直覺得我是錫人。我深信失去了內在的某個重要部分：一顆心，或是愛的能力。愛就在那裡，某個地方，我完全碰觸不到的黑暗世界。我終其一生都在摸索——直到我遇見了拉娜之後才為之改觀。她讓我看見我其實早就有了感情，我只是不知道該如何運用罷了。

不過，話說回來，如果我不是錫人……我是誰？

我大感沮喪，我驚覺自己一定就是奧茲魔法師。我是幻象——是某種魔術，由蜷縮在幕簾後的驚恐男子在操縱。

我很好奇，你是誰？你要誠實逼問自我這個問題，答案可能會讓你嚇一大跳。不過，你會誠實以對嗎？

我想，那是真正的大哉問。

「你的心中躲了一個恐懼的孩子——他依然覺得不安全，依然不曾被傾聽，不曾被愛。」

當我聽到瑪莉安娜說出那些話的時候，我的人生就此變貌。

多年來，我一直假裝自己的童年並不存在。我已經把它從我的記憶中完全抹消，至少，我以為我成功了，然後，我就再也看不見那個孩子。直到那個倫敦一月霧夜，瑪莉安娜幫我又找到了他。

在那次的心理療程結束之後，我在外頭走了一段漫長的路。嚴寒之日，天空灰白，雲層厚實，看起來可能會下雪，我一路從櫻草丘走到了梅菲爾區的拉娜住處。

我需要消耗緊張不安的能量，我需要思考——有關我自己，還有陷在我腦海之中的那個孩子。

我開始想像那孩子的模樣，瘦小、害怕、全身顫抖、發育不足有氣無力、營養不良——被鎖鍊綑綁在我的心牢裡面。當我在走路的時候，各式各樣的回憶開始回溯而來，所有的不公不義，我刻意遺忘的那些酷刑以及他所忍受的一切。

就在那個當下，我向那孩子做出承諾，也可以說是某種保證，責任——你要怎麼稱呼都可以。從現在開始，我會聆聽他的聲音，我會照顧他。他不醜不笨，不是廢物，也不是沒人愛的對象。拜託，有人*愛他*——我啊。

太遲了，我知道，但遲到總比永遠不到來得好。這一次，我會好好把他帶大。

當我走路的時候，我會低頭——這個小男孩，就在那裡，走在我的旁邊。他跟追得很吃力，所以我放慢腳步。

我伸手，握住他的手。

我低聲說道，*沒事，現在一切都沒事了，我在這裡，我保證，你一定很安全。*

我到了拉娜家，全身冷得發抖，就在這時候，開始下雪了。沒有人在家，只有拉娜。我們坐在壁爐旁邊，喝威士忌，望著外頭的雪花飄落。我把我自己的頓悟講出口——我不知道正確的措辭是什麼——這麼稱呼它應該可以吧？

我花了一些時間才向她全部解釋清楚。當我在講話的時候，一直擔心自己講不清楚，不過，我多慮了。當拉娜在專心聆聽的時候，外頭白雪紛落，這是我第一次看到她掉淚。

那一晚，我們兩個都哭了。我把我的秘密全都告訴了她——幾乎是全部——而拉娜也把她的秘密告訴了我。我們深感羞恥的暗黑秘密，我們認為必須要好好隱藏的一切恐懼——在那一個夜晚，全都傾巢而出，沒有羞愧，沒有評斷，沒有侷促不安——只有開誠布公，只有真相。

這感覺就像是我與另外一個人進行了有史以來的第一次真正對話。我不知道該怎麼描述——這是我第一次覺得活著，你知道嗎，不是在生活裡表演，不是在偽裝，不是在欺瞞，不是宛若活著……而是真正活著。

這也是我第一次意外看到了另一個拉娜——她一直隱藏不讓世界看見、也是我不想挖掘出來的那個秘密之人。現在，當我聽到了她童年的真相，我發現了這個脆弱不堪的她：有關那個悲傷孤單的女孩，還有她遇到的那些慘劇。我聽到了有關奧托的真相，還有他們婚姻的可怖歲月，看來他只是那堆惡虐她男人的其中之一而已。

我向自己暗暗發誓，我會與眾不同，我將是例外。我會保護拉娜，珍惜她，愛她，永遠不會背叛她，絕對不會讓她失望。

我把手伸到沙發的另一頭，捏了一下她的手。

我說道：「我愛妳。」

「我也愛你。」

我們的話懸浮在空中，宛若煙塵。

我傾身向前，依然握著她的手——以極其緩慢的速度，凝望她的雙眼，我靠過去，一次移動的距離只有幾公分……最後，我們的臉貼在一起。

我們的嘴貼在一起。

我親了她，溫柔吻唇。

這是我從來不曾體驗過的甜美至極之吻，如此純淨，如此溫柔——如此盈滿了愛。

在接下來的那幾天當中，我花了許多時間在思索那一吻，還有它所代表的意義。看起來像是我們僵持許久之緊繃狀態的最終確認——實踐了某種心照不宣的古老承諾。

誠如瓦倫丁·李維先生可能會做出的註腳，這是我某個高度重視之目標的終結。而那個目標是什麼？

當然，被愛，我終於感覺被愛了。

拉娜和我註定要在一起，現在我已經豁然開朗，對我來說，它刻骨銘心的程度，遠遠超過了我的想像。

這是我的宿命。

8

我要告訴你我從來不曾向別人透露過的一段秘辛。

我曾經打算向拉娜求婚。

你也知道，我現在終於明白——這就是我們一直前進的方向，從頭到尾都是如此，細水長流，但相當篤實，進入浪漫之領域。也許不是激情的狂焰，對了，熱情來得快，去得也快。我說的是一種真正深刻情感與相互尊重的餘火悶燒、緩慢穩定的過程，那才會持久，那才是愛。

拉娜現在和我幾乎每分每秒都在一起。對我而言，下一個階段——合理的進展——就是我搬出芭芭拉．威斯特的房子，搬進拉娜家、與她住在一起。

我們成婚，從此過著幸福快樂的生活。

那樣有什麼不對？要是你有小孩，也會希望他得到那樣的結局，不是嗎？住在一個充滿美感、豐盛、安全感的地方，過得幸福平安，而且有人愛。要是我對自己有那種期盼，哪裡不對勁？我一定會當一個好丈夫。

說到老公，我看過許多奧托的相片——相信我，他也一樣相貌平平。

對——我堅持己見，雖然我們的外貌與銀行存款數字如此懸殊，但拉娜和我卻可以成為神仙眷侶。也許不像是她和傑森那種性感或俊男美女的組合，但少了扭捏，多了滿足。

宛若兩小無猜的那種開心不已。

我決定要以正式方式求婚——就像你可能在某部老派電影看到的那樣。我覺得應該要準備某種浪漫宣言：有關我感受的懺情錄，由友誼轉為愛情的故事啊之類的事。我練習了一小段演說——以求婚作為結尾。

我甚至還買了戒指——老實說，很便宜的東西，普通的銀戒，這是我財力的極限了。我的打算是，等到有朝一日我發達之後，我要以更貴重的東西取而代之。不過，雖然它只是一個作為我感情象徵物的道具，但這枚戒指的意義或是重要性，就像是奧托買給她的那座島一樣。

在某個星期五夜晚，我帶著放在口袋裡的訂婚戒，前往南岸的某間藝廊開幕活動，準備與拉娜見面。

我的計畫是悄悄帶她上屋頂，在滿天星辰之下，泰晤士河之上，向她求婚。既然我們經常在河邊散步，難道還有比這更合適的背景嗎？

不過，當我到達藝廊的時候，拉娜並不在那裡，但凱特倒是待在吧檯、引發大家的關注。

「嗨，」她看了我一下，眼神怪怪的，「我不知道你會來。拉娜人呢？」

「我正打算要問妳相同的問題。」

「她遲到了，跟平常一樣。」凱特指向站在她身旁的高大男子，「認識一下我的新男人。是不是超帥？傑森。這是艾略特。」

就在這時候，拉娜到了。她過來之後，凱特介紹他們互相認識，而然後——你也知道剩下的部分了。

拉娜那一晚的行為反常至極，她被傑森迷得團團轉，毫無羞恥心，一直在跟他打情罵俏。而且她對我的態度超怪，如此冷淡，不屑一顧，彷彿我根本不存在一樣。

我離開了畫廊，覺得困惑又沮喪。那枚冰冷堅硬的戒指在我的口袋裡，我不斷以手指反覆玩弄，發現某種熟悉的絕望感，某種必然性已經全然壓垮了我。

我聽到那孩子在我腦中哭泣：當然啊，她當然不要你。跟你在一起，她會覺得丟臉，你不夠好，配不上她，難道你看不出來嗎？她很後悔吻了你，今晚她就好好讓你知道自己有多少斤兩。

我心想，有道理。也許這是真的吧，也許我和拉娜完全沒有機會。我跟傑森不一樣，又不是什麼老練的調情高手，顯然，只有老女人吃我這一套。

當我回到那間屋子的時候，我的獄卒正在等我。她已經寫作了一整晚，現在拿著大杯蘇格蘭威士忌、坐在客廳裡放鬆心情。

「哦，今晚如何？」芭芭拉又為自己倒了一杯酒，「跟我講所有的八卦，我要好好聽個過癮。」

「完全沒有八卦，」

「哦，拜託，一定有什麼吧。我辛苦工作了一整天，為我們賺生活費，至少你可以在我上床之前讓我開心一下。」

我沒有心情配合她，依然以嗯嗯啊啊的方式回答，芭芭拉可以感受到我不開心。

她就像一隻真正的猛禽，完全無法抵抗殺戮的嗜好。

她盯著我，「出了什麼事？」

「沒事。」

「你好安靜，是哪裡不對勁？」

「沒事。」

「確定嗎？跟我講清楚，到底是怎麼了。」

「妳不會懂啦。」

「哦，我想我猜出來了。」突然之間，芭芭拉哈哈大笑，開心得不得了，宛若頑皮小孩搞下流惡作劇的那種欣喜。

我緊張無比，「是怎樣這麼好笑？」

「這是圈內人才懂的笑話，你不會懂的。」

我知道最好不要做出任何反應。她想要激我，但是現在沒有必要與芭芭拉吵架。

我過去吃過苦頭，和自戀的人吵架永遠不會贏，那樣是行不通的，唯一的勝利就是離開。

「我要上床睡覺了。」

「等一等，」她放下酒杯，「帶我上樓。」

那時候的芭芭拉已經開始使用拐杖，所以爬樓梯很困難。我伸出某隻臂膀支撐她，她的另外一隻手抓著欄杆，我們兩人就這樣緩步上樓。

「對了，」芭芭拉說道，「我今天見了你的好友拉娜，一起喝了下午茶，而且聊得愉快盡興。」

「是嗎？」不合理，她們根本不是朋友，「在哪裡？」

「當然是拉娜的家。唉呀，唉呀呀，很豪華是吧？親愛的，我不知道你這麼野心勃勃，千萬不要把眼界拉得太高，你要記得伊卡洛斯的下場。」

「伊卡洛斯？」我哈哈大笑，「妳在說什麼？妳今天喝了幾杯威士忌？」

芭芭拉笑得開心，露出了牙齒，「哦，你害怕也是正常的，如果我是你，也會有相同反應。你也知道，我必須要出手阻止。」

我們到了梯頂，芭芭拉放開我的手臂，我把她的拐杖還給她，我努力佯裝笑嘻嘻，開口問道：「阻止什麼？」

「親愛的，阻止你啊。我必須要把實情告訴那女孩。她配不上你，沒幾個人能配得上你。」

我盯著她，我全身發毛，「芭芭拉，妳做了什麼？」

她哈哈大笑，看到我的憂苦表情樂不可支。當她說話的時候，頻頻以她的拐杖敲打地板的木條，強調她的講話節奏，顯然，她對於自己的字字句句都樂在其中。

「我把你的事都告訴她了，」芭芭拉說道，「你的真實姓名，還有你以前在幹什麼，我是在什麼時候發現了你。我還告訴她，我找人跟蹤你，所以我知道你下午和其他時間都在幹什麼。我還告訴她，你這個人很危險，是騙子，具有反社會性格，你貪圖她的錢，就像是你貪圖我的錢一樣。我還告訴她，我抓到你最近在亂搞我的藥，而且不止一次，而是兩次。『拉娜，要是我在不久的將來出了什麼事，』我是這麼告訴她的，『妳也不需要覺得意外。』」

芭芭拉哈哈大笑，還拿拐杖猛敲地板。

「那可憐的女孩嚇壞了。你猜她說什麼來著？『如果這一切都是真的，』她大吼，『那麼妳怎麼能夠忍受與他同住一個屋簷下？』」

我壓低聲音，平鋪直敘，完全沒有任何表情，我覺得出奇疲累，「那妳怎麼說？」

芭芭拉挺直身軀，講話的態度充滿尊榮，「我只是提醒拉娜，我是作家，『我之所以把他留在身邊，』我說道，『不是為了憐憫或動了情，純粹就是要研究——把他當成了變態痴戀的物品，就像是有人把爬蟲類養在籠子裡一樣。』」

她哈哈大笑，不斷拿拐杖敲地，彷彿在為自己妙語如珠而擊節叫好。

我不發一語。

不過，讓我告訴你，就在那個當下，我恨芭芭拉，恨她入骨。

殺了她也不成問題。

我心想，只要踢她的那根拐杖，讓她失去平衡，超容易。

然後，只要輕輕碰一下，就可以讓她從階梯一路滾下去，身體被一層層台階重創，一路到梯底……最後脖子啪一聲斷了，陳屍在大理石地板。

9

你可能會誤以為芭芭拉·威斯特把有關我的一切告訴拉娜之後，她再也不會跟我講話，友誼崩解，我不怪你。

所幸拉娜個性堅強，面對芭芭拉的人格謀殺、想要在她眼中敗壞我的名聲、摧毀我們友誼的殘酷攻擊，我想像她做出了以下回應。

「芭芭拉，」拉娜說道，「妳提到有關艾略特的事，大多都不是實情，至於剩下的部分，我已經知道了。他是我的朋友，我愛他。現在，滾出我家。」

反正，這是我性喜幻想的內容。其實，自此之後，拉娜與我之間的確出現了某種明確的冷淡感。

事態每況愈下，因為我們從來不曾討論過這件事，一次都沒有。我只有聽到芭芭拉對於那場對話的一面之辭。你能相信嗎？拉娜從來沒提過。我常常想要主動提起，逼她面對，但一直沒有。不過，我好恨我們現在之間有了秘密，必須迴避的話題，畢竟我們之前曾經分享了這麼多。

幸好，過沒多久之後，芭芭拉·威斯特就死了。無庸置疑，她過世讓全宇宙都鬆了一口氣——我當然是如此。拉娜幾乎是立刻又打電話給我，我們恢復了友誼。拉娜似乎決定將芭芭拉的惡毒話語和這個老巫婆一起埋葬。

不過，在那個時候，對我與拉娜來說已經太遲了。

對「我們」來說，太遲了。

傑森與拉娜已經開始他們的「旋風式戀情」——這是《每日郵報》興奮不已的措辭。幾個月之後，他們結婚了。

坐在教會裡，眼睜睜盯著那場婚禮儀式，我強烈感受到心碎的客人不是只有我而已。

凱特坐在我旁邊，哭得亂七八糟，已經超過了略帶酒意的那種程度。她厚顏無恥展露自己的心情——這是真正的凱特風格——還抬頭挺胸參加婚禮，真叫我大吃一驚，但明明她的戀人被她最要好的朋友搶走了，丟臉得要命。

也許凱特不該參加婚禮，也許，為了她心理健康著想——其實對我來說亦然——就是要抽身，與拉娜、傑森保持距離。但是凱特沒辦法這麼做，她太愛他們了，無法放棄他們當中的任何一個，這是事實。

在拉娜嫁給傑森之後，凱特拚命想要掩藏自己對傑森的情愫，將那段過往拋諸腦後。

她成功了嗎？很難說。

10

我可以老實說，我知道凱特與傑森搞婚外情，已經有好長一段時間了。

當初是意外發現。某個星期四的下午，我正好在蘇活區，為了某場——嗯，就讓我們稱其為面會好了——我到的時間有點早，所以，我想乾脆先找間酒吧、速速喝一杯。

正當我轉進希臘街的時候，猜我看到了誰？正好從「馬車與馬匹」酒吧出來？

凱特離開那間酒吧，看起來相當鬼鬼祟祟，先瞄了一下左邊，然後是右側。

我打算要叫她的時候——傑森出來了，就在她的背後，臉上掛的是同樣的尷尬表情。

我望著他們過街。要是他們哪個人抬頭的話，一定會看到我，但他們並沒有。兩人都低著頭，完全不跟對方說話，從相反方向匆匆離開現場。

我心想，哈囉，這是怎麼一回事？

這態度真是詭異，而且還是重要情報，向我透露出我之前不知道的內幕：原來傑森與凱特背著拉娜幽會。

拉娜知道這件事嗎？我很懷疑。我默默記在心中，之後要仔細琢磨，而且要思考該如何善加運用、當成我的優勢。

你看，我並沒有放棄希望，我依然深愛拉娜，依然相信總有一天我們會成婚，對於這一點，我沒有任何懷疑。當然，她現在嫁給傑森沒錯——這讓狀況變得比較棘手——不過，就像是李維先生所說的一樣，我的目標，依然不變。

當拉娜與傑森結婚的時候，我的想法就和大家一樣，鐵定不會長久。我覺得，嫁給傑森這種無聊傢伙幾個月之後，拉娜就會恢復理智，終於大夢初醒，原來自己犯下了天大的錯誤——然後會看到我，一直在那裡守候著她。與傑森相比，我看起來就像是某部老電影裡的卡萊．葛倫一樣，文雅又世故，斜靠在某座鋼琴旁邊，一手執菸，一手拿著馬丁尼，充滿機智、態度謙遜、溫暖又可愛——而且，我會跟卡萊一樣，在最後得到心儀女孩。

不過，讓我大吃一驚的是，他們的婚姻居然撐了下來。一個月接著一個月過去了，然後又是好幾年，對我來說，這是一大折磨。想必是拉娜的純然美好讓這段婚姻得以繼續下去，傑森在磨練某位聖人的耐心，而拉娜顯然不只是聖人而已，也許是殉難者？

因此，就我看來，在蘇活區意外偶遇凱特與傑森，根本就是神之出手。

我必須要好好利用。

我想就開始跟蹤凱特吧，這主意不錯。

這一招聽起來神秘鬼祟，其實不然，不需要成為喬治．史邁利[4]，就可以跟蹤凱特．克洛斯比。她很搶眼，在群眾之中絕對不會跟丟——而我總是可以巧妙融入在背景之中。

劇作家拉蒂根的《藍色深海》正在重演，頗獲好評，地點已經轉移到蘇活區的愛德華王子劇院，凱特也是演員之一。所以，我只需要躲藏在舞台通道出入口對面的那條街，在暗處觀察，等待這場戲結束。凱特現身，為粉絲群眾簽名。

然後，凱特離開，一路往前走，我悄悄跟在後面。

我不需要跟太遠——只不過從舞台通道出入口走到酒吧門口而已。凱特轉過街角，從那間酒吧的側門溜進去——對，你猜到了——正是「馬車與馬匹」。我透過酒吧的某扇窄窗凝視裡面，看到傑森正坐在某個角落桌等他，桌上放了兩杯酒，而凱特以長吻向他打招呼。

我嚇了一大跳，倒不是因為他們戀人身分曝光——而是他們那種令人大嘆不可思議、全然輕率的姿態。那一個晚上，他們彼此痴戀夾纏——隨著夜越來越深，他們喝得更兇，而且更加失態，根本完全無視周遭環境。我離開窗前，大膽進入酒吧，我有把握，一定不會被他們發現。

我坐在吧檯的另一頭，點了伏特加通寧，盯著那裡的好戲繼續上演。還真是剛好，有個老女人坐在直立式鋼琴上面，高聲唱出諾爾．寇威爾作品《如果愛是一切》的副歌：「我相信妳越愛一個男人／就會付出更多的信任／妳註定會失去更多。」

等到他們終於離開酒吧的時候，我悄悄跟過去，盯著他們在某條小巷裡接吻。

然後，我看夠了，直接跳上計程車回家。

❹ 勒卡雷筆下的諜報主角。

11

自此之後，我把自己看到的一切、以鉅細靡遺的方式記錄在自己的筆記本當中——他們幽會的所有日期、時間、地點。我全部都寫下來了，我有預感，日後搞不好會派上用場。

通常，在我監視的過程當中，我會思索凱特與傑森緋聞的確切本質——他們從中得到了什麼（除了顯而易見的那些部分之外）——以及他們為什麼會如此熱切走上那一條我認為註定會引發災難的道路。

有時候，我會把瓦倫丁·李維先生的戲劇體系套用在他們的緋聞，以動機、意圖，以及目標等層次進行拆解。一如往常，關鍵是動機。

傑森會開始搞外遇的動機可能是出於無聊？還是性魅力？抑或是自私？也許這樣的說法顯得刻薄了。

要是我展現寬厚態度，我可能會說傑森發現凱特比較好聊——拉娜很棒，但是她總是會看到你性格中最好的那一面，這種習慣會逼你下定決心要迎接挑戰。而凱特正好相反，她對於人性的觀點更加憤世嫉俗，所以對她吐露心事也容易多了——但傑森對她也不是完全坦白。

不過，老實說，我認為傑森不忠的真正原因是源於他內心最齷齪之處。他老覺得自己很有權勢，他性好競爭又挑釁——拜託，就連輸了一盤雙陸棋也會大爆走。

所以，像這樣的男人，娶了拉娜這樣的女人之後又會如何？無論從任何一個方面看來，絕對都比他更有權勢的女人？難道他不會想要懲罰那女人嗎？輾壓她，讓她崩潰——然後還稱其為愛？就傑森的觀點來說，他與凱特的婚外情是一種報復行為，某種仇恨舉動，並不是愛。

凱特追求這段不倫戀情的動機就大不相同了。這讓我想到了芭芭拉．威斯特常常掛在嘴邊的那段話——感情的背叛比亂跟別人上床嚴重多了。「隨便跟哪個女人打砲，沒關係，」她會這麼說，「不過，帶她去外面吃晚餐，牽她的手，把你的期盼與夢想告訴她——那你就惹毛我了。」

這完全就是凱特對傑森的期盼——吃晚餐聊天，手牽手，激情浪漫——談戀愛。凱特希望傑森離開拉娜、與她在一起，而且對他頻頻施壓。

傑森對她頻頻打拖延戰。又有誰能怪他呢？他萬一失去拉娜，損失慘重。

某個深夜，我跟蹤凱特、到了中國城的某間酒吧。她與某個朋友在那裡會面——名叫波莉的紅髮女子，她們坐在窗邊聊天。

我站在對街，躲在暗處，完全不需要擔心被她們看見——波莉與凱特聊得專注熱烈，凱特還一度落淚。

我不需要會讀唇語，也知道她們在說些什麼。我很清楚波莉這個人，她是高登的舞台經理，兩人之前談戀愛拖了好長一段時間，大家都很清楚——只有高登的老婆不知道。

就許多方面來說，波莉是麻煩人物，但我喜歡她。她坦率又直接——所以我可以想像她與凱特的對話如何鋪展。凱特向她坦承一切，無疑是希望可以找到有同情心的聆聽者。而從我所在的位置看過去，凱特似乎沒有如願。

「結束吧，」波莉是這麼說的，「現在就結束。」

「什麼？」

「凱特，聽我說，如果他現在不離開他的妻子，那就永遠不會了，最後就只是一直拖下去而已。給他下最後通牒，三十天離開她，就是一個月，如若不然妳就提分手，妳要答應我。」

我懷疑這些話開始讓凱特越來越不安。因為三十天過去了，她並沒有聽從波莉的建議，隨著時間慢慢過去，凱特所作所為的現實感也開始沉澱入心，她開始飽受良心折磨。

這結果並不令人意外。除非我的調查工作嚴重出包，否則這一點應該是再清楚不過了——雖然凱特有許多缺點，但她基本上是個好人，有良心又有感情。長時間背叛她往來時間最久的老友——這種令人髮指的惡行——讓凱特痛苦不堪。

她的罪惡感不斷滋長，成了她的一大煩惱——後來，她開始堅持她所稱的「消除隔閡」，狀況才得到改觀。她想要與拉娜、傑森把話講清楚，三人之間開誠布公的對話，想也知道，傑森當然是全力阻止。

我個人覺得，凱特的意圖很天真，這已經算是最好聽的說法了。天知道她覺得之後會發生什麼事。來一場告解，之後是涕淚縱橫，然後是寬恕與和解？她真心覺得拉娜會給予他們兩人祝福？然後一切快樂收尾？凱特自己應該更清楚，生活運作之道並非如此。

最後，看來凱特也是浪漫主義者。她與拉娜雖然在其他方面天差地遠，但這一點倒是完全一致。

她們都相信愛。

之後，你就會發現，這一點證明兩人終將崩解。

12

既然凱特與傑森行事如此輕率，我知道發現他們姦情的人不會只有我而已。倫敦的劇場圈並不大，關於這兩人的八卦想必滿天飛。

消息走漏，回透到拉娜那裡，想必只是遲早的事吧？

未必如此——雖然拉娜這麼有名，而且在倫敦到處走透透，但她其實過著平靜的生活，她的社交圈很狹小，我懷疑那個圈子裡只有一個人知道真相，或者至少猜出了不對勁：艾嘉西，而她絕對不會吐露一個字。

不能靠她，向拉娜告知壞消息的責任就落到我身上了，實在不是什麼令人豔羨的任務。但是該怎麼做？有一點很確定：我不能直接告訴拉娜，她可能會懷疑我的動機，搞不好她會認定可疑，不肯相信我，這樣就慘了。

不行，我必須要完全置身在這種不討好事務之外，唯有如此，我才能夠以她救贖者的姿態現身——身穿閃亮盔甲的天外救星——拯救她，把她抱在懷中帶走。

我必須想出辦法，以神不知鬼不覺的隱形手法，讓拉娜自行發現這段婚外情，造成她誤以為是她自己發現了一切。說很簡單，真正動手可沒那麼容易，我知道。不過，我一直喜歡挑戰。

我一開始的時候採取的是最簡單，最直接的途徑。想要策劃一起偶然「意外」相遇——在毫無預警的狀況下，拉娜和我遇到了這對狗男女，差不多就等於是現行犯狀態。

之後，就出現了一段高檔喜劇，或是低俗鬧劇的時期——要使用哪一種稱呼，端看你的口味而定——因為我找出各式各樣的藉口、想方設法讓拉娜出現在蘇活區。不過，這樣的努力完全無望，而且，依照鬧劇的理想慣例，這一招也絕對不會是特效藥。

原因大家都看得出來，無論想控制拉娜．法拉爾前往哪個地方，一定會引人側目。有一次，我好不容易把她哄騙進入「馬車與馬匹」酒吧，就在凱特戲劇表演快要結束的時候，而拉娜到來引發開心醉客們的一場迷你暴動，他們圍繞著她，要求她在他們的啤酒墊簽名。要是凱特和傑森真的曾經靠近酒吧，那麼早就在我們看到他們之間、他們早就已經先看到了這整場鬧劇。

我被迫得要採取更大膽的方式，開始在我們聊天的時候夾雜評論：小心翼翼演練的各種措辭，期盼拉娜留下印象，反覆玩味——傑森與凱特擁有一模一樣的幽默感，總是會一起哈哈大笑，妳說這是不是很離奇？

不然，還有這一段——我覺得好奇怪，凱特怎麼沒有與任何人交往，感情空白了好一陣子，是吧？

然後，某個下午，我責怪拉娜沒有邀請我去克拉里奇餐廳——然後，顯然拉娜不知道我在講什麼，我擺出慌張姿態，趕緊假裝沒什麼大不了，我說高登看到凱特與傑森在那裡用餐，我以為拉娜也跟他們在一起，想必是高登弄錯了。

拉娜只是以那雙湛藍的眼眸望著我，一點也不擔心，完全沒有任何懷疑，她微笑，「不可能是傑森，他痛恨克拉里奇餐廳。」

在戲劇之中，我的這些小暗示會一直駐留在拉娜身上，營造出某種普遍的潛意識懷疑印象讓她很難置之不理。不過，在舞台能夠奏效的方式，顯然在真實生活中行不通。

即便如此，我還是堅持不懈。要是沒有這股毅力，我就成廢物了——雖然，偶爾會出現荒唐舉動。比方說，我買了一瓶凱特的香水——某種獨特的花香氣味，隱約可以聞出茉莉花與玫瑰的基調。要是這還沒辦法讓拉娜聯想到凱特，那也沒有其他物品能夠辦得到。我一直把香水瓶放在我的口袋裡，只要我去她家，就會假稱要上廁所，其實是衝進走廊、鑽入他們的洗衣房，對著傑森的那些襯衫狂噴香水。

拉娜會直接碰觸多少傑森的待洗衣物，這一點還很難說。不過，就算是艾嘉西聞到了，想出了其中的關聯，搞不好也能發揮作用。

當凱特與我正好都待在拉娜家吃晚餐的時候，我從凱特的外套那裡偷了好幾根長髮，然後小心翼翼塞入傑森的外套。我還一度想要把保險套留在傑森的洗衣袋裡面，但最後還是作罷，這感覺太明顯了一點。

想要得到準確的平衡很困難——太幽微的暗示，讓人根本渾然不覺；要是給得太多，就會暴露我的心機。

那只耳環，證明剛剛好。

而且，設局超簡單。我不知道它的效果這麼棒，也不知道可以引發那種反應。我只是建議拉娜我們可以出其不意造訪凱特的家，然後，我從凱特臥室偷了一只耳環，然後趁機晃入傑森的衣物間，把它別在他的西裝翻領，在艾嘉西以及乾洗店老闆席德的小小助攻之下，拉娜自己完成了剩下的部分。

拉娜對於那耳環的反應如此激烈，看來她早就偷偷懷疑他們有姦情，你說對不對？她純粹只是不願自我承認罷了。

好，現在她已經別無選擇。

13

這正好把我們拉回到在我公寓的那個夜晚。拉娜發現了耳環，心煩意亂來找我的那一晚。

她坐在我對面的扶手椅，雙眼紅腫，臉上看得出淚痕，全身散發伏特加的酒氣。她告訴我，她懷疑傑森與凱特有一腿，我證實了她的恐懼，我說我也抱持相同的懷疑。

我得意洋洋，我的計謀奏效，很難掩飾我的興奮之情，得拚命憋笑。不過，我的雀躍之情很快就消失了。

當我技巧性暗示拉娜現在應該要離開傑森的時候，她看起來一臉困惑。

「離開他？誰說要離開他？」

現在輪到我一臉困惑，「我看不出妳還有其他選項。」

「艾略特，沒這麼簡單。」

「為什麼不行？」

拉娜盯著我，雙眼充滿不解的淚水，彷彿答案明顯得不得了。

她說道：「我愛他……」

我不敢相信。我緊盯著她，恐懼感越來越強烈，驚覺我所有的努力都要化為烏有，拉娜不會離開他。

我愛他。

我的腹部冒出一陣噁心感，彷彿快要吐了。我一直在浪費時間。拉娜的話壓垮了我所有的希望，她不會離開他。

我愛他。

我的手緊握成拳，我以前從來不曾這麼憤怒，我想要打她，痛扁她一頓，我想要尖叫。但我沒有。我坐在那裡，露出憐憫神情，然後我們繼續聊天。我唯一外露的痛苦徵兆是身側的緊握拳頭。在我們談話的全部過程當中，我的心一直在狂跳。

現在，我明白了自己的錯誤。拉娜跟她先生不一樣，顯然她很認真對待自己的誓詞，*至死不渝*。拉娜可能會就此與凱特斬斷關係，但她不會放棄傑森，她會原諒他。想要結束他們的婚姻，需要的不只是外遇曝光而已。

要是我想要除掉傑森，我必須要採取更進一步的手段。

終於，拉娜喝到茫，在我的沙發上昏睡過去。我進入廚房泡茶，思索。等待水滾開的時候，我開始幻想悄悄溜到傑森背後，一手拿著他的私槍，指著他——轟爛他的腦袋。一想到那畫面，讓我突然一陣興奮，某種古怪變態的得意感，面對霸凌者挺身而出的那種感覺——而傑森的確就是這種人。

很不幸，這只是幻想而已，我永遠不可能得到這種體驗，我知道自己一定逃不了制裁。我得要想出更精巧的計謀，不過，是什麼呢？

瓦倫丁・李維先生曾經說過，人類會為了擺脫痛苦而展開行動。

他說的一點都沒錯，我得要採取行動，不然的話，我永遠無法逃脫這種痛苦，相信我，我痛不欲生，凌晨三點鐘站在廚房裡，我覺得自己失志，徹底被打敗了。

不過，沒有，還沒有到完全潰敗的地步。

想到了李維先生，也讓我腦中靈光乍現，冒出某個構想的起頭。

我突然心想，如果這是一齣戲劇，那我要怎麼辦？

對——如果要在這樣的條件下處理我的困境——宛若我正在籌劃某齣舞台劇，某部劇作呢？如果這是由我寫的劇本，而這些人是我筆下的角色，我會運用我對於他們的了解、預測他們的行為，而且刺激他們做出反應，在他們渾然不覺的狀況下，塑造他們的命運。

難道我就不能在真實生活當中，運用類似手法，策劃一連串事件——在我不費吹灰之力的狀況下——結束傑森的生命嗎？為什麼不行？對，是有風險，很可能會失敗，不過，那種危險因子正是現場戲劇演出的精髓，不是嗎？

讓我唯一陷入遲疑的是拉娜，我不想要對她撒謊。不過，我已經下定決心——如果你想要嚴厲批判我，隨便你——畢竟這是為了她好。

畢竟，我的所作所為也不過就是解放我深愛的女子、讓她離開那個不忠的騙子罪犯——以正直又誠實的男人取而代之。沒有他，她會過得更好，她會跟我在一起。

我坐在自己的書桌前，打開綠色檯燈的開關，從最上方的抽屜取出了筆記本。打開之後，翻到乾淨的頁面。拿出鉛筆，把它削尖之後——開始進行構局。

我在振筆疾書的時候，可以感覺到赫拉克利特站在我的肩後、緊盯著我，讚許點頭。雖然我的計畫最後出包，雖然結局是天大災難，在構思成形的時候——卻是相當美妙。

簡而言之，那就是我的故事，美好，立意良善卻失敗，最後是以死亡終結的過程。這是人生的精妙隱喻，是吧？

好——反正，我的人生就是如此。

✦

好，就是這樣了，我想這是一個冗長又離題的結論。不過，它卻是我故事的一部分。不過，這並非我說了算，對吧？重點是你怎麼想。

而你一直不發一語，不是嗎？你只是坐在那裡聆聽，默默評斷。我很清楚你的看法，我不想讓你覺得無聊，或是害你興趣全失，你已經給了我這麼多的時間，我萬萬不能如此。

這讓我想起田納西．威廉斯說過的一段話，寫給胸懷雄心壯志劇作家的建議：

他是這麼說的，親愛的，千萬不要耍無聊，竭盡一切努力，讓故事繼續下去，如有必要，在舞台上點燃炸彈，但是千萬不要耍無聊。

好，親愛的——炸彈馬上報到。

14

讓我們回到那座島嶼——兇案之夜。

就在十二點過後，廢墟傳來三聲槍響。

過沒幾分鐘之後，我們大家都到了那塊空地。接下來的場景一片混亂，我拚命想要找到拉娜的脈搏，把她從里奧的雙臂之中拉開，傑森把自己的手機交給艾嘉西——打電話叫急救人員，還有報警。

傑森回到屋內準備拿槍，凱特跟在他後面，然後是里奧，只剩下艾嘉西和我留在那裡。

這些你都已經知道了。

而你有所不知的是接下來發生的事。

艾嘉西震驚無比，臉色慘白，宛若要昏倒一樣。她想起自己拿著手機，把它舉高，準備打電話報警。

「不要，」我阻止她，「還不到時候。」

艾嘉西盯著我，一臉茫然，「什麼？」

「等一下。」

艾嘉西面露困惑，然後，望向拉娜的身軀。

就在那一瞬間，艾嘉西是否想到了她的祖母？期盼她此刻能夠出現在此？那位老女巫會閉上雙眼，搖晃身體，喃喃唸出咒文，讓拉娜甦醒，讓她死而復生的某段古老魔咒，讓她能夠從冥界歸返？

艾嘉西默默祈禱，拉娜，拜託，求妳活下來——拜託一定要活著——要活下來——

然後，宛若是陷入一場美夢或是惡夢——或是迷幻藥發揮作用，在艾嘉西的召喚之下，現實出現扭曲——

拉娜的身體開始動了。

15

拉娜的四肢之一開始自主抽搐，動作極其細微。

她睜開了湛藍雙眼。

接下來坐直身體。

艾嘉西尖叫，我緊緊抓住她。

「噓……」我低聲說道，「噓，沒事，沒事的。」

艾嘉西扭動身軀，掙脫我的手，她似乎要失去平衡，但還是努力站直，重心不穩，氣喘吁吁。

「艾嘉西，」我說道，「聽我說，沒事，這只是遊戲而已，一場戲。我們在演戲，知道嗎？」

艾嘉西驚懼不已，緩緩將目光飄向我的肩後，望著拉娜的身軀。現在，那名死亡女子站起來，伸出她的雙臂，等待擁抱。

「艾嘉西，」她以為自己再也聽不到的聲音開口了，「親愛的，過來這裡。」

拉娜沒死。從那眼眸裡的光彩看來，她出現了從所未見的十足活力。艾嘉西激動不已，她想要挨在拉娜的懷中啜泣，流出開心與釋懷的淚水，而且緊緊抱住拉娜，但是她並沒有。

她反而緊盯著拉娜，火氣越來越大。

「一場遊戲？」

「艾嘉西，聽我說……」

「什麼樣的遊戲？」

拉娜說道：「我可以解釋給妳聽……」

「現在不行。」我說道，「還不是時候，我們等一下再解釋，現在，我們需要妳陪我們一起演戲。」

艾嘉西雙眼盈滿淚水，搖搖頭，已經再也無法忍受下去了。她轉身狂奔，消失在樹林之中。

「等等，」拉娜在她背後大喊，「艾嘉西……」

「噓，安靜，」我說道，「讓我來處理，我來和她好好談一談。」

拉娜面露疑色，我看得出來，她的決心正在動搖。我又試了一次，態度更加強硬，「拉娜，千萬不要，妳會毀了一切，拉娜……」

拉娜沒有理我，直接進入橄欖樹林園，去追艾嘉西了。

我目瞪口呆，只能眼睜睜看著她離去。

我不知道這樣說是不是後見之明——或者，我在當時是否已經感受到了一點跡象——不過，就在這一刻，我的完美計畫開始瓦解。

一切逐漸崩壞。

第四幕

真相還是幻覺？喬治，你並不知道箇中差異。

——愛德華．阿爾比，《誰怕吳爾芙》

1

你知道嗎，講故事的其中一項基本準則，就是一定要拖到絕對必要的最後一刻，才能講出所有的梗。

就我看來，不請自來的解釋最為可疑，除非必要，不然最好要保持靜默，避免進行任何說明。看來，我們現在似乎到達了敘事的關鍵點。

我看得出來，得該給你一個解釋了。

還記得在我公寓的那一晚，我提到了有關傑森與凱特的事嗎？

無論他們擁有什麼——或者自認擁有什麼——即便是承受最輕微之壓力，也會灰飛煙滅。

「就像是你們以前在廢墟表演的戲劇一樣，」我說道，「以前那時候，妳還記得嗎？只是更血腥一點而已。」

拉娜面露迷惑，「你在說什麼？」

「我在說的是某場戲劇表演，觀眾只有兩人，專為傑森與凱特演出，某起謀殺案，五幕劇。」

當我在解釋我的構想的時候，拉娜專心聆聽。我說，拉娜假裝遇害，並且大家懷疑到傑森頭上，我們就可以看到他與凱特的關係開始崩解。

「他們會立刻開始互相攻擊，」我說道，「別以為他們不會。如果妳想要結束他們的戀情，只要對他們施加那種壓力，幾個小時就夠了。」

我說道，這對戀人會互相撕破臉，懷疑對方有問題，等到他們互相指控對方是兇手的時候，拉娜就可以在這個時候冒出來，揭發真相。她將會從陰影中現身，

死而復生。她會站在他們面前，光彩耀眼，生氣勃勃——害他們恐懼至極，無庸置疑，這一招將會逼使他們真實面對彼此——他們的感情如此淺薄又庸俗，隨隨便便就會被玷污。

我說道：「這將會成為他們的結局，就此劃下句點。」

顯然，這就是拉娜被我的想法所吸引的原因——結束傑森與凱特的婚外情。也許拉娜希望挽回傑森，不過，她之所以答應還有另外一個緣由，某個秘密的理由——你之後就會明白，這也帶給她小小的欣喜。

我告訴她，這個念頭具有某種美麗的詩意對稱感，提供了拉娜完美復仇，也是我的最高等級藝術挑戰。當然，拉娜不是很清楚我打算把這場表演搞到什麼程度。

我並沒有對她撒謊。你可以這麼說吧，我的所作所為——就是不要以一堆無謂的解釋來增加她的負擔。

我專注的反而是我們上演這場戲劇的實務面。

我們一邊講話，一邊共同挖掘我們的故事形貌。

我問道，溺死嗎？

不，開槍，拉娜講出這句話的時候還露出微笑——這樣好多了，我們可以利用屋內的那些

槍，這樣一來，在凱特的眼中，指責傑森是殺人兇手根本是順理成章。

我說道，對，就這樣，好主意。

其他人呢？是否要讓他們參與其中？

我知道我們多多少少都必須如此。拉娜和我不能靠自己的力量完成任務。千萬不能讓傑森與凱特太靠近拉娜的身體，這樣才能夠成功欺敵。我沒辦法獨力行事，我需要幫忙。

而歐斯底里尖叫的里奧，要求他們遠離拉娜，一定可以圓滿行騙成功。

我擔心里奧根本沒有什麼演出經驗，萬一他無法完成挑戰呢？要是他死當——我不是刻意玩雙關語——洩露了秘密呢？

拉娜向我保證，她一定會認真逼他演練，直到完美無缺為止。對她來說，讓他扮演這個角色，似乎是某種為人父母的驕傲。對照之前她明明對他想當演員何其不以為然，還真是諷刺。

雖然我對於里奧有疑慮，但還是答應了她的要求，我對於要欺瞞艾嘉西也是充滿問號，但拉娜雙雙否決了我的意見。

她問我，那尼可斯呢？我們到底該不該告訴他？

我回她，別把他拉進來，已經牽扯太多人了，還有一堆有的沒的。

拉娜點點頭，好吧，你說的應該沒錯。

所以我們就達成了共識。

四天之後，在那座島上，就在午夜即將到來的幾分鐘之前，我與拉娜在廢墟見面，我帶著獵槍。

拉娜正在等我，她坐在某根破損廊柱的上面。我走過去的時候對她展露微笑，她並沒有對我回笑。

我說道：「我不確定妳到底會不會過來……」

「我也一樣。」

「嗯？」

拉娜點頭，「我準備好了。」

「好。」我朝天舉槍。

發射了三次。

我盯著拉娜對自己塗抹假血與舞台妝，子彈傷口是乳膠，血淋淋，效果很好——反正，在晚上的時候是如此，我不確定在大白天的時候效果怎麼樣。

這些特效用品是主角自己弄來的，委託她在好幾部電影中共事過的某位化妝師所購得。拉娜說，她有一場私人表演需要這些東西——對於我們這一場小小的演出來說，這種敘述還真是貼切。

拉娜躺在地上，陷在假血泊之中。然後，我從我的長褲後口袋取出凱特的紅色披肩，裹住她的雙肩。

面。

拉娜問道，「這是要做什麼？」

「最後的神來之筆。現在，努力保持不動，完全靜止的躺姿，讓妳的四肢——」

「艾略特，我知道要怎麼扮演死人，我以前演過。」

我聽到其他人逐步接近，趕緊起身躲到廊柱後面，把那把獵槍塞入某個迷迭香的灌木叢裡面。

過了兩三分鐘之後，我出現了，彷彿我才剛到達現場一樣，氣喘吁吁，困惑不已。

從那時候開始，我就一直聽從自己的戲劇直覺。看到拉娜躺在一片血泊之中，里奧待在她身邊，整個人陷入歇斯底里狀態，我覺得很容易就被那樣的戲劇畫面所深深吸引，其實，那感覺意外逼真。

現在，我看出來我的思維是在哪裡出了錯，我萬萬沒有想到居然這麼真實。我完全陷入在劇情轉折之中，沒有考慮到它會對大家的情緒產生什麼影響——因此，眾人的反應方式可能會變得高度詭譎莫測。

你可能會說，我忘了自己最重要的規則：角色就是情節。

而我付出了慘痛代價。

2

拉娜匆匆穿過橄欖樹林園，找尋艾嘉西的蹤影。

她得要找到艾嘉西，想辦法讓其冷靜下來，以免毀了一切。

沒有事先告訴艾嘉西、對她隱瞞了這個計畫，看來是大錯特錯。不過，拉娜覺得自己別無選擇。艾嘉西一定會想盡辦法說服拉娜千萬別這麼做，現在，拉娜反而希望當初被艾嘉西勸阻的話該有多好。

遠方出現了一個瘦小的人形，穿過樹林，出現在步道盡頭……是艾嘉西，正匆匆進入屋內。

拉娜迅速跟過去，她在後門脫去鞋子，把它們留在外面。她光腳進去，沒有發出任何聲響，鬼鬼祟祟，四處張望。

廊道裡並沒有艾嘉西的身影。難道她進入了自己的房間？還是廚房？

此時，走廊傳來沉重腳步聲，逼她必須做出決定該往哪一個方向前進。

拉娜轉身，立刻上樓。

過了幾秒鐘之後，傑森出現在樓梯底部。他差點撞到從後門進來的凱特。

他們並不知道拉娜其實就在那裡，站在梯頂，緊緊盯著他們。

傑森說道：「不見了。」

凱特盯著他，「什麼？」

「那些槍，不在那裡。」

我用手肘推了一下里奧。

「去吧，」我低聲說道，「現在換你上場了。」

在後門外頭——也就是等於舞台側幕的那個位置——我用手肘推了一下里奧，示意他準備上場。「去吧，」我低聲說道，「該輪到你表演了。」

里奧衝進去，告訴凱特與傑森，是他藏了那些槍。

那些槍枝並不在里奧當初藏匿的箱子之中，這會讓他嚇一大跳。我決定不要讓里奧知道我已經把槍拿到他處，我覺得如果他不知情，將會為他的表演助一臂之力。

結果，我看得出來，里奧完全不需要任何表演協助。我心想，這孩子是天生的演員，就跟他媽媽一模一樣，他的演技逼真至極，完全歇斯底里又悲痛，令人驚豔。

「她死了，」里奧大叫，「你在乎嗎？」

拉娜身處的位置，等於是劇院的頂樓座，她伸長脖子，想要看清楚傑森的反應。

這就是拉娜真正在等待的一切，她當初之所以同意我這個計畫的真正緣由。她想要觀察傑森對於她死亡的反應——測試他的愛。她想要知道傑森是否會心碎，或者至少看到了他心碎的某些證據。

她想要看到他哭泣，為了他心愛的拉娜嚎啕大哭。

好，她看到了，傑森沒有掉一滴淚。當拉娜站在梯頂盯著他的時候，發現他憤怒，害怕，努力不要失控。但他並沒有心碎或充滿悲痛，完全沒有受到任何影響。

她心想，他不在乎，他根本不當一回事。

就在那一刻，拉娜覺得自己死了第二次。

她的眼眶盈滿淚水，但不是她的淚——不是，而是屬於某個在多年前、曾經覺得自己真的沒有人愛的那個小女孩，也以同樣姿態蹲在梯頂、緊抓欄杆、盯著下方母親取悅「男性友人」的那個小女孩——覺得自己沒有人要，完全被忽略。而等到她母親的朋友們注意到她的早熟美貌，才是她災難的真正起點。

打從那時候開始——那些淒涼、令人恐懼的日子——拉娜就飽受各種折磨，她要確保自己安全、受人尊重、無懈可擊，而且被眾人喜愛。不過，如今她站在樓梯頂端盯著傑森，灰姑娘的魔法已經全然消失無蹤。拉娜發現自己又回到了起點，受苦的小女孩，孤零零待在黑暗世界。

拉娜覺得自己快吐了，趕緊起身，衝向自己臥室的廁所。

她跪在馬桶前面，大吐特吐。

3

當拉娜從浴室出來的時候，她發現艾嘉西待在她的臥房裡，正在等她。

這兩名女子安靜無語了好一會兒，凝視彼此。

拉娜發現她並不需要擔心艾嘉西失控，完全並沒有情緒爆發的風險。艾嘉西看起來十分平靜，只不過從那雙泛紅的雙眼看得出她剛哭過。

「艾嘉西，請讓我解釋一下。」

艾嘉西語氣低沉平穩，「這算什麼？玩笑？還是遊戲？」

「不是，」拉娜遲疑片刻，「比那個複雜。」

「那不然是什麼？」

「如果妳願意聽我說，我可以……」

「拉娜，妳怎麼可以做出這種事？」

「妳怎麼能這麼冷酷？害我以為妳死了，讓我心碎……」

「對不起……」

「不，我不接受妳的道歉。拉娜，讓我告訴妳，妳是全世界最自私、最會自我欺瞞的人，我一切都看在眼裡，但我愛妳，因為我以為妳愛我。」

「我真的好愛妳。」

「才沒有，」艾嘉西翻白眼，憤怒又不屑，淚水從雙頰撲簌簌落下，「妳沒有愛的能力，妳不懂要如何去愛。」

拉娜滿臉苦痛，緊盯著她，「自私，自我欺瞞？妳是這麼想的嗎？也許……妳是對的，但我有愛的能力，我愛妳。」

她們彼此對望了一會兒，然後，拉娜悄聲繼續說道：「艾嘉西，我需要妳幫忙，」

艾嘉西沒回答，只是瞪大眼睛看著她。

4

值此同時，我不情不願答應傑森與尼可斯的要求，與他們一起搜索這座島，找尋某個根本不存在的闖入者。

當我們沿著海岸前進，被狂風蹂躪的時候，我的恨意也越來越深。我好累，我還算新的那雙鞋也因為跋涉穿越樹叢、泥巴，以及沙粒而報銷了。而且，我迫不及待想要回到拉娜——以及艾嘉西的身邊。

不過，傑森堅持以有條不紊的方式進行搜查，真是令人惱火，他堅持要檢視這座島的每一個地方，即便我們到了懸崖的時候也一樣——終於，顯然可以看出並沒有任何船隻停泊在這座島——傑森不肯接受失敗。我覺得就某種剛愎自用的角度看來，他自得其樂，就像是在某部大爛片裡面扮演英雄。

他必須大叫才能蓋過風聲，「我們繼續找下去！」

「去哪裡？」我大吼，「這裡沒人，我們回去吧。」

傑森搖頭，「我們必須先搜這地方，」他把手電筒直接照向尼可斯的臉，「先從他的住處開始。」

尼可斯怒氣沖沖盯著他，對著光源眨眼，他沒有回應。

傑森微笑，「有問題嗎？」

尼可斯搖頭，皺眉，目光始終不曾離開傑森。

「很好，」傑森說道，「來吧。」

「我不要，」我回他，「我們等一下在主屋會面。」

「你要去哪裡？」

「我要去查看其他人。」

傑森來不及反對，我已經大步離開。

我匆匆沿著步道前行，回到了主屋，不知道拉娜是否已經想辦法安撫了艾嘉西。希望拉娜已經把一切搞定、說服她加入我們的陣容。

不過，我很清楚艾嘉西的個性，拉娜最後能否成功，我沒什麼信心。

我從法式落地窗進屋的時候，四處張望，看不出有人。我趁機蹲在長沙發那裡，把手伸到底下，撫摸之前藏在那裡的槍。

我掏出了一把左輪手槍。

我盯著它好一會兒，感受它在我手中的重量，檢查槍管，空的。我從口袋裡取出子彈——之前在置槍房從盒子裡偷偷抓了一把，然後，小心翼翼將子彈上膛。

我對於槍枝所知不多，就是基本常識而已——傑森第一次買槍的時候，拉娜傳授給我的那些內容。她是在拍攝某部西部片的時候學到了射擊，某一天，她和我待在島上的時候，上了一堂實戰練習課，我的功力還不賴。

話雖如此，我對於手中的這個武器還是很害怕。當我把槍放入口袋的時候，手指微微顫抖，我小心翼翼伸手，隔著長褲托住了它。

我盯著鏡中的自己。

而在我鏡像的後面，出現了拉娜佈滿血跡的屍身，那雙佈滿血絲的雙眼死盯著我。

我嚇了一跳，立刻旋身。

拉娜看起來好嚇人，有彈孔、乾涸的血跡，還有泥巴，在這間優雅的客廳裡，顯得格格不入，我哈哈大笑。

「天！妳嚇到我了。妳在這裡做什麼？趕快回去廢墟那裡，以免被傑森看到妳。」

拉娜沒有回話，她走進來，為自己斟了一杯酒。

「妳剛剛的表現有點異常，居然那樣狂追艾嘉西。聽我的準沒錯——當女演員自行寫劇本的時候，沒有比這更可怕的大災難了，絕對是以淚水劃下句點。」

我在開玩笑，努力要逗她哈哈大笑，但並沒有發揮效果，拉娜的臉龐完全沒有任何笑意。

「大家去哪了？」我問道，「凱特呢？」

「她待在夏屋，和里奧在一起。」

「很好。對了，他的表演精采無比，他繼承了妳的天賦，前途不可限量。」

拉娜沒接腔。她從桌上取了一根凱特的香菸，點火。我盯著她抽菸，我覺得渾身不自在。

「妳跟艾嘉西談過了嗎？」

拉娜點點頭，吐出了一縷長煙。

我皺眉，「然後呢？妳跟她達成協議了嗎？她是不是已經答應妳了？」

「沒有，並沒有，她很生氣。」

我哈哈大笑，「妳應該要告訴她，這是我的主意。」

「我說了。」

「然後呢？她的反應是？」

「你是魔鬼。」

「這種講法有點稍微誇張了一些。還有別的嗎？」

「上帝會懲罰你。」

「艾略特，結束了，」拉娜捻熄香菸，「她說必須到此為止，現在就停手。」

我心想，哦，這樣啊。我努力壓抑情緒，盡量不要顯得過於惱怒。

「還沒有結束，我們還有最後一幕，艾嘉西必須要等到落幕。」

「現在已經落幕了。」

「那傑森呢？」

拉娜聳肩，輕聲細語說話，比較像是喃喃自語，而不是在對我講話，「傑森並不在乎。他以為我死了，而且他並不在乎。」

當她說出這段話的時候，面色痛苦不堪。

終於，我心想，終於啊，拉娜清醒了，終於，她看到了光，我一直在等待這一刻。現在，我們可以重新開始，她和我——這一次站在相同的立足點，我們可以重新開始——以誠實態度面對真相。

「很好，結束了。那現在呢？」

拉娜聳肩，「我不知道。」

「我倒是有個想法，如果妳想聽的話……」

拉娜忍不住，看了我一眼，目光中透露出些許好奇之意，「嗯？」

「記得妳認識傑森的那一晚嗎？在南岸？我們一直沒有提到那一晚的事。」

「怎麼了？」

「我準備了戒指……打算向妳求婚。」

拉娜抬頭望著我，我看得出她眼中的驚訝之情。

我微笑，「很不幸，但傑森捷足先登了。我經常在想，如果那一晚妳不曾認識他的話，之後又會出現什麼進展。」

拉娜別開目光，「完全不會有任何進展。」

現在，輪到我一臉驚訝，「完全沒有？」

她聳肩，「你和我曾經是朋友，如此而已。」

「曾經？」我微笑，「我的感覺是我們依然是朋友，而且我們之間還比友誼多了那麼一點點，妳自己也很清楚。」我突然感受到一股強大怒氣，「妳為什麼就是不肯誠實面對自我？只要那麼一次就好？我愛妳，拉娜，離開他，嫁給我。」

拉娜盯著我，靜默不語，彷彿沒有聽到我說話。

「我是認真的。嫁給我，過著幸福快樂的生活。」

我花了十足的勇氣才講出這句話，我屏息以待。

出現了一陣停頓之後，拉娜有了回應，殘忍至極。她哈哈大笑，那冷酷無情的笑聲，彷彿打了我一巴掌。

「然後呢？」她問我，「從樓梯上滾落而下？就跟芭芭拉·威斯特一樣的下場？」

我覺得自己彷彿被人重重打了一拳。我目瞪口呆盯著她，我覺得——好，現在，你對我的了解就跟大家一樣——你可以想像我的感受。我不知道自己會作何反應，我擔心自己可能會講出無法被人原諒、跨越禁線的話。

所以，我什麼都沒說，轉身離去。

5

我從原路離開，踏出法式落地窗，進入了遊廊。

在風勢與紛亂思緒的強襲之下，我走下階梯。拉娜剛剛對我說出那些話，讓我無法置信。關於芭芭拉．威斯特的那個低劣笑話——根本不是她的風格，我真的不懂。

即便到了現在，當我寫下這個段落的時候，我還是很難理解她在那一刻的冷酷無情，完全反常。我無法相信我的朋友拉娜會講出這種話，不過，要是換成另外一個隱藏版的人，躲在表象之下、充滿苦痛而想要反擊的那個恐懼女孩，那麼我就會信了。

當然，我會原諒拉娜，必須如此，我愛她，就算她某些時候如許冷酷也一樣。

我完全陷入沉思，所以我沒看到傑森朝我而來，在梯底撞到了他。

傑森推了一下我的背，「媽的你是怎樣？」

「抱歉，我在找你。你搜過了尼可斯的住處嗎？」

傑森點頭，「那裡什麼都沒有。」

「尼可斯現在人在哪裡？」

「在他的農舍裡。我告訴他就待在那裡等警察到來。」

「嗯，很好。」

傑森想要超過我、爬上階梯，我攔下他。

「等一下，」我說道，「有好消息，艾嘉西剛剛聯絡了警察。」

「然後呢？」

「風勢停了，現在他們正在路上。」

傑森出現如釋重負的表情，「哦，感謝老天。」

「我們是不是該在登岸碼頭等候他們？」

傑森點頭，「好。」

「我會在那裡跟你碰頭。」

「等一下，」他一臉懷疑看著我，「你要去哪裡？」

「告訴凱特啊，」我忍不住又多嘴，「還是你希望自己去找她？」

「不要，」傑森搖頭，「那你就去吧。」

傑森轉身，前往海灘以及登岸碼頭的方向。

我望著他離開，我自顧自露出微笑。

然後，我緊緊抓住口袋裡的手槍，前去尋找凱特——準備終結一切。

當我前往夏屋的時候，我吃了秤砣鐵了心，無論代價如何，我一定要繼續完成我的計畫。

拉娜在剛剛那一刻的確把我惹毛了，我不會撒謊否認。不過，儘管她反對，我現在絕對不可能收手。已經從山丘推下的大石，怎麼可能阻卻它繼續下行？它現在比我們每一個人都更加龐大，它已經產生了自我的動能。我們別無選擇，只能讓這齣戲繼續演下去。拉娜身為演員，一定明白那個道理。

我靠近夏屋，發現大門打開了，里奧走出來，我迅速躲到樹後面，等到他經過之後，我才悄悄溜到夏屋窗戶那裡，盯著屋內。

凱特一個人待在裡面，看起來糟透了。害怕、恐慌、心亂如麻，這個夜晚對她來說相當難熬。不幸的是，接下來還會更慘。

我走向門口，伸手準備開門，然後，我突然愣住了。

我站在那裡，動也不動——因為突如其來的意外怯場而嚇得癱瘓。我已經多年沒有演戲，而且以往也不曾演出如此重要的角色。我在這場與凱特對手戲的表現，將會成為關鍵。這是我必須完成的最後一次魔術，我必須要發揮百分百的逼真程度，我的一言一行必須要看起來磊落又充滿可信度。

換言之，我必須演出一生的經典作。

準備上場。

我鼓起勇氣，然後狠狠敲門。

「凱特？是我，我們得好好談一談。」

6

凱特看到是我，解開了門鎖。我推開大門，進入夏屋。

她伸手指向大門，「鎖上啊。」

我乖乖照做，上了門閂，「我剛剛在外面看到里奧，我叫他在登岸碼頭跟我們會合。」

「登岸碼頭？」

我搖頭，「我們整座島嶼都搜過了。」

「警察正趕過來。我們要去那裡等待，每一個人都一樣。」

凱特默不作聲了好一會兒。我緊盯著她，她的動作有輕微晃動，說話有點含糊，但我希望她夠清醒，對於我必須要說出的話會聽得進去。

「凱特，妳有沒有聽到我說話？警察要來了。」

「有。傑森人呢？你們有沒有找到什麼？出了什麼事？」

我搖頭，「我們整個島都搜遍了。」

「然後呢？」

「什麼都沒有。」

「沒有船？」

「沒有船隻，沒有闖入者，除了我們之外，這裡沒有別人。」

顯然她覺得沒什麼好驚訝的。她點頭對自己說道：「是他，是他殺死了她。」

「妳在說誰？」

「當然是尼可斯。」

「不是，」我搖頭以對，「不是尼可斯。」

「沒錯，就是他。他瘋了，你只要看看他那個模樣就知道了，他……」

「他死了。」

凱特目瞪口呆望著我，「什麼？」

我平靜重複了一次，「尼可斯死了。」

「出了什麼事？」

「我不知道……我不在那裡。」我說話的時候，避免與她四目相接。我感覺得出來，凱特盯著我，拚命想要打量我。「他們搜查島嶼南側，也就是懸崖那裡，尼可斯摔下去……這是傑森的講法，他告訴我的說詞，但我不在那裡。」

「你到底是想要……」凱特面露懼色，「傑森在哪裡？」

「他在登岸碼頭，和其他人在一起。」

凱特捻熄她的香菸，「我要去找他。」

「等一下，我有事要告訴妳。」

「等一下再說。」

「不行，不能等。」

凱特不理我，逕自走向門口，如果現在不開口，就永遠沒機會了。

「他殺了她。」

凱特停下腳步，盯著我，「什麼？」

「傑森殺了拉娜。」

凱特發出類似大笑的聲音，但隨即轉為哽咽，「你瘋了。」

「凱特，聽我說，我知道我們不是一直都意見一致，但妳是老朋友了，我不希望妳受到任何傷害，我得要警告妳。」

「警告我？什麼事？」

「一言難盡，」我指向某張椅子，「妳要不要先坐下來？」

「去你的！」

我嘆氣，然後耐心解釋，「好，有關傑森的財務狀況，他向妳透露了多少？」

這問題讓凱特一臉困惑，「他的什麼？」

「所以妳不知道。他有嚴重的財務困難，拉娜發現他搞了差不多十七間不同公司的帳戶，全部都是以她的名字開設，分散在全世界各地的私人銀行。他一直在四處挪動他客戶的錢，利用她的名義當成洗衣機，媽的真的是在大搞洗錢事業。」

當我說出這段話的時候，憤慨不已。我看得出來凱特聽進去了，正在評估內容，評估我，想要知道是否該相信我所說的話。我必須說，我的表演相當成功——很可能是因為我說的幾乎都是真的。傑森的確是騙子，凱特一定很清楚，對於這一點我完全不需有任何質疑。

她的聲音有氣無力，「鬼扯……」

不過，她並沒有進一步反駁，所以我繼續大膽說下去。

「就算傑森還沒被抓，也馬上就會落網。我想他會消失好一陣子，除非有人把他保出來，他非常需要錢……」

凱特哈哈大笑，「你覺得他為了錢殺死拉娜？你大錯特錯，傑森不會做那種事，他才不會殺她。」

「我知道他不會。」

凱特一臉惱怒盯著我，「那你到底在講什麼？」

我放慢語速對她說話，充滿耐心，宛若在對小孩子一樣，「凱特，她裹了妳的披肩。」

她愣了一會兒，死盯著我，「什麼？」

「是真的。傑森並沒有打算槍殺拉娜，他本來想要殺的是妳。」

凱特默不作聲盯著我，臉龐突然煞白。

她猛搖頭，「你好變態……媽的超變態。」

「妳難道不明白嗎？他打算嫁禍尼可斯，現在他已經確保尼可斯無法為自己辯護。我早就警告過妳，千萬不要逼傑森在妳們之間做出抉擇。拉娜對他來說太重要了，他不可能放棄，而妳呢……是犧牲品。」

當我說出這段話的時候，看得出凱特的雙眼有了變化。某種痛苦的體認，那個字詞，犧牲品，呼應了她內心深處的某種痛，許久之前的昔日感受——她不重要、根本不特別、不是被愛的那一個。

她緊緊抓住椅背，彷彿準備要把它朝我丟過來一樣。不過，她只是要靠它穩住身體重心。她扣住它不放，彷彿自己會昏倒一樣。

她低聲說道：「我得要去找傑森……」

「什麼？難道妳剛剛沒聽到我講的話？」

「我得要找到他。」

她突然心意已決，走向門口。

我擋住她的去路，「凱特，別這樣。」

「給我滾，我要去找他。」

「等等，」我把手伸入口袋，「這個給妳……」

我抽出手槍，交給了她。

「拿著。」

凱特睜大雙眼，「你是從哪裡弄來那東西？」

「我在傑森的書房裡找到的，他把槍全部藏在那裡。」我把手槍硬壓在她雙手之中，「妳拿著。」

「不要。」

「妳拿著。如果妳一定要當糊塗蛋，隨便妳，但一定要隨身帶著它，拜託。」

然後，她做出決定。

收下了那把手槍。

我站到一旁，讓她從我面前走過去。

7

凱特緊抓著槍，走出了夏屋。她沿著步道、朝海岸的方向前進，準備在海濱與登岸碼頭那裡找尋傑森。

我等了一會兒，然後跟過去。

我走過步道的時候，十分緊張，感到一陣胃痛，就像是首演的那種感覺。能夠完成這一切，讓人激動不已：這一齣戲，並非以紙筆塑造出虛構的舞台角色——而是真實的人物，在真實的地點，而且所有人明明都在演出，但是他們卻渾然不知。

就某種角度看來，這是藝術，我真心相信如此。

我到達海邊的時候，看出風勢已經變緩。過沒多久之後，這股暴怒之風就會自行消散，留下摧毀遺痕。我四處張望找尋凱特，果然，她走在前面，穿越沙地前往登岸碼頭，傑森正在那裡等待。

現在會怎樣？我知道答案。我可以充滿自信預測未來，彷彿我早就已經在筆記本裡面寫下了一切，其實，我還真的早就寫好了。

凱特會爬上階梯、通往登岸碼頭。而傑森會看到她手中的槍，他會要求凱特把槍繳給他。

問題來了，基於我剛剛告訴凱特的那些內容——我已經在她心中植入了對他的各種懷疑——

難道她會把槍交給傑森嗎？

更重要的是，我既然已經把上膛的手槍交到凱特手中……她會用嗎？過沒多久之後，我們就會知道拉娜過來找我的那一晚、我熬夜寫作直到天明丟出疑問之解答，我是否能夠在自己不扣扳機的狀況下，想辦法讓傑森喪命？

我很有信心，我的計畫應該會奏效，尤其凱特完全被我一手掌控，她平常幾乎都處於情緒不定狀態，現在，她還恐懼又相當激動，而且喝醉了。凱特很可能會直接情緒失控。如果我是賭徒，我會說機率很高。

我決定躲在海灘盡頭的高聳松林位置，安全窩在陰影處，我的私人劇院；距離夠近，可以看個清楚，但也不是那種會被人發現的距離。

突然之間，最後一刻的緊張襲心。你也知道，每一個劇作家都會在某個時候出現這種體驗：最後時分的恐慌，擔心故事兜不好，我的努力足夠嗎？架構撐得住嗎？

已經到了這種後期階段，不該繼續東修西補，許多偉大的藝術作品都因為藝術家無法克制胡亂修改的欲望而被毀於一旦，無庸置疑，許多的大膽罪行亦是如此。

我必須信任自己已經完成的作品，接下來會如何發展已經超過了我的控制範圍。現在，它由演員們所掌控，我只是觀眾。

所以，我好整以暇，準備看戲。

8

凱特穿越沙灘，走向登岸碼頭，緩步爬上石梯。傑森獨自站在平台，兩人面對面。

他們沉默片刻。先開口的是傑森，小心翼翼看了她一眼。

「妳一個人嗎？其他人在哪裡？」

凱特沒有回答，只是盯著他，淚水泉湧而出。

傑森盯著她，他似乎很不自在，顯然意識到出事了，「凱特，妳還好嗎？」

凱特搖頭，沉默了一會兒，她伸手指向停泊在他們底下的快艇，「我們可不可以直接離開？」

「不行，警察很快就會過來了，不會有事的。」

「不，不是這樣，拜託，我們現在就走……」

「那是什麼？」傑森盯著她手中的槍，語氣變得更尖銳，「媽的妳是從哪裡弄來的？」

「我自己找到的。」

「哪裡？交給我。」

傑森朝她步步逼近，伸出了他的手。凱特微微退後，這是不由自主的動作，不過，卻已經讓他們兩人之間產生了裂隙。

傑森皺眉，「把槍給我，我知道怎麼用，妳不懂。」

在那一瞬間，凱特差點就相信了他的權威性。不過，她看到他的手在顫抖，這才發現傑森和她一樣害怕。

傑森的確應該要恐懼，顯然凱特失控，他得要想辦法壓制她。他必須要讓她冷靜下來，讓她進入比較理性的狀態，他必須要讓她安心，說服她把槍交出來，所以，他決定冒險一試。

他說道：「我愛妳……」

從她的表情就可以看出來，這是一場失敗的賭局，凱特臉色變得更難看，「騙子。」

我一直祈禱的那一刻終於到來了。不可置信之懸浮狀態，某種劇場神奇力量——隨便你要怎麼稱呼都可以。在凱特的心中，幻象成了真相，在她的想像之中，傑森不可靠的信念變得牢不可破，這是她認識他以來，第一次覺得這個人好可怕。

當傑森以更強烈的口吻再次施壓的時候，狀況更是雪上加霜。

「凱特，把槍給我。」

「不要。」

「凱特……」

「你殺了她對不對？」

「什麼？」傑森不可置信盯著她，「妳在講什麼？」

「妳是不是殺了拉娜？」凱特繼續說下去，語氣平靜，「艾略特說你殺了她，這是誤殺，他還說，你本來打算要殺了我。」

「什麼？」傑森聲音嘶啞，「他瘋了，他撒謊。」

「是嗎？」

「當然！」他移動腳步，朝她走過去，「把槍給我。」

她把槍對準他，她抖晃得好厲害，必須靠雙手才能穩住槍。

傑森又往前一步，朝她逼近，「聽我說，艾略特是騙子。妳知道她留給他多少錢嗎？好幾百萬英鎊。凱特，妳仔細想一想，妳會相信誰？我還是他？」

傑森語氣很火大，慷慨激昂，誠懇無比，凱特覺得很想要相信他，但已經太遲了，她不信他講的話。

「傑森，不要靠近我，我是認真的，給我退後。」

「把槍給我，現在就交出來。」

「不要再給我過來。」

但是他一直往前，一步一步靠近她。

「傑森，不要過來。」

他越靠越近。

「不要過來。」

他繼續走，還伸出了手，「把槍給我啊，拜託，是我啊。」

不過，那並不是他，不是傑森，已經再也不是了，不再是她認識與深愛的那個人。宛若在惡夢夢境之中一樣，他從戀人轉為惡魔。

然後，他突然撲向她……

凱特扣下扳機，開槍。

不過，她沒有打中，傑森繼續往前走……凱特再次開槍……又開槍……

再次開槍。

終於，她擊中目標，傑森癱倒在地，整個人癱倒在登岸碼頭的階梯，躺在那裡，動也不動……在沙地流血過多致死。

真希望我可以在這裡劃下故事的終局。了不起的結局，對不對？有你所需要的一切：男人、女人、槍、海灘，以及月光，好萊塢一定很愛。

很遺憾，我不能讓故事就這麼結束。

為什麼不行？很遺憾，因為這不是真相。這只是我虛構的一小段想像情節而已。這是我私心期盼的事發經過，我在自己的筆記本裡所勾勒的情節。

不過，恐怕只是純屬虛構。

現實生活的結局不太一樣。

9

當我站在那裡的暗處、望著凱特爬上登岸碼頭的階梯，我第一次有了不祥預感，現實將會悖離我的計畫。

我發覺有某個尖銳小物抵住我的背，我立刻回頭。

尼可斯站在那裡，就在我的後面。他拿槍對著我，又再次拿槍頭戳我，這次的力道更強硬。

當我發現是他的時候，我一陣火大，而不是焦慮。

「給我退後，媽的別拿那東西對著我。我記得傑森告訴過你，叫你待在你的農舍裡面，快給我回去。」

尼可斯沒有理會我的話，一臉猜忌盯著我，「我們找到了其他人，」他示意我移動，「快走。」

他的下巴朝海灘的方向點了一下，也就是登岸碼頭的方向，傑森與凱特所在的位置，我立刻警覺狀況不對。

「不要，」我迅速回他，「不要朝那邊走，這樣不好。」

「走，」尼可斯再次拿槍戳我，「現在就給我走。」

「不行，聽我說，我們得要找到里奧和艾嘉西，」我繼續說下去，速度緩慢，加強語氣，這樣一來才能讓他聽懂，「你和我，我們回去屋子那裡，我們找到他們。好嗎？」

我伸手，對他指出正確方向，不過，我的手才動了那麼一下，他的槍口立刻緊貼我的胸膛，狠狠抵住我肋骨的中間地帶，我可以感受到被它壓住的心臟在劇烈狂跳，尼可斯並不是在鬧著玩。

他的下巴再次朝登岸碼頭那裡點了一下，「現在就給我走。」

「好，好，你冷靜一下。」

我看出我別無選擇，只能嘆氣接受命運。我像個臭臉小孩一樣，走向了海灘。

我們跨越沙地的時候，尼可斯一直緊跟在我後面，以槍口抵住我的背部。他懷疑我，的確合情合理。我怎麼這麼蠢，躲在灌木叢裡偷偷監視凱特與傑森，居然被他逮個正著？真是菜鳥級的失誤。狀況不妙，現在，我必須要想辦法發揮三寸不爛之舌脫身——這並不容易，我必須即興演出，這並不是我的強項。

我心想，靠，他毀了一切。

我們到了登岸碼頭。我停下腳步，不想繼續前進。我感覺到那槍壓住我的背，逼我往上，一步接著一步，最後，我站在石面平台，與凱特與傑森面對面。

我發現凱特依然握著槍，而傑森似乎並沒有反對的意思，所以我可能搞錯了。凱特先看我，然後又望向尼可斯，她一臉不可置信，而且還帶有一股厭惡感。

她面向傑森，「他說尼可斯死了，還說是你殺了他。」

「什麼？」傑森嚇了一大跳，「什麼？」

「艾略特說是你殺了他，就像是你殺死拉娜一樣。」

傑森倒抽一口氣，「這在搞什麼鬼啊？」

「艾略特，你真是卑鄙❺，」凱特面向我，「奸詐得不得了，我一直等你發出嘶嘶聲，怎麼沒有呢？嘶嘶嘶嘶嘶……」

「凱特，拜託妳不要再說了，我可以解釋……」

正當我打算要開口的時候，我看到傑森後方出現動靜，有人出現在海灘，我的心陡然一沉，是艾嘉西。她步履匆忙，朝我們走來。

現在，一切都結束了。我的一手好牌馬上就要在我面前毀了，現在我無能為力，只能接受命運擺佈。

正當我等待艾嘉西走到我們面前的時候，我的注意力轉向凱特與傑森，他們兩個一直在講我的事，彷彿把我當成了空氣，令人惴惴不安，這都已經算是最客氣的說法了。

我經常聽到其他作家描繪自身筆下的角色「與他們漸行漸遠」，有了「自我生命」，開始自顧自恣意行事。我通常對這種概念是嗤之以鼻，聽到這種做作言論就是翻白眼。不過，現在的我卻嚇了一大跳，我自己就身陷在這樣的體驗之中，我一直想要打斷他們，我想要告訴他們，不，

❺直譯為蛇。

不，你們不應該講那種話，不該出現這種狀況，但明明就是發生了。這是現實，不是戲劇，而且完全不符合我之前擬定的計畫。

「他想要陷害你，」凱特說道，「拉娜留給他好幾百萬英鎊，你知道這件事嗎？」

「不知道，」傑森看起來超火大，「我不知道。」

艾嘉西出現在階梯頂端，她一臉驚懼望著我們每一個人，「這是怎麼一回事？」

「我們知道是誰殺了拉娜，」凱特說道，「就是他。」

「誰？」艾嘉西似乎很迷惑。

凱特拿槍指著我，「艾略特。」

10

我們站在登岸碼頭，盯著彼此，大家沉靜了一會兒，唯一的聲音是風嘯，還有我們周邊的碎浪聲。

我看見艾嘉西雙眸後方的腦袋，她正在努力思索，想要想出接下來該做什麼才好。她小心翼翼問道：「艾略特為什麼要那麼做？」

「錢啊，」凱特說道，「他破產了，拉娜告訴我的，她說她留了一大筆錢給他。」

這是我萬萬沒想到的可能結局：最後居然是我成了頭號嫌犯。

我懂得箇中的諷刺感。我好不容易才擺出面無表情的面孔，打起精神，一臉嚴肅望著他們。

「抱歉讓你們失望了，我做了許多不當行為，但是絕對沒有謀殺拉娜。」

我挑釁看了艾嘉西一眼，我心想，來啊，妳就全說吧，我敢打賭，妳一定迫不及待想要告訴他們，這只不過是一場鬧劇罷了。

不過，艾嘉西卻依然保持沉默。我心中突然冒出盈滿希望的念頭，會不會拉娜已經成功說服了她？也許艾嘉西一直在演戲？搞不好她會幫助我扭轉局勢？

值此同時，凱特一直在講話，語氣低沉興奮：

「是艾略特殺了她，他沒辦法逍遙法外，沒辦法，就是沒辦法……」

「不可能的，」傑森說道，「警察……」

「去他媽的警察。艾略特會靠他嘴巴脫罪，傑森，他不能逍遙法外，我們不能坐視不管。」

「妳在說什麼？」

「我說的是正義，他殺了拉娜。」

「妳想要殺了他？好啊，隨便。」

「我是認真的。」

「我也是。」

大家稍微停頓了一下，我覺得這太離譜了，我不喜歡現在的發展態勢，尤其現在凱特拿著上膛的手槍隨便亂揮，狀況很可能會莫名其妙就失控了。所以，我不情不願，但覺得一定得要出手終結。

「各位先生女士，」我高舉雙手，「我不喜歡破梗，但我恐怕還是得告訴你們，這不是真的，這一整個夜晚是一場鬧劇，拉娜沒死，這只是在開玩笑而已。」

傑森一臉嫌惡看著我，「喂，你瘋了！」

所以他不相信我，就某種程度來說，這等於是莫大的讚美。

我微笑，「好，要是你不相信我的話，問艾嘉西好了。」我瞄了她一眼，「好，妳就全告訴他們吧。」

艾嘉西盯著我，雙眼眨也不眨，「告訴他們什麼？」

我皺眉，「告訴他們真相啊。跟他們說拉娜還活著……」

艾嘉西朝我的臉吐口水，「殺人兇手！」

我瞠目結舌，萬分驚訝，「艾嘉西……」

「你殺了她，」艾嘉西劃了一個十字聖號，「但願上帝原諒你，但我沒辦法。」

我不可置信，而且陷入暴怒，我把臉抹乾淨，「媽的妳在搞什麼把戲？現在不要再給我玩下去了，告訴他們實情！」

不過，艾嘉西只是一臉傲慢盯著我。

所以我壓抑怒火，面向傑森，「拜託，我們回去主屋，你會找到拉娜的，她活得好好的，大口喝伏特加，抽凱特的香菸，還有……」

傑森狠狠揍我的臉，一拳擊中我的下巴，那股力道害我踉蹌後退。

過了一會兒之後，我才找回身體重心。我伸手撫摸抽搐疼痛的下巴，好疼，一講話就痛。

「我下巴應該被你打斷了……幹。」

他露出猙獰表情，「這才是剛開始而已。」

「妳也幫個忙好嗎，」我瞪著艾嘉西，「現在開心了嗎？爽快了吧？現在妳可以告訴這個白癡這一切只是鬧劇……」

傑森又朝我揮拳，這一次，他打中了我的太陽穴，害我整個人失去平衡。我踉蹌倒下，四肢貼地，鮮血從我的鼻子噴濺而出，落在砂岩地面。

我上氣不接下氣，努力恢復正常呼吸，現在的我心理面已經陷入不穩狀態，生理面也是。我需要迅速適應當下的失控狀況，我可以聽到他們在我頭頂上方講話，最保守的說法是我所聽到的一切令人不安，而他們的語氣聽起來很激動，幾乎是相當興奮。

「好，」傑森說道，「我們要動手嗎？做還是不做？」

「我們別無選擇，」凱特說道，「他殺了她，這是正義。」

「我們該怎麼告訴警察？」

「說實話……艾略特殺了拉娜，然後自戕。」

他們暫時失去理智，我根本不相信他們真的會這樣搞。不過，我雖然在安慰自己，但也開始感到害怕，我必須要脫離這場困境。

我好不容易站起來，雖然下巴痛得要命，還是擠出微笑。

「太好了，各位，表演得真是精采。你們差點就唬住我了……不過，這場鬧劇已經拖得太久，且讓我給你們一個專業秘訣，千萬不能讓最後一幕拖拖拉拉——這樣一來會失去觀眾。」

我講完之後，準備轉身離開。

然後，我聽到一陣悶響，然後後腰下方感受到一股不斷在蔓延的劇痛。尼可斯拿槍把狠敲我的背部，我發出哀號，瞬間跪下。

「抓住他，」傑森說道，「千萬不要讓他走。」

尼可斯抓住我的肩膀，逼我跪下，我拚命想要掙脫。

「媽的放開我！拉娜還活著，我又沒有做錯事……」

他們把我團團圍住，我聽到他們在我頭頂上方竊竊私語。

傑森問道：「正義？」

凱特重複，「對，正義。」

「讓我來！」

我開始恐慌，不斷蠕動身軀，拚命想要面向艾嘉西，我在哀求她，「妳為什麼要做出這種事？妳已經證明妳的能耐了，好嗎？我很抱歉——立刻停手！」

但是艾嘉西不肯看我，她為尼可斯把「正義」這個字詞翻譯成希臘文，Dkiaiosyni。

「Dikaiosyni，」尼可斯點點頭，「正義。」

傑森的下巴朝凱特緊握的手槍點了一下，「他必須自己持槍，把它交給我。」

「嗯，」凱特把槍給他，「拿去。」

「放開我！拉娜還活著……」

我拚命想要逃開，但是尼可斯抓住我的力道跟鉗子一樣，我發覺自己心中恐慌不斷冒升。

傑森把槍壓在我的掌心、以他的手包住我的手。他把槍舉到了我的太陽穴，我可以感受到它不斷逼進，陷入肉裡。

「艾略特，扣扳機，」他說道，「這是你的懲罰，扣扳機。」

我拚命忍淚，「不要，不要這樣，我沒有做錯任何事，拜託……」

「噓，」現在傑森的態度出奇和善，甚至很溫柔，「現在不要再演了，」他在我耳邊輕聲細語，「動手，扣扳機。」

「不要，不要……」

「艾略特，扣扳機。」

「不要，」我開始啜泣，「拜託……住手……」

「那我來。」

「不要，」凱特開口，「由我來。」

突然之間，我發現自己盯著凱特的雙眸，瘋狂又令人恐懼的大眼。

她咬牙切齒，「這是為了拉娜……」

「不要，不要這樣……」

然後，我發出了驚嚇無比的尖叫。

我尖叫呼喊拉娜，我不知道她是否聽得到，但她必須要聽見我的呼聲，她得來救我。

「拉娜！拉娜！」

我發覺凱特的手指放在槍上，滑過我的手，逼我的手指圈住扳機。我完全感受到凱特手指壓住我的手的那股激動，槍口抵頭的觸感，以及風聲……我最後的感知就是這些。

「拉娜……」

凱特壓著我的手指，扣扳機。

「拉——」

我的尖叫被打斷了，我聽到喀嚓一聲，然後是轟然巨響，一切轉黑。

我的世界消失了。

第五幕

我知道這樣不對，但是我的暴怒壓過了自己的良心。

——尤里比底斯，《美狄亞》

1

拉娜醒來，四周一片幽黑。

她不確定自己在哪裡，也不知道現在是幾點鐘，她腦袋昏沉，一片困惑。

她的雙眼慢慢適應了這種幽暗光線，認出了巨大窗戶的輪廓，還有拉起的窗簾。邊緣透出從外頭悄悄滲入的微光。

她心想，*是早晨，我躺在艾略特的沙發上*。

她慢慢觀察周邊的一片狼藉，昨晚的毀滅現場——佈滿紅酒與伏特加空瓶的咖啡桌、各式各樣的酒杯、鬆散的大麻絲，以及塞滿了大麻菸與香菸屁股的菸灰缸——她的記憶回來了。昨天深夜她來這裡找他，而她過來找他的理由，她也想起來了——發現了凱特與傑森的私情——她痛苦不堪。

拉娜躺著動也不動好一會兒。她覺得好悲傷，好疲倦，徹底心碎，她好不容易才奮力起身，斜靠在沙發把手，努力振作。她站起來，重心有點不穩，開始慢慢釐清思緒。

然後，她望向房間的另一頭，看到了某個男人的身形——睡得很熟，整張臉貼住書桌桌面。

她心想，*是艾略特*。

她小心翼翼穿過這一片狼藉，站在書桌前，凝望我的睡容有好一會兒之久。

昨晚的記憶回到了她的心頭——她回想起在她最需要朋友的時候，在她最絕望的時候，在她無法面對困局的時候……艾略特．查斯就在那裡，支持她，撐住她，讓她還能夠抬頭勉強呼吸。

她心想，他是我的支柱。如果沒有他，我早就淹死了。

拉娜不禁突然露出微笑，她想起了自己在高度瘋狂狀態下、我們共謀的復仇計畫。

我們得意忘形，但我們是一起得意忘形——我們是犯罪同夥，我們是夥伴。

當她站在那裡，盯著我的時候，充滿了無比的愛。在拉娜的心中，我彷彿從霧中現身——從一片濃霧之中走出來，她覺得這是她第一次清清楚楚看到了我。

他宛若小孩子一樣。

她端詳我的臉，深情款款。她對這張臉很熟悉，但從來不曾以這麼近的距離仔細觀察。蒼白的面孔，疲倦神情，悲傷的臉，無人疼愛。

她心想，不對，這不是實情，有人愛他，我愛他。

就在這一瞬間，拉娜在微光中端詳我，體驗到某種改變一生的豁然開朗的一刻。她領悟的不僅是她愛我，而且她一直愛著我。也許不是傑森激發她的那種瘋狂激情，而是某種更平靜、更持久，而且更為深刻的情感。某種偉大又真實的愛，源於互相尊重與不斷重複的善意。終於，出現了一個她可以信賴的男人，永遠不會離開她、在她背後偷吃，或是對她撒謊的男人。他會給予她最需要的部分，他會賜予她陪伴、體貼——還有愛。

拉娜突然湧起一股衝動想要喚醒我——讓我知道她有多麼愛我。

她準備要講出這段話，我要離開傑森，然後，親愛的，你和我就可以在一起了……我們可以永遠過著幸福快樂的生活……而且……

當拉娜伸出手，準備要觸碰我肩膀的時候，她卻因為看到某個東西而停下動作。我桌上的筆記本，就放在我的右手旁邊。

是打開狀態，紙頁佈滿了潦草字跡。看起來像是劇本草稿，也許是某齣戲劇的其中一個場景。

有一個字詞躍然而出：拉娜。

她湊前細看，其他的字詞也在她眼前冒了出來，凱特……傑森……還有手槍。

她心想，一定是昨晚的瘋狂構想，蠢男人，想必他寫下來之後就昏睡過去，等到他醒來之後，我會逼他銷毀。拉娜覺得我和她一樣，醒來的時候會變得更冷靜，神智會更加清晰。

她遲疑了一會兒，但最後好奇心還是勝出。她不想驚醒我，小心翼翼把那本筆記本從我的手下方悄悄拿出來。她走到窗邊，站在那裡，靠著幾縷微光、開始閱讀。

當拉娜開始看那本筆記本的時候，她皺眉，心生困惑，她不知道自己到底在看什麼，完全兜不起來。所以她往前翻了幾頁，然後又繼續往前翻，最後回到了第一頁，從頭開始看起。

拉娜站在那裡，開始明白自己到底看了什麼，她的手指抖晃，牙齒在打顫，她覺得自己失控了，好想要尖叫。

她內心的聲音在咆哮，出去，出去，出去，出去，快出去……

她做出了決定。本來打算要把筆記本塞入她的包包，想了一會兒之後還是作罷，反而把那本打開的筆記本放回桌上、慢慢塞入我的指腹之下。

正當我的身體發出微動的時候，拉娜悄悄溜出了我的公寓。她離開的時候，完全沒有發出任何聲響。

2

一大清早，拉娜踉蹌離開我的住處。

晨光簡直要逼她崩潰，害她什麼都看不見，她伸手遮擋陽光，走路的時候一直低著頭。她的心臟在胸膛裡狂跳，呼吸變得沉重急促。她覺得自己的雙腿快要不聽使喚，但還是努力往前走。

她不知道自己要去哪裡，她只知道自己得要避開自己剛剛看到的字句，還有寫下這些文字的男人，越遠越好。

她一邊走路，一邊努力釐清自己看到的筆記本內容。感覺好可怕，而且太過沉重害她無法消化。閱讀那些紙頁，宛若凝視某個瘋子的破碎心靈，不小心看到了地獄深處。

她一開始時覺得在閱讀自己的日記，感覺很不安，裡面充滿了她的話、她的想法、她的言論、對於這個世界的觀察，甚至還有她的夢。一切都忠實記錄下來，而且還是以第一人稱寫作，彷彿是她自己寫的一樣。這簡直像是某種表演練習——她似乎被研究得很透徹，彷彿她是劇本裡的某個角色，而不是一個真正的人。

更可怕、讓人看了更心覺痛苦的是傑森與凱特會面的一長串紀錄，長達好幾頁之多，每一個條目都整齊列出了日期、地點，還有事件經過的摘要。

有一個名為拉娜的清單——包括了在她家偷偷安排、讓她懷疑傑森出軌的一堆線索。

還有另一個清單，傑森，有各式各樣處理他的另類方式，不過，這個清單已經被劃掉了，顯然裡面的構思方案都難以令人滿意。

最後，在筆記本的最後幾頁所寫下、然後又改寫的內容，是逼使凱特在島上殺死傑森的一場詭異計謀。更令人不安的是，它是以劇本的方式寫作——包括了對話與舞台指示，拉娜一想到就不禁全身顫抖。她覺得自己也瘋了，她上次產生這種不真實感受，是她發現那只耳環的時候。

耳環——根據筆記本的內容，是刻意栽贓讓她發現的證物。有這個可能嗎？她拚命想要把自己讀到的字句與寫下它們的那個男人融為一體，那個她自以為熟識——而且深愛的男人。

這就是讓她如此痛苦的原因——她所付出的愛。這種慘遭背叛的感覺好深重，痛徹心腑，宛若肉體的傷口，出現了一個大洞。不可能，她最要好的朋友真的欺騙了她？難道他在操弄她，孤立她，設下陰謀葬送她的婚姻？然後現在又打算殺人？

拉娜知道應該要帶著它前往警局，就是現在，此時此刻，她別無選擇。這樣的決定讓她滋生勇氣，腳步變得越來越快。她要直接前往警局，將會把一切告訴他們……

要說什麼？某個瘋子隨便塗寫的鬼話？這會不會讓她看起來也精神有問題——現身警局的時候講出一堆情感操控、緋聞，以及謀殺情節的扭曲指控？她放緩腳步，在心中推演後果。這新聞一定會流傳出去，幾乎是立刻——她明天會成為全世界所有小報的頭版人物，這些素材足以讓那些報紙忙上好幾個禮拜，好幾個月。不可以，她不能容許那種事發生，為了里奧著想，也為了她自己，絕對不能找警察。

那然後呢？她還能怎麼處理？她沒有其他選項了。

她腳步猶疑，最後暫停下來，動也不動，直接站在人行道正中央。她不知道該怎麼辦，也不知道能去哪裡。

街道人不多，時間還太早了一點。有一些人經過她身邊，除了一個嘆氣的不耐男子之外，大部分的人都沒有理會她，「拜託，親愛的，」他從她旁邊擠過去，「媽的別擋路。」

這句話逼得拉娜繼續移動，一步接著一步前行，她不知道要去哪裡，所以只能繼續走下去。最後，她發現自己到了尤斯頓。她進入車站裡東晃西晃，覺得好疲倦，整個人癱坐在某張長椅上面，她累壞了。

這是她多日一來遭受的第二起心理重創事件。第一次是她發現傑森與凱特的緋聞——引發了情感、淚水，以及歇斯底里的潰堤。而拉娜當時已經哭盡了所有的淚，面對這第二次的背叛，她已無淚水可流。她覺得哭不出來，無法感受，只覺得疲累又困惑，她發現自己連思考都益發困難。

拉娜坐在那張長椅約一小時之久，周邊車站氛圍鬧哄哄，她一直低著頭，沒有人注意到她，她成了隱形人，另一個失落者，川流不息的通勤客根本沒有理會她。

終於，有人看到她了，像拉娜一樣無處可去的老男人，他拖著腳步，朝她走來，全身散發出酒醉臭氣。

「親愛的，開心一點，狀況沒那麼糟糕啦，」然後，對方湊近盯著她，「哦，妳看起來好面熟……難不成我認識妳嗎？」

拉娜沒有抬頭，沒有回應，只是一直搖頭。最後，老先生放棄了，信步離開。

她硬逼自己起身，離開了車站，馬路對面的酒吧正好要開門。她遲疑片刻，一度想要進去，但還是放棄。

她不需要喝醉，她需要讓自己的腦袋維持百分百的清醒。

當她經過酒吧旁邊的時候，說也奇怪，她發現自己想起了芭芭拉．威斯特。

突然之間，拉娜被她之前拚命遺忘的那些記憶所淹沒，她想起了芭芭拉對她說過有關艾略特的那些事，這個人很危險，瘋狂。拉娜不肯相信她，她堅持艾略特是好人，可愛又和善。

不過，她一直搞錯了，原來芭芭拉說的是實話。

現在，拉娜不斷往前走，發現自己的心緒逐漸聚焦，思考更加從容流暢，現在她知道了自己的目標，很清楚該採取什麼行動。

得要做出那種事，讓她很害怕，但是她別無選擇，她必須要知道真相，所以她一路從尤斯頓走到了梅達谷，到了小威尼斯區的某棟維多利亞式聯排屋的大門，登上階梯。她站在那裡，拚命壓門鈴，終於聽到玄關傳來憤怒的腳步聲，主人氣噗噗用力開門。

「媽的這是……？」凱特看起來好糟糕，歷經了辛苦的一夜之後，才剛入睡沒多久。她的頭髮亂七八糟，妝容花糊一片，當她一發現是拉娜的時候，火氣全消，「妳來這裡做什麼？出了什麼事？」

拉娜死盯著她，不假思索冒出了想到的第一句話。

「妳是不是和我先生幹砲？」

凱特深吸一口氣，真的是冷不防倒抽一口氣，然後：

「哦，天哪。拉娜……結束了，是我提出分手的。抱歉……真的很抱歉。」

雖然對話內容不多，但也不知道為什麼，這段真誠的交流卻提供了某種微小的基礎，某種墊腳石，讓她們得以繼續下去。真相讓她們得到了解放，或者，至少是打開了一點隙縫。終於，這兩個女人能夠坦誠相談。

拉娜走進去，坐在凱特家的餐桌前。她們坐在那裡好幾個小時之久，談心哭泣，這麼多年以來，她們不曾如此誠實面對彼此。所有的誤解、錯怪、受傷的感覺、謊言，以及懷疑，全部都傾瀉而出。凱特坦承打從第一天認識傑森就對他產生情愫，她雙手掩面，開始痛哭。

「我曾經愛過他，」凱特悄聲說道，「拉娜，妳從我手中奪走了他，我好痛。我想要放手，想要遺忘，但就是沒有辦法。」

「所以妳想要把他奪回去？是這樣嗎？」

「我試過了，」凱特聳肩，「他不想要我，他要的是妳。」

「妳的意思是，我的錢。」

「我不知道。我知道的是妳和我之間——那是真的，那才是愛。妳可以原諒我嗎？」

拉娜淡然一笑，「我可以試試看。」

也許這種感動人的和解並不需要太驚訝——現在拉娜與凱特變得更加親近，兩人現在是同一陣線。

畢竟，她們現在有了共同的敵人。

我。

3

凱特一臉不可置信，專心聆聽拉娜所說的故事，拚命抽菸，一根接著一根。

「靠，」她雙眼驚愕，瞪得好大，「艾略特是魔鬼。」

「我知道。」

「我們接下來要怎麼辦？」

拉娜聳肩，「我不知道，我沒辦法思考，根本無法相信居然會發生這種事。」

「我覺得不意外，」凱特露出陰森笑容，「相信我。」

雖然凱特一開始很驚訝，不過，對於我的詭計曝光，她比拉娜更能夠坦然接受事實。多年來，凱特一直對我有一種不信任的直覺，現在，她終於證實無誤，甚至還有耀武揚威的味道，尋求報復也是理所當然。

「我們不能就這麼放過那畜牲，」凱特捻熄香菸，「我們得採取行動。」

「我們不能光憑那種情節就跑去報警。」

「不行，我知道。老實說，我不知道他們會多認真看待我們講出口的話。要知道這有多變態，必須要認識這個人，必須要知道他是什麼樣的變態狂。」

「凱特，妳覺得他是不是瘋了？我覺得是。」

「當然，他是瘋子，」凱特為自己與對方倒了兩杯威士忌，「多年前我就警告過妳了，是不是？我說不能相信他，我就知道他哪裡怪怪的。妳當初根本不該讓他接近妳，這是妳自己的問題。」

拉娜沉默了一會兒，然後悄聲說道：「我覺得我有點怕他。」

凱特皺眉，「這正是我們不能讓他贏的原因，妳明白嗎？我們必須要採取行動。妳跟傑森說了沒？」

「沒有，只有告訴妳而已。」

「妳得要告訴他。」

「還不到時候。」

「那妳打算怎麼處理艾略特？」凱特小心翼翼看了她一眼，「想要跟他正面對質嗎？」

「不要，」拉娜搖頭，「不能讓他發現我們知情，千萬不能低估他。凱特，他是危險人物。」

「我知道，那我們要怎麼辦？」

「我們只有一個辦法。」

「是什麼？」

拉娜緊盯著凱特，沉默了一會兒。等到她開口的時候，語氣裡聽不出任何情緒，純粹就是平鋪直敘。

「我們必須毀了他，」拉娜說道，「以免他殺死傑森。」

她們四目相接。

凱特緩緩點頭，「同意，但要怎麼動手？」

兩人變得安靜，啜飲威士忌，開始細細思忖。

突然之間，凱特抬頭，雙眼閃動光芒，「有了，我們將計就計，就這麼辦。」

「意思是？」

「我們繼續玩下去，就照他的腳本走。然後，當他以為一切都依照計畫而行的時候，我們在他面前翻轉一切，給他一個不同的結局，他萬萬沒想到的下場。」

我們寫的是不一樣的結局，他萬萬想不到的那一種。

拉娜思索了一會兒，然後，她點點頭，「好。」

凱特舉杯慶祝，「向復仇致敬。」

「不，」拉娜舉杯，「向正義致敬。」

「對，正義。」

這兩個女人一臉嚴肅，為她們創作成功乾杯。

這場戲立刻拉開序幕。就在那天下午，我帶著倦意與宿醉，到了拉娜家。

「親愛的，我來這裡是想要知道妳的狀況。我醒來的時候妳人已經不見了，我好擔心，而且妳一直沒接手機。妳還好嗎？」

「我很好，」拉娜說道，「我本來打算要叫醒你，但你睡得好熟。」

「我現在難受得要命。昨晚我們喝太多了……說到這個，要不要來點解宿醉的酒？」

拉娜點點頭，「有何不可呢？」

我們進入廚房，我開了一瓶香檳。然後，我開始溫柔提醒我們昨晚所說過的那些話。我慫恿她要繼續依照我們的計畫行事，誘騙凱特與傑森入島。

我語氣隨性，「當然，前提是妳還想要繼續這麼做。」

我靜靜等待。我發現拉娜的目光一直避著我，不過，我的解釋是因為她的宿醉在作祟。

她朝我勉強一笑，「現在什麼都阻止不了我。」

「很好。」

然後，在我的建議之下，拉娜拿起自己的手機，撥電話給凱特，她正在舊維克劇院。

凱特立刻接起電話，「嘿，都還好嗎？」

「之後就會好了，我終於發現我們大家都需要一點陽光。妳要不要來？」

「什麼？」凱特一頭霧水。

「去那座島，過復活節吧？」

拉娜繼續說下去，語氣興高采烈，根本沒有給凱特回應的機會。

「千萬不要拒絕我，就只有我們而已，妳、我、傑森，還有里奧。當然，要加上艾嘉西……我不知道要不要問艾略特，他最近一直惹我生氣。」

這句話提醒凱特，拉娜不是只有一個人，我就在她旁邊。

凱特懂了，微笑，繼續配合演出，點頭。

「我現在就來訂機票。」

4

她們一直到了島上之後，才開始把計畫告訴別人。

拉娜一直沒有告訴艾嘉西，她覺得艾嘉西一定拒絕參與。最後，證明了拉娜大錯特錯，對於配合這一連串夜晚慶典，艾嘉西樂意之至。

拉娜是在第二天告訴了里奧，海灘野餐的時候，她主動開口說要一起散步。

「親愛的，」當他們挽臂一起走向水岸的時候，拉娜壓低聲音說道，「有件事得讓你知道，今晚會發生一起謀殺案。」

母親解釋這起計謀要如何操作的時候，里奧專心聆聽，大吃一驚。這一點要給里奧加分，他心中閃過一抹不確定感——拉娜的提議有道德問題的某種不安，之後將會付出慘痛代價。不過，他立刻把那個念頭拋諸腦後，身為準備出道的演員，他知道自己不能拒絕她，他不會再有這樣的機會。里奧討厭我，因而幫助他克服了自我的良心不安。他覺得我活該，也許他是對的。

不過，告訴傑森這件事，就棘手多了。

拉娜本來想要在前往海灘之後的那個下午告訴他。她悄悄溜到外頭去找傑森，發現他待在廢墟，當時他正在打獵。但傑森不是一個人，凱特跟他在一起。

拉娜盯著他們接吻，引發她一陣暴怒，她過了一會兒之後才冷靜下來。然後，她與凱特對質，就在搭乘快艇前往雅洛斯餐廳的時候。

「妳和他之間……」拉娜低聲說道，「妳說已經結束了。」

「什麼？是結束了啊。」

「妳為什麼要吻他？」

「在廢墟的時候？因為艾略特正在盯著我們，我看到他躲在那裡。我必須要演戲，別無選擇。」

「好，妳演得很逼真，恭喜。」

凱特對於這樣的責難，只是聳肩以對，「隨便啦，是我活該。」

她緊張兮兮看了拉娜一眼，「有關今晚的事，妳什麼時候要告訴傑森？妳必須要警告他。」

拉娜搖頭，「我不會告訴他。」

「什麼？」凱特一臉吃驚盯著她，「要是他不知道的話，計畫無法成功，我不可能說服他配合我們。」

「哦，要是妳有意願，一定可以展現十足的說服力，妳就把它當成演戲挑戰好了。」

「拉娜，妳不能對傑森做這種事，不能讓他承受這種痛苦。」

「那是他的懲罰。」

「什麼？媽的真是太扯了，」凱特臉色一沉，「然後我得要全程觀看。」

拉娜點頭，「那是妳的懲罰。」

幾個小時之後，拉娜站在夏屋窗戶的外頭，盯著凱特在裡面表演，就是為了她——全場的唯一觀眾。

「傑森並沒有打算槍殺拉娜，他本來想要殺的是妳。」

凱特搖頭，「你好變態……媽的超變態。」

凱特在這個場景之中，歷經了各式各樣的情緒——恐慌、害怕、憤怒。這是一場高難度的表演——就拉娜的觀點看來，是有點過頭了。

她心想，凱特太誇張，不過，他似乎相信了——這個人真是自以為是，虛浮到不行。要是他能夠有任何的自我覺察力，他就可以看透她這個人。不過，他以為自己聰明過人，覺得自己是神，但他一定會學到教訓，終究得要謙卑。

我進入夏屋，拿出了槍，把它塞入凱特的雙手之中，然後，我叫她去登岸碼頭那裡去找傑森。

拉娜躲在幽暗處等待。她出來，站在步道，擋住了凱特的去路，兩人四目相接，交換了槍。

拉娜說道：「預祝演出成功。」

凱特不發一語，盯著拉娜好一會兒，然後轉身離開。

拉娜跟著我走到了海灘，她自己窩在黑暗角落，在我站立地點後方稍遠的位置。

她派尼可斯誘我上鉤，逼我在槍口下走向登岸碼頭，我在那裡飽受羞辱虐待，被打得半死。

拉娜眼睜睜看著這一切發生，那雙藍色眼眸在黑暗中發亮，宛若復仇女神，冷酷，毫無憐憫之心。而我，是她的加害人，被迫跪下，哀求饒命，我大叫她的名字……最後，出現了害我驚昏無語的槍響。

而拉娜的復仇大功告成。

5

我跟你保證會有謀殺案，對吧？我猜你一定沒想到主角是我。

哦，抱歉害你大失所望，我沒死。我只是以為自己死了，真心以為自己在世的最後一刻已然到來。那一聲槍響，宣告我大限已至的那一聲，害我暈厥，你也可以說我被嚇死了。

有人伸腳戳我，把我推醒了。

凱特說道：「把他弄醒啊。」

尼可斯的腳又推了我一下，這次更用力。我睜開雙眼，面前的世界慢慢變得清晰。我躺在地上，側臥的姿勢，我小心翼翼撫摸我的太陽穴，完全沒有子彈傷口的痕跡。

「放輕鬆，」凱特說道，「那些只是空包彈。」她把槍丟到地上，「這是道具。」

我心想，哦，當然。

凱特是演員，不是殺人犯，我早就該想到這一點。

從傑森的表情看來，對於我依然還在呼吸，他比我更加驚訝。

「幹這……」傑森一臉不可置信，盯著凱特，「這到底是怎麼一回事？」

「抱歉，我是想要告訴你，但是她不准我說。」

「誰？妳到底在說什麼？」

凱特正打算要回答，卻又陷入沉默，因為她瞄到了海灘上的拉娜。傑森沿循凱特的目光看過去，他瞠目結舌，無比驚駭，因為拉娜穿過沙地、走向登岸碼頭。

她與里奧手牽著手，在他們的背後，朝陽升起，紅光映滿天空。

拉娜與里奧爬上登岸碼頭階梯，與其他人站在一起。

「拉娜？」傑森開口，「幹這……？這到底是……？」

她沒有理會傑森，彷彿他剛剛沒講話一樣。她握住凱特的手，緊緊捏住不放，兩人彼此凝視了好一會兒。

然後，他們轉身面向我。

他們排成一條線，所有人都是，宛若演員在謝幕一樣。拉娜、凱特、艾嘉西、尼可斯，以及里奧。只有傑森站在一旁，格格不入，滿臉困惑，就連我都比他清楚這到底是怎麼一回事。

其實，我再清楚不過了。

我費了一番氣力才站起來，鼓掌，充滿諷刺意味，而且還拍了三次。我想要開口，但是嘴裡都是鮮血，我把血吐在地上，再次努力開口——下巴被人打斷，想要講話並不容易，我只能問出這句話：

「為什麼？」

拉娜拿出我的筆記本，作為回應，「這種東西你不該隨便亂放。」她把它狠狠朝我丟來，打中我的胸口。

「我以為你與眾不同，」她說道，「我以為你是我的朋友，但你不是，你不是任何人的朋友，你根本是垃圾。」

我不認得現在的拉娜，她的語氣聽起來像是另外一個人，冷酷無情，盯著我的眼神充滿憎惡——除此之外，已經沒有別的詞彙能夠形容。

「拉娜，拜託……」

「不要靠近我，」她說道，「不要靠近我的家人，要是我再看到你，我會報警，你一定會坐牢。」

她面向艾嘉西，「媽的把他給我趕出這座島。」

然後，拉娜轉身離開。傑森伸手過去想要撫觸她，但是她卻一把甩開，彷彿這舉動讓她覺得很噁心。她沒有回頭顧盼，直接走下階梯，一個人穿越沙地。

出現了一陣短暫沉默。然後，氣氛突然變了。里奧打破沉默，突然發出宏亮大笑，幼稚的高頻笑聲。

他指著我，哈哈大笑個不停，「妳看，他尿褲子了，真是個怪胎。」

凱特大笑，抓住里奧的手臂，捏了一下，「來，親愛的，我們走吧。」

他們走向階梯，「妳的表演真厲害，」里奧說道，「超級逼真，我也想要當演員。」

「我知道，你媽媽告訴過我了，我覺得這想法很棒。」

「妳可以當我的老師嗎？」

「沒問題，我可以給你一些提點，」凱特微笑，「當然，最重要的是要有好觀眾。」她看了我最後一眼，充滿了得意洋洋的姿態。然後，她轉身下階梯，里奧跟在後頭，其他人也一樣。

尼可斯伸出手臂扶住艾嘉西，傑森跟在他們後面，他低著頭，雙手因怒氣而緊握成拳。

當他們離開的時候，我聽得見凱特與里奧在講話，

「我不知道你的想法，」凱特說道，「但我覺得這值得好好慶祝喝一杯，開一瓶上好的香檳吧？」

「很好啊，也許我也可以來一杯。」

凱特親吻他的臉頰，「總算你還有救。」

他們越走越遠，聲音也慢慢消退，但我依然聽得見里奧的幼稚笑聲。

在我的腦中不斷迴盪。

要是我還存有任何理智的話，我現在就會住口。付了你的酒錢，搖搖晃晃匆忙走出這間酒吧，留給你一個警世寓言，從此再也找不到我的人。我會立刻離開這座城鎮，以免講出我不該說出口的話。

但我必須繼續下去，我別無選擇。打從我一坐下來、對你娓娓說出這故事的時候，這問題就

一直籠罩著我，陰影投射我身。

你也知道，我的肖像並不完整，還不行，得要填補一些細節。最後到處補個幾筆，讓它大功告成。

奇怪，我居然使用那樣的措辭，肖像。

我想是肖像無誤，不過，是誰的肖像？

一開始的時候，我以為是拉娜的肖像。不過，我現在懷疑可能是我，這念頭把我嚇得半死，那並不是我樂意見到的畫面，醜陋的自我形象。

不過，我們必須最後一次要共同面對，你和我，一起完成這個故事。

我警告過你了，這畫面並不美。

6

現在是黎明時分，我一個人待在登岸碼頭。

我好痛，不知道哪一個部分最痛——尼可斯拿槍狠敲我的背部下方？裂開的肋骨？還是不斷搏動的下巴。我蹣跚步下階梯、進入海灘，面色抽搐。

我不知道我要去哪裡——我無處可去。所以我只是沿著砂地，以潮浪為伴，一跛一跛前行。

我不斷往前走，想要釐清剛剛發生的事。

簡而言之，我的計畫不符我的預期，完全沒有成功。在我的版本中，現在拉娜和我會一起待在屋內，等待警察到來。我會哄慰她，傑森之死是一起不幸，甚至可以說是悲劇的意外。我會忍住眼淚，對拉娜說道，*我不知道狀況會失控，凱特居然真的拿槍而且動手殺人*——我會告訴拉娜，我永遠忘不了自己目睹的可怕場景——處於醉醺醺狂暴狀態的凱特，不斷對傑森開槍。

這是我的故事版本，而且我的說詞絕對不會有任何改變。

凱特講出的故事版本可能不一樣——我會與她各執一詞。最後就只剩下這些了——言語、回憶、指控、暗示，而這一切也都隨風而逝，完全沒有真相，完全沒有確證。警察——還有更重要的是拉娜，一定會相信我，而不是凱特，畢竟，剛剛冷血殺死拉娜丈夫的人就是她。

「我好歉疚，」我會這麼說，「都是我的錯⋯⋯」

「不，」拉娜會這麼回我，「是我的錯，我一開始就不該同意這種瘋狂計畫。」

「是我說服妳的⋯⋯我永遠無法原諒自己，永遠沒辦法⋯⋯」

就這樣，我們會安慰彼此，搶著攬罪。我們會痛苦萬分，但我們終究會走出陰霾。我們會團結在一起，她與我——因為我們的罪惡感合而為一，自此之後，我們會過著幸福快樂的生活。

一開始的劇本結局應該是這樣。

只不過，拉娜看到了我的筆記本。

很不幸的是，它被惡意解讀，我看得出來。在盛怒之下寫出的文字，被斷章取義的各種念頭，以及不應該被別人——尤其是拉娜——看到的私密幻想。

要是她在發現的當下叫醒我就好了。要是她與我當面對質，我可以全部解釋得清清楚楚，可以讓她明瞭一切，但是她並沒有給我這樣的機會。

為什麼沒有？在過去那幾天當中，她一定也發現了凱特同等可怕的惡行吧？然而拉娜卻讓自己原諒凱特，為什麼不肯原諒我？

我猜這是凱特想出的主意。她就跟我一樣，總是會想出各種妙計。她們一定在整個過程中訕笑我，看我在島上耍白痴，讓我誤以為自己是這齣戲的作者——其實卻只是它的觀眾。

拉娜怎麼可以對我做這種事？我不明白她怎麼會這麼殘酷。這樣的懲罰超過了我的罪行。我被羞辱，怕得要死，被剝奪了所有的尊嚴與人道——只剩下了涕淚，成了在泥地裡哭哭啼啼的孩子。

友誼不過如此，情愛不過如此。

我往前走，怒火越來越強烈。我覺得自己宛若回到了校園時代，被欺負，被虐待，只不過這一次完全沒有逃離的可能。再也沒有與拉娜共築幸福未來的期盼了，我被困在這裡，永遠逃不了。

我渾然不覺，發現自己走回了廢墟，站在那一堆破敗廊柱的正中央。

破曉時分的廢墟詭譎又淒涼，黎明即將到來，黃蜂也跟著出現。

突然之間，到處都有黃蜂，大批圍繞在我周邊，宛若一陣黑霧。牠們在大理石廊柱到處亂爬，地上也是。當我把手伸入迷迭香灌木叢的時候，牠們爬上了我的手，而當我把槍從裡面取出來的時候，槍枝上面也爬滿了黃蜂。

我正打算要離開，就在這時候，卻看到了讓我整個人呆住的畫面。

大家都說這種風會害人發狂，想必是被我遇到了——在那一刻，我一定是被逼瘋了，因為我正在目睹不可能出現在現實之中的場景。

就在我的面前，四面八方匯聚而來的狂風盤捲在一起，形成了一道巨大的風旋。

一股旋流，在空中扭彎轉動。

它周邊的空氣完全靜止，連微風都沒有，沒有任何一片葉子在飄動。所有的狂風狂暴憤怒都集中在這裡，在這坨旋風之中。

我盯著它，心中滿是敬畏，因為我知道這是什麼。

我知道，這就是奧拉自己，百分百確定。這就是令人恐懼的復仇女神，充滿暴怒，她就是風。

她來找我了。

我才剛想到這一點，那股狂風立刻朝我撲來，進入我張開的嘴巴，灌入我的喉嚨，盈滿我的全身。讓我開始擴張、增大、越來越腫脹，我的肺幾乎要爆了，它流遍我的血脈，在我心臟附近不斷旋動。

那陣風吞噬了我，我成了風。

我成了那股暴怒。

7

拉娜走入廚房，其他人跟在她後面。不過，她幾乎沒有注意到他們。

她眺望窗外，凝視燦亮晴空。

她陷入沉思——但沒有任何的困惑或憂傷。她出奇平靜，彷彿昨晚睡得很好，剛從深眠狀態之中醒來一樣；她覺得自己心智出現了許久不曾出現的那種潔淨。

你可能會以為她在想我的事，但你錯了。我幾乎完全消失在她的心緒之中，宛若我這個人從來不存在。

在我離開之後，某種全新的清透感出現了。拉娜曾經萬分恐懼的一切，所有的孤單、失落、悔嘆，現在對她來說已經沒有任何意義。她一度認為是自身幸福之必要條件的各種人際關係，現在完全不重要了。她終於看清了事實，她很孤單，而且一直是如此。

她之前為什麼如此恐懼。

她不需要凱特，也不需要傑森，她會放大家自由，每一個人都一樣，她會釋放自己的人質。會替艾嘉西在希臘買地買房，給她一個人生，而不是要求她為了拉娜的恐懼而犧牲自我。拉娜再也不怕了。她會讓里奧過自己的生活，追求自己的夢想。她憑什麼死抓他不放？

而傑森呢？她會把他趕出家門，任由他去坐牢下地獄，現在，他對她來說已經沒有任何意義。

她迫不及待想要離開，離這座島嶼越遠越好，永遠不要回來。她也會離開倫敦，這一點她很確定。

但要去那裡？在這個世界漫無目的晃遊？永遠的失落狀態？不，她已經不再失落。霧散了，路面露出，前方的旅程很清楚。

她會回家。

家，一想到這個，她心中感到一股暖光。

她會回去加州，回到洛杉磯。這麼多年來，她一直在逃離——逃離自我，逃離唯一能夠賦予她意義的事物。現在，她終於要面視自身之宿命，接納它。她會回到好萊塢，她的屬地，然後繼續工作。

拉娜現在覺得自己好強大，宛若浴火重生的鳳凰，堅定，無畏無懼。孤獨，但並沒有任何恐懼，沒有什麼好怕的。她覺得……這，這算是什麼感覺？喜悅？對，喜悅，她心中盈滿喜悅。

拉娜沒有聽到我走入廚房。我從後門進入屋內，沿著走廊悄聲前進，聽到了他們待在廚房裡、歡慶他們的成功。有笑聲，還有香檳瓶塞的爆裂巨響。

當我進去的時候，艾嘉西正忙著把香檳倒入一整排的杯內。一開始的時候，她並沒有看到我——不過，她發現流理台冒出兩隻黃蜂，她抬頭張望。

她發現我站在門口，盯著我的眼神很詭異，想必是因為黃蜂而讓她產生那種表情。

「水上計程車二十分鐘之內就會到來，」艾嘉西說道，「去收拾你的行李吧。」

我沒有回答。我站在那裡，盯著拉娜。

拉娜避開其他人，獨自站在窗邊，向外眺望。在清晨陽光的浸浴之下，我覺得她好美。外面的陽光映亮了她背後的窗戶，在她的頭頂營造出一道光環，讓她看起來宛若天使。

我低聲開口，「拉娜？」

我語氣平靜，表面看起來很平靜。不過，在我腦中、那間上了掛鎖的牢房，也就是我囚禁他的那個地方，我可以聽見那孩子像是泥人一樣起身，嚎啕大哭，尖叫，拚命捶拳敲打牢門，發出憤怒狂吼。

他再次受傷，再次受到羞辱，更糟的是，而且是糟到不行的狀態——他那些最幽暗的恐懼，最可怕的一切，我曾經向他保證過都不是真的，卻在剛剛得到了確認，而且，策動者是他唯一愛過的人。終於，拉娜揭發了這個孩子的真面目：沒有人要，沒有人愛，是個騙子，怪胎。

我聽到他掙脫一切，衝出牢房的聲響——像惡魔一樣在鬼叫。他叫個不停，那是一種令人毛骨悚然的可怕尖吼。

真希望他不要再叫了。

這時候，我才驚覺大吼大叫的不是那孩子。

而是我。

拉娜轉身，一臉驚慌盯著我。當我從背後拿出獵槍的時候，她瞪大雙眼。

我瞄準她。

別人還來不及阻止我，我已經扣下扳機。

一共開了三槍。

好，朋友，以上就是我殺死拉娜・法拉爾的悲傷歷程。

終曲

前幾天，我有訪客。

你也知道的。我的訪客不多，所以，見到熟悉的臉龐，感覺很好。是我以前的心理治療師，瑪莉安娜。

她本來是來探望某名同事，但心想一舉兩得也不錯，所以就順便探望我。因此，她的問候之意也多少打了一點折扣，但反正就是這樣了。這些日子以來我能得到什麼也就只能坦然接受。

就瑪莉安娜的狀況看來，她今天氣色不錯。她先生幾年前過世，她傷痛欲絕。顯然，她整個人崩潰了，我懂那種感覺。

我開口問道：「妳好嗎？」

「還可以，」瑪莉安娜露出謹慎微笑，「努力活下去。你呢？待在這裡還好嗎？」

我聳肩，回答得平淡無奇，世界沒有永恆，要多加把握啊什麼的，「有很多時間可以思考。也許，未免太多了一點。」

滿莉安娜點點頭，「那現在面對這一切還好嗎？」

我微笑，但是沒有接腔。我還能說什麼呢？要如何開始對她說出真相？

瑪莉安娜彷彿有讀心術，開口說道：「關於島上發生的一切，有沒有考慮把它寫下來？」

「沒有，我辦不到。」

「為什麼不行？也許講出這個故事會對你有幫助。」

「我會考慮一下。」

「你的態度似乎不是很積極。」

「瑪莉安娜……」我微笑說道，「你也知道，我是專業作家。」

「意思是？」

「意思就是我只為觀眾而寫。如果不是這樣，就毫無意義可言。」

瑪莉安娜似乎覺得我的回覆很有趣，「艾略特，你是真心相信那種說法嗎？沒有觀眾就毫無意義可言？」她微笑，似乎想到了什麼，「這讓我聯想到溫克尼特醫生說過的話，關於『真我』，他說，只有透過play才能夠碰觸到它。」

「戲劇？真的嗎？」

「不是戲劇，」瑪莉安娜搖頭，「是動詞，玩耍。」

「哦，我明白了……」我瞬間興趣全失。

「他的意思是，只有在不為任何人表演的狀況下——沒有觀眾，沒有掌聲——才會出現真我。我想，不必符合任何的期待，玩耍沒有任何的實際目的，而且也不需要獎勵，它就是自己的獎賞。」

「知道了。」

「艾略特，不要為觀者寫你的故事，要為你自己寫出這故事。」瑪莉安娜對我露出鼓勵目光，「為了那個小孩，把它寫出來。」

我客套微笑，「我會想一想。」

瑪莉安娜離開之前，建議我去找她的同事聊一聊，也就是她來探訪的那一位，「你至少該跟他打聲招呼，我想你一定會喜歡他的。他是個很好聊的人，也許對你有幫助。」

「可能吧，」我微笑，「我當然想要找人聊聊天。」

「很好，」她露出滿意神情，「他名叫李歐。」

「李歐……是這裡的心理治療師嗎？」

「不是，」瑪莉安娜陷入遲疑，就只有那麼一下而已，她面色有點尷尬，「他是這裡的犯人，就跟你一樣。」

身為作家，我習慣逃避現實，編造情節講故事。

瑪莉安娜曾經在某次心理治療的時候詢問我相關問題，她問我為什麼要花一輩子的時間編造故事？為什麼寫作？為什麼要幻想？

她居然需要問這個問題，讓我嚇了一大跳。對我來說，答案再明顯不過了。我滿腦子幻想，是因為我小時候對於自己被迫接受的現實並不滿意。所以，在我的想像世界當中，我創造了一個全新的現實。

我想，這就是所有創意的起源——為了逃避之渴望。

我謹記瑪莉安娜的話，接受了她的建議。要是我寫下自己的故事，也許就能夠讓我自由。就根據她的忠告，我不為出版或表演而寫，我要為自己而寫。

嗯，也許不盡然。

你知道嗎，當我第一次坐在牢房裡的小桌前寫作的時候，我感受到某種詭異的解離焦慮。以前我會置之不理，靠著點菸，或是多喝一杯咖啡還是來杯酒的方式，藉以分散自我注意力。

不過，現在我知道焦慮的是那個孩子，並不是我。他的思緒不斷飛轉，對於這份文稿很恐懼。有誰可能會讀到它？發現關於他的真相？而最後的結果又是什麼？我告訴他別擔心——我不會拋棄他的。我們同一陣線，他和我，會一直撐到痛苦的終點。

我抱起那個孩子，動作輕柔，把他放在我身邊的單人床上面。我告訴他要安靜，然後，講了一個睡前故事給他聽。

我說，這個故事是要獻給曾經愛過的人。

也許，這是一個相當離奇的睡前故事，但卻充滿了情節與冒險，有好人與壞人、女英雄，也有邪惡女巫。

我必須說，我相當自豪。這是我寫過的最好作品之一，當然是最真懇之作。

秉持著那股誠實的精神，請容許我在我們分開之前，告訴你最後一段故事。關於我、芭芭拉．威斯特，以及她死亡的那一晚。

我想，你會發現它可以釐清一切。

芭芭拉摔下樓梯之後，我匆匆下樓跟過去。

我檢查了倒臥在梯底地板上面的屍體。確定她斷氣之後，我進入她的書房。在我叫救護車之前，我想要先確認她沒有留下任何指控我的線索，搞不好她已經為她控訴我的一切寫下了什麼或是留了影像證據？要是芭芭拉寫了什麼秘密日記、鉅細靡遺記載我的各種小惡，我也不覺得有什麼好意外的。

我有條不紊仔細搜查她的書桌抽屜——終於，在最底下那個抽屜的後方，找到了讓我大吃一驚的東西。七本薄薄的筆記本，以橡皮筋紮在一起。

當我打開的時候，我以為是日記，不過，我立刻發現握在手中的不是日記。是劇本——芭芭拉．威斯特的手寫之作。

內容是有關我和她，以及我們的同居生活。我這一輩子從來沒看過這麼出色、充滿爆炸力、精采至極的作品。

所以我怎麼做呢？

我撕掉了扉頁，把它變成我的作品。

你也知道了，我其實不是作家。不管是哪一個領域，我都沒有真正的天賦，只有說謊除外。顯然，寫故事並不是我的專長。

我們就面對現實吧——我連策劃謀殺案都辦不到。

我只有一個故事想說，既然我已經說出來了，我不能讓自己毀了它，我反而會把它鎖起來，直到我死掉為止。然後，要是一切依照計畫進行的話，它應該會出版，是我死後的事了。這種繁複情節應該會讓它成為暢銷書，這會帶給我莫大滿足，即便是入土之後也一樣。

言歸正傳——要是你看到了這裡，好，這些都已經是死人的話語，這是最後的轉折，最後我也沒辦法活著離開，到了最後，無人倖免。

不過，關於這一點，我們就不要繼續執著下去了。

還是讓我們以拉娜作為結尾——正如同開場的時候一樣。

你知道嗎，我不敢相信她已經走了。就連到了現在，過了這麼久之後，我還是無法接受。因為，她在我心中活得好好的。

而當我覺得孤單或是害怕，抑或是想念她的時候，我只需要閉上雙眼。

然後，我立刻就回到了那裡——坐在電影院第十五排的小男孩。

在一片漆黑之中，我面帶微笑，凝望拉娜。

致謝

俗諺開場說需要靠一整個村莊之力，才能大功告成——對於這本書來說，十分貼切，一路上得到諸多人士相助。書寫這個故事、探索這個世界，讓我得到了許多樂趣，但我在這樣的林地裡嚴重迷路了好幾次。我的Celadon厲害編輯萊恩・多賀提，以及Michael Joseph的喬・理查德森，以及傑出經紀人山姆・寇佩蘭德總是幫助我再次找到正道。謝謝各位朋友——你們的付出，不只是盡忠職守而已。

我要感謝我的美國與英國出版商的傑出表現，各位持久不懈的奉獻與頂尖才華讓我大感折服。我要深深感謝Celadon的黛比・富特爾、傑米・拉伯、瑞秋・周、克里斯蒂・米奇提辛，還有安妮・托梅。還要向珍妮佛・傑森、傑米・諾文、珊卓拉・摩爾、蘿貝卡・雷奇、西西莉・馮・布蘭－佛里德曼、麗莎・布維爾，以及朱莉亞－西寇拉致謝；謝謝威爾・史塔赫勒與艾琳・卡希爾的封面，謝謝傑洛米・平克、文森・史坦利、愛蜜莉・華特斯，以及史提夫・波爾德特的製作協助，還要大力感謝麥可米蘭行銷團隊。

我想要向Michael Joseph的露伊絲・摩爾、麥克辛・希區考克、葛瑞絲・郎，以及莎拉・邦斯表達無比謝忱。還要向艾莉・休斯、西莉亞・瓦拉德哈拉賈恩、薇琪・佛提歐、哈蒂・伊凡斯，以及李・莫特利致謝。

至於Rogers、Coleridge & White經紀公司，我要大力感謝彼得・史特勞斯、阿諾爾・史培雷克利、大衛・鄧恩、尼爾卡・貝爾，以及克里斯・班特利－史密斯。特別感謝國外版權經紀人，完全就是業界頂級典範——崔斯坦・肯德里克、卡薩里娜・沃克梅爾、史蒂芬・愛德華茲，以及山姆・寇提斯。

也要感謝奈狄・安東尼亞迪斯與我討論故事雛形，還建議了尼可斯這個角色。感謝蘇菲・罕納、漢娜・貝可曼、赫爾・傑恩森、大衛・弗萊斯爾、艾蜜莉・荷特，以及鄔瑪・舒曼賜教，給予我十分受用的寶貴意見，大大提升了初稿品質。

謝謝伊凡・費南德茲・索托的幫助與紮實建議；謝謝妳，凱蒂・海恩斯，我真的感激不盡，謝謝妳讓一切變得如此有趣。奧嘉・馬夫洛波魯，感謝妳讓我借用妳的美麗名字。

最後，要感謝我的父母，喬治與克莉絲汀，還有我的姊妹，艾蜜莉與薇琪，感謝你們的全力支持。

Storytella **228**

奧拉島謀殺案

The Fury

奧拉島謀殺案/艾力克斯.麥可利迪斯(Alex Michaelides)作
；吳宗璘譯. -- 初版. -- 臺北市：春天出版國際文化有限公司,
2024.12
面；公分. -- (Storytella；228)
譯自：The Fury
ISBN 978-957-741-980-4(平裝)

873.57　113016915

ISBN 978-957-741-980-4
Printed in Taiwan

作　者　艾力克斯・麥可利迪斯
譯　者　吳宗璘
總編輯　莊宜勳
主　編　鍾靈

出版者　春天出版國際文化有限公司
地　址　台北市大安區忠孝東路四段303號4樓之1
電　話　02-7733-4070
傳　眞　02-7733-4069
E—mail　bookspring@bookspring.com.tw
網　址　http://www.bookspring.com.tw
部落格　http://blog.pixnet.net/bookspring
郵政帳號　19705538
戶　名　春天出版國際文化有限公司
法律顧問　蕭顯忠律師事務所
出版日期　二〇二四年十二月初版

定　價　420元

總經銷　楨德圖書事業有限公司
地　址　新北市新店區中興路二段196號8樓
電　話　02-8919-3186
傳　眞　02-8914-5524
香港總代理　一代匯集
地　址　九龍旺角塘尾道64號 龍駒企業大廈10 B&D室
電　話　852-2783-8102
傳　眞　852-2396-0050